民国趣读
老·城·记

老桂林

中国文史出版社

本书编辑组

主　　编：韩淑芳

本书执行主编：张春霞

本书编辑：牛梦岳　高　贝　李军政　孙　裕

目录

第三辑　文化之城·战火中的文明之光

第六辑　古城新貌·前所未见的新鲜事儿

第七辑　消闲娱乐·清闲快乐的时光

第八辑　八桂飘香·品尝独特的南国风味

第一辑

触摸古城·

老街巷与旧时光

❖ 田曙岚：话说老桂林

桂林地居广西省之东北部，跨桂江上游东、西两岸。北接灵川，西连百寿，西北邻义宁，东之北界灌阳，东之南界恭城，南之东界阳朔，南之西界永福。东、西距一百七十旧里，南、北距九十二旧里。全县面积二千一百一十六方公里弱。县城偏于县境之北部，濒桂江上游之西岸。

▷ 清末民初的桂林城墙与桂林山水

考县境，在禹贡为荆州地。秦属长沙郡（今普通多以为县属在秦为桂林郡。其实秦之桂林郡，仅包括今平乐、苍梧、桂平、邕宁、柳州一带。特订正于此，希读者注意）。汉武帝元鼎六年（前111），始置始安县，属零陵郡。东汉为始安侯国，属荆州零陵郡。三国初，隶蜀，后入吴，为始安郡治，隶荆州。晋隶广州。宋、齐隶湘州。梁、陈隶桂州。唐贞观八年（634），更始安县名为临桂县。五代为桂州治。宋高宗时，升桂州为静江府，隶广南西路。元为静江路治，隶广西行中书省。明为桂林府治，隶广西布政使司。清因之。民国成立，废府，改临桂县为桂林县。

县属层峦四塞，川谷异限；一日之间，常具四时之气。此龚茂良所谓"日中常有四时天"者也。地无瘴疠，但苦淫雨，自春徂冬，十仅一霁。故地湿而物易腐，屋栋常为蚁蛀。夏、秋酷暑，多蚊蚋，尤不可耐。秋、冬多大风，发时亦拔木飞瓦，昼夜不息。俗传"朝作一日止，暮作七日止，夜半作则弥旬始息"云。严冬岁岁得雪；然每未至地，已复化为雨矣。大抵夏天最高气温，约达华氏寒暑表九十八度；冬天最低气温，约达华氏表三十二度。平均雨量，以春末及夏季为最多；秋、冬两季较少。

县属住民，除汉族外，尚有瑶族，但未经确切调查，约计不过五百人。至汉族人数，据最近调查："全县有男一十七万三千零二十四丁，有女一十四万八千四百七十五口：男、女合计共三十二万一千四百九十九人。城区住民，有男五万零三十四丁，有女四万二千九百五十一口：男、女合计共九万二千九百八十五人。"

县属农产物，以稻谷、豆类、植物油、麦子、芋头、红薯等为大宗，松、杉、竹、木、粟米、玉米、荸荠、甘蔗等次之，再次为瓜、蔬、笋、果及薏苡等。稻谷，有糯、籼二种，各有早、晚之分。外有一种晚收者，名曰稴禾，比糯不黏，比籼杏软。又有一种旱禾，种于畲田山地。豆类，有黄豆、绿豆、白豆、黎豆、陈豆等数种：黄豆有山豆（春种于山）、田豆（于秋收后种于禾稿根）二种。绿豆多种于山地，五六月间，市民常以之煮粥鬻于市，用以解暑。白豆最宜于山地，俗名饭豆。黎豆，一名狸豆，又名虎豆，以豆系黑色有毛露筋如虎之爪也——俗谓之为"狗爪豆"。陈豆即蚕豆，以海宁陈元龙携种遗民，民始得之，故名。植物油，有茶油、桐油、花生油、麻油、菜油（不可食，但供燃灯）、棉花籽油（亦可食，但不佳）等六种。麦子，兼大、小、荞三种：大、小麦所制之面，甲于岭南，粤东多仰给焉。荞麦，俗呼为三角麦。粟米，有狗尾粟、鸭脚粟二种。玉米，俗名"包米"，有糯、籼二种。瓜、蔬以白菜、油菜、大芥、芥兰、瓮菜、苦瓜、辣椒、茄子等为主要。白菜县产者，色味俱佳。油菜县属最盛，每至春末，黄花遍于四野。大芥即芜菁，又名蔓菁，一名诸葛菜，县产极繁。芥兰又名隔兰，县种最佳。瓮菜即蕹菜，县产有水、旱二种，水中者佳。苦瓜、辣椒，县属男妇皆极嗜之；与吾乡同。茄有紫、白二种。白者较佳。笋，有董竹笋、大竹笋、苦竹笋、筋竹笋、孝顺笋等数种。要之四时皆有，惟八月无；土人以茭白代之，名为茭笋、筋竹笋，俗名"敲打笋"，以土人多击碎煮食，故名。果，有橘、柑、橙、柚、钓橼子、梨、梅、杨梅、桃、李、栗、葡萄、黄皮果、枇杷、倒捻子等多种。钓橼子形如瓜，皮似橙而带金色，极芬香；肉甚厚而味极淡，白如莱菔，女工竞雕镂花鸟，渍以蜂蜜，点以胭脂；擅巧丽，无与为比。梨有消梨、雪梨二种，各有黄皮、青皮之分——以青皮为胜。又有鹅梨，形如鹅卵，亦佳。李种不一，唯胭脂李与朱砂李最为珍品。栗有板栗（又名大栗）、旋栗（又名锥栗）、茅栗等三种。葡萄有紫、青、水晶三种。县属家畜，六畜并饲；再益以猫、鸭、鹅、鸽之类；但皆为农家副业，并无专事畜牧者。闻近有人提倡养蜂，且组织专社研究，一时当地人士，颇感兴趣云。县属矿产，西乡之郭家塘有锌矿，现已有公司开采，年产矿石约七百二十万笔，约值港洋二十余万元。若增加人工或机器开采，当不止此数。西乡界牌墟之官庄村，产铅矿，尚在试探中。其余东乡大墟之熊村亦产铅矿，西乡两江墟之盘洞村产朱砂矿：虽经发现，但因缺乏资本，尚未开采。工业品，以土布、三花酒、洋袜、篦子、牙刷、草帽、草席等为大宗，但无统计。

县属交通，水路有桂江自灵川迤逦而来，经县城东，曲折东南流，经柘木、大墟、三滩、草坪而入阳朔县境。自县城至草坪墟，长约六十余旧里，可航载重数万斤之民船。当夏季水盛时，有小轮船自梧州上溯，经昭平、平乐、阳朔而抵县城。至若县城以上，经灵川而至兴安，可通湘水：实南、北水路交通之要道也。西部有白石水，源出义宁县北之丁岭下，纵贯义宁全属，曲折南流入县境，经渡头、两江二墟至苏桥，合绕江，再南流经永福、雒容二属，入于柳江。自渡头墟以下，在县属者，长约五十余旧里，可航载重万斤之篷船。其余各水，均不通航。陆路有桂荔、桂黄、桂永三公路，皆已通车。桂荔公路，由县城南经太和、良丰、老山底而入阳朔以至荔浦，全长二百四十旧里，在县属者约八十余里。桂黄公路，由县城北入灵川，再经兴安、全县以至黄沙河，全长三百二十旧里，在县属者长仅十余里。桂永公路，由县城西经二塘、秧塘二墟以至两江，折而南经苏桥以至永福，全长一百一十旧里，在县属者约八十旧里。此外更有由良丰起南至六塘及由良丰西至会仙之二支路，各长约二十里，亦已通车。至于东与灌阳，西与百寿，东南与恭城，西北与义宁各县之交通，则仍系古道。邮政，于县城水东门街设有二等邮局一所，于大墟、两江、六塘、苏桥、良丰等五墟，各设有邮寄代办所一所；于头塘、二塘、四塘、大中、熊村、山口等墟，则各设有邮务信柜。电政，于县城凤凰街设有二等电报局一所。其电线分为三路：东北经兴安、全县以入湖南；东南经平乐、昭平以下梧州；西南经永福、中渡以达柳、邕、龙、色等处。长途电话局，设于县城正阳门城楼上；而于荔浦、平乐二县，各设支局一所；全州、兴安、阳朔、源头、八步等五处，则各设通讯处一所。

县城旧为广西之省会，乃文物荟萃之区。历代英才出此者不少；如唐之赵观文，宋之黄齐、石安民，明之王溥、侯礼、包裕、吕调阳等，尤其著名也。现在县属高等教育，有广西省立师范专科学校一所；设在良丰墟西林公园。中等教育，有省立第三高中、省立第三初中、省立第二女中、桂林县立桂山中学、桂林私立三民初中等五校，俱设于县城。小学教育，有完全小学四十六所，高级小学一所，初级小学二百八十八所。分布于城厢及各区乡。报社，有桂林民国日报社一家，设于县城中山街十二号，日出两大张。公园，除西林公园已归师范专科学校外，有中山公园一处，设于县治皇城内，兼山（独秀峰）、水（月牙池）、岩（读书岩、太平岩）、洞（雪洞）、亭（小憩亭、望月亭、大观亭等）、阁（奎星阁）之胜。图书馆，有二：一为广西省立第一图书馆，设于皇城东偏。创始于前清宣统元年，原仅名"图书馆"，民国十五年，改今名。馆中藏书颇多。管理方法，尚称谨严而便利，并设有巡回文库，便市民借阅图书。一为桂林县教育图书馆，设在院前街教育会前门。运动场所，有广西省立第三公共体育场一处，设在县城东偏右营衙门旧址。娱乐场所，有明星影画院、明珠电影院、三都戏院及定桂舞台等四家。明星影画院，设在王辅坪关帝庙内；其影片多由湖南方面转运而来。明珠电影院，设在美仁里慈善会内。其影片多由广东方面转运而来。书业，有典雅公司、大成书局、文南书局、商务图书馆、翰文书局、石渠书屋等多家，分布于城内十字街及后库街一带。

《邕乡处处：广西旅行记》

❖ 以光宣：走入历史的圈门脚

如今圈门脚赖以得名的门楼虽已不存在，圈门脚作为地名现在也少用了，但它在老桂林人中，尤其在桂林回民中是小有名气的。它之所以有名，一是因为早年它是桂林以姓的主要聚居地，二是由于满清末年那里出了一位举人以景福（字鹤笙）。以鹤笙能诗善画，在八桂文人中颇有声望，同时他还是一位为人正直、热心公益的社会活动家。这就是"地以人扬名"的缘故了。

圈门脚之得名是由于在这条不长的街上相继屹立着好几座门楼，这些门楼都是跨街建筑，又都是以半圆形为门，因此给人的感觉是：这条街上的人都是在门楼脚下过日子。故而这段路被称为"圈门脚"。

圈门脚作为地名它没有准确的起点，但有确定的终点，终点叫"泰斗楼"。从西外街过甘桥（群众习惯称甘桥，应为"甘棠桥"，已毁），由甘桥西行，经东狱庙、八卦井（又名圣母池）、孝子坊、泰康门到泰斗楼。泰斗楼内称"圈门内"，出泰斗楼为"圈门外"。从圈门外再往西，一路有安庆楼、尊神庙、莫家街、五里圩、红庙等等。常说"圈门脚"系泛指从甘桥（脚）西到泰斗楼一段，其中又多指从东狱庙到泰斗楼。

圈门脚的跨街门楼当年多为防盗贼匪患而设，这些门楼中以泰康门和泰斗楼最气派，泰斗楼上还有小楼，供巡夜、打更的人居住。乱世年间有夜关门、晨开门的规矩。以鹤笙就住在泰斗楼内侧。楼上悬挂的"泰斗楼"大字横匾就是以鹤笙所题，可惜抗日战争期间匾与楼一同被焚。

圈门脚的居民为回汉杂居，汉族多，回族少，但因以鹤笙名气较大，所以回族影响大。它东临西外街，西接五里圩，地处城乡连接处，用小石板铺路，路两旁的房屋火门相对，有些大门前还设有"铺台"，是一般街市模样，但不成闹市，居民的谋生手段不像西外街靠手工业、小商贩，这里"以农为本"，居民不会手工艺，即便做点小买卖也不脱离农业。故称此处为"不城不乡"是十分贴切的。

以鹤笙的寓所占地面积大，房屋并排九开间三进，每进之间有大天井，中有月门相通，遇喜事宴宾客时，打开通门连成一气，气派非常。据说旧时来桂林任职或在外地做官回桂林省亲的头面人物，常到圈门脚拜访以鹤笙。

圈门脚有个东狱庙，庙区也用跨街门楼作界，界内房屋是庙产，也住人，属贫民区。庙区内与庙隔街相对有个不小的戏台，戏台前两侧是厢位看台，有身份的人就在这厢位看戏，平民百姓看戏则是在戏台前的平地上，或立或自带板凳，或席地而坐。平时百姓看戏的地坪是米市，每日从西路四乡八峒，如庙岭、猴山背等地农民进城卖米都汇集在这里。

来自城里的米商，有大宗收购者，有买去零售的商贩，也有贫苦人家来打零米度日的。午间时分是米市高潮，熙熙攘攘，人声鼎沸，热闹非常，两三个小时后集市自行散去，才又恢复平静。卖了米的乡下人就近买些煤油、食盐一类生活日用品回家，也有顺便带点糖饼之类零食回去讨老人、小孩的欢心。为适应这种需要，街上开了像以恒兴、马双兴这样几家杂货店，他们的经营对象是以"乡下人"为主，这里价格相宜，品种也适合农民的需要，因此生意"还算可以"。

圈门脚街上原先还有座庵堂和一个圣母池。早年庵堂有尼姑，她们给过往行人供茶水，因而庵堂得名"古茶庵"。抗日战争期间古茶庵毁于战火，尼姑散去，空留圣母池。圣母池原为古茶庵前供尼姑生活用水的一口井。据文献记载，明孝宗（1500年前后）弘治帝的孝穆皇太后早年被掳进京时曾路经此地，并在此取井水梳洗饮喝，孝宗继位后封该井为"圣母池"。井口用八块围石修成八角形，群众则按其形状叫"八角井""八卦井"，今尚在，围石亦无损，但井中被泥石填塞。是桂林市文物保护单位。

圈门脚虽以门楼而得名，但随着城市建设的兴起、社会治安的稳定以及门楼年久崩败，已失去其原来防盗的作用，拆除后，圈门脚作为地名也逐渐少为人们使用了，现在所称的"东安街（路）"包括了更大的范围，圈门脚是其中的一部分。作为地名，"圈门脚"虽已是历史名称，但它将永远载入桂林市的历史，尤其是桂林回族的史册中。

《桂林圈门脚》

❖ 以光宣、张道德：回民一条街——码坪头

"码坪头"一词最初是指月牙山与辅星山之间的厄子口，原来是草坪，拴马的地方，后来泛指从厄子口到清真寺一段。自市政建街后，这一地段叫"码坪街"，沿骆驼山西南形成，长约半华里，街路全由青石板铺成，南边民房依山而建，极富南方山城特色。

最早在此居住的都是回族同胞，为回民聚居点，后来虽有汉族人迁入，也只是三几户。到1959年七星公园扩建，码坪居民悉数搬迁时，回民仍占95%以上，故在桂林，这是一条远近闻名的回民街。如今这条街作为街名虽依旧存在，但它已不在原处。本文所记述的人和事是指旧时地址上的码坪头，当年那里所发生的事曾在桂林回族历史上，以至于在桂林市历史上都留下过回族这个特殊群体的历史痕迹。码坪街的形成可追溯到清朝初年的一段桂林回族历史。

早年居住在小东江穿山村、萝卜洲、望城岗一带的回民，其先辈系元世祖大军中属外来的信仰伊斯兰教的各族人民，是元朝镇守广西占领桂林的部队，在小东江一带戍守屯垦，落籍当地，并在穿山东北麓建造清真寺。

回民们按伊斯兰教教规沐浴诵经，每日朝礼，逢周五"主麻日"聚礼，有序地进行着各种关于民族的和宗教的活动。

明末崇祯年间，自清兵入关攻占桂林后，守城主将不了解伊斯兰教聚众礼拜的意义，认为清真寺内每日聚会有蓄意谋反之嫌，派兵捣毁清真寺，并杀害了马公骊阿訇和十余位乡老。后来，小东江一带的回民在一位广东籍盐商的资助下陆续迁至七星、月牙、辅星三山之间的谷地、骆驼山西南聚族而居，并在山前建造清真寺，形成其后的码坪回民街。穿山清真寺从此荒废。抗日战争前当地仍保存有"穆民古墓"13冢，逢开斋节城里教亲相约前往走坟。抗战期间政府将这片地划入国立汉民中学学校范围。

穿山小东江的回民先辈聚居码坪头后，生活虽贫困，但能艰苦创业，适时谋生。当时那里虽然荒芜，但有地可耕作，还可放牧。经三百余年的发展，在生产经营、生活方式上与附近农民和城市居民都不尽相同，形成独具特色的回民群居点。

由于码坪居民都是回民，都信仰伊斯兰教，因此除生活上保持回民的饮食习惯外，反映其与周边环境显著区别的，一是清真寺的特殊作用。它除供穆斯林礼拜外，又是回民社会各种活动的中心，如婚丧礼仪、调解纠纷、聚议大事以及各种社会联系和交往的聚集场所。二是在生产上的特点是农牧兼营，农商兼顾。当时的码坪头既可在山上放羊，又有草地可以养牛，因此屠宰牛羊是码坪回民主要的经营活动之一。从伊斯兰教教义来说，回民禁止食用未经诵真主之名而屠宰的动物，因此凡是回民聚居的地方都有人从事请阿訇"过刀"宰牛、羊的行业，码坪的自然环境提供了让更多的回民经营屠宰业的条件。其中有专事屠宰牛羊批发的，也有以贩卖活牛羊为主要职业的，白永成（人称毛二爷）、白汉卿和白继骅（白老九）等就是专营贩牛生意的。码坪回民宰牛一方面是为了自身生活需要，另一方面也是一种谋生手段。屠宰的牛羊多数供应给桂林市市民。码坪人一大早挑起牛肉担子，进城走街串巷，沿途叫卖。另外，码坪还有专门从事养奶牛、送牛奶的行业，宋杏生便是这一行业的创办人之一。码坪回民生产上的另一特点是从事小吃。码坪回民的小吃在桂林市民中享有名气的品种有：松茂桂的"原汤米粉"，汤镇钧的"水籽花生"、厄子口海老三的"担子米粉"以及油香、蒸子糕等等。这些小吃不仅各具特色，且都有回族的特有风味，很受欢迎。从城里专程去码坪吃碗"担子米粉"的不乏其人。码坪回民手工业中的面条和小磨麻油也是远近闻名的。

由于码坪头地处桂林城东郊，东片各乡农民来桂林多经此进城，行人中除过往客商外，多数是进城卖菜、挑粪或贩运盐油杂货的农民、小商贩，他们进城时可在码坪歇脚，返回时还可顺路带点零星小吃回家敬奉老人或哄逗小孩。因而码坪居民不仅耕田种地，还摆摊开店，卖点针线百货、酱醋油盐一类的小商品。都是小本经营、农商兼顾。后来发展到有一定规模的，如白泰盛杂货店，只是一两家。

《昔日码坪头，一条回民街》

🔹 **王庆生：** 阳朔西街三千年

史载，人文之初便有先民在阳朔这片古老而又美丽的土地上繁衍生息，其人居历史已有5000年。早在秦王朝"奋六世之余烈，振长策而御宇内"之前，阳朔西街景区就有了村落，名羊角村。《阳朔县地名志》言："因其北有一石山双峰对峙，形如羊角，名羊角山，村因山名，为羊角村。"

▷ 阳朔山水

阳朔镇作为一个城池，是在元代至正七年（1347），知县明安溥化"始依山建城，自都利（山）绕鉴山（碧莲峰），建敌楼，辟四门"。明景泰三年（1452），"县令吴洪宇于东一带继筑百余丈"，"东西长500步，南北宽900步"，城区面积将近1.5平方公里。这说明，早在元代，"西街"已围入城中，但是还没有"西街"这个名称。直到清康熙十三年（1674），才有了"西街"这一地名，而它的得名，没有任何别的含义，纯因其地理位置处于漓江西岸，其走向由东往西而然，恰好与隔江相望的"东岸"相对。此时的西街已不是羊肠小道，而是有两米宽的巷道了。

算起来，西街之名流传至今已有330多年的历史。可是，它由一条羊肠小道，拓展成为举世闻名的西街，却经历了不下三千年的人世沧桑。

元城墙，与漓江平行。沿东城墙西侧，有条路叫作"半边街"。小街两边，一边是城墙，一边是民房。而城墙外侧，濒临漓江，从水东门到青阳门，有一条宽达十几米、长约400米的"长廊"。那里建有许多吊脚楼，是妓院、赌场、烟馆最为集中的地方。入夜，四四方方的大红灯笼高高挂，嫖客、赌徒、吸毒者趋之若鹜。——这可能是阳朔最早的"红灯区"。阳朔人对城墙根的"吊脚楼"颇有感慨："一道城墙，三条死路。"这说明，阳朔市民对黄、赌、毒这些社会丑恶现象，早就深恶痛绝。及至1980年，为打造滨江路，拓宽路面，县委县政府一声令下，拆除已有644年历史的古城墙后，仅保留了水东门城门。考虑到青阳门乃重要古迹，考虑到阳朔市民的情绪，外移数米，按原样重建。元城墙、明城墙、半边街遂成历史。

清末民初的西街很窄，街道两边的住户，可以隔街伸手相握，可以互递东西，长度也不足400米。江西会馆（乐得法式餐厅）以西仍是荒地。民国初年，街延伸到城中路口（影剧院前）。民国十五年（1926），桂林至荔浦公路贯通，拆除了横亘城中路口的一道城墙，使西街与桂荔公路相接，延长至800米。民国二十四年（1935），时任县长的杨仁杰下令拓宽西街，两边房屋从上到下"一刀切"，各削掉3米，使之宽达8米。从那时以后，西街的格局没有太大的变化，只不过，民国时期赶时髦，把西街称为"西马路"。1949年11月25日，阳朔解放，遂仍称"西街"。

《西街史略》

❖ 陈迓冬：桂林的王城

《漓水留痕小辑》，非一人一时之作。是几个"广西佬""桂林仔"和一些住过桂林的人，这些从前的绿鬓少年，现在最小的也是满头白发了。虽凑不在一起，几经联系，却能试为《花桥》添设此一栏，各写各的，化零为整，辑为"漓水留痕"。顾名思义，自然写的都是桂林往事：山水、人物、掌故、文化武化、矛盾斗争、围棋猜谜、斗鸡蹴球、谈诗说戏，滚龙舞狮、哀乐歌笑、插科打诨……不拘一格。再说一句，各写各的。但上下两千年，环市数百里，从何说起呢？且从桂林市的轴心着眼——"桂林王城"，这是在旧王城正阳门前右侧，标着重点保护文物的四个大字题名。

这里，本地人哪个不知，哪天不走，习以为常了，对这四字亦不深究，哪还用在下来说？可是遇有外来的旅游者，难免不发生疑问：是"桂林"的"王城"呢，还是"桂林王"的"城"？我说是前者，不过不"醒确"（桂林话：一望而醒目，准确的了解）。旅游人说，为什么南溪山不写"桂林南溪山"，古南门不写"桂林古南门"？……偏偏要在王城写上"桂林"？恐怕是后者吧？你们桂林不是从前王爷的采邑么？我赶忙回答：不是，不是！历史上没有"桂林王"，封在桂林的王，也不叫"桂林王"。从元朝起，最后一个皇帝妥懽贴睦尔（即元顺帝）在袭皇位以前封在桂林，那时沿南宋之旧，桂林叫"静江府"（宋高宗时曾一度改名），这王城就是他的潜邸。到了明太祖朱元璋推翻了蒙古贵族的统治，封他的侄孙朱守谦为"靖江王"，洪武三年（1370）始封，九年（1376）就国，这就是靖江王府。一直传到第十二代朱亨嘉，死于南明隆武二年，即清顺治三年（1646）。这里老百姓长期都叫它"王城"，后来又称"皇城"……

▷ 民国时期的靖江王城

　　"你们皇、王不分"，旅游者说。我又说不是，不是！王城与皇城虽随便叫都可以，但王自王（是郡王Prince，不是国王Roi），皇自皇（Emporeur）——因为有外宾，我不得不甩了两句法语。这里包含着明清之际一段错综复杂的历史：从清兵入关打败了李闯王之后，吴三桂受清封平西王，衔尾追击，满贵族就在北京建立北方政权。南方的朱明宗室也相继建立了南明小朝廷，与清相抗，一个失败了又接上一个：福王朱由崧，年号弘光；鲁王朱以海，称监国；唐王朱聿键，年号隆武，隆武帝是郑成功拥立的。最后一个是桂王朱由榔，崇祯皇帝朱由检的族弟，年号"永历"，史称永历帝，继隆武之后即位于广东肇庆。但靖江王朱亨嘉，却也自称"监国"（代理皇帝）于桂林，不承认隆武，也猜忌桂王，互不相让，靖江王聚兵东下，想先发制人，在清兵南下之际却内部自相争夺，结果靖江王失败，永历帝得瞿式耜等拥护，自梧州迎驾入桂，以桂林为临时首都，于是王城便升级为"皇城"了。但不久汉奸孔有德率清兵攻破桂林，这皇城又成了他的"定南王府"（孔有德受清封定南王）。永历帝早跑掉，由贵州，而云南，最后退到国外缅甸，李定国追寻不及，却被吴三桂向缅甸强索回来杀害了，那是后话。瞿式耜（桂林留守）、张同敞（瞿的学生）被孔有德俘获，囚禁在独秀峰下。瞿、张二公不屈不降，成仁取义，同时殉国。田汉在桂林写《双忠记》，尹瘦石画《双忠图》，都以此为题材。

但是孔有德也没有好下场，曾被李定国打败（李定国原是张献忠的义子，明末农民起义的英雄，这时却成了永历帝的忠臣，南明的擎天柱），南明军反攻再入桂林。孔家纵火自焚，王城里是一片火海，只逃出了他的女儿孔四贞，被养在北京清宫里，封"和硕格格"（"和硕"是很高的爵位，满语"格格"意为小姐、公主）。顺治皇帝（爱新觉罗·福临）与她兄妹相称，她很受顺治帝的母后所钟爱，与顺治帝亦不无欢洽，但因她早已订婚给孙延龄，否则也许会成为顺治的后妃。近世《红楼梦》索隐派，说贾宝玉是顺治帝，史湘云即孔四贞云云。现在伏波山下还悬有一口清初铸的大钟，上面有她的爵衔姓名。不信，你们去看，离王城不远嘛。这大钟是从大寺（寺已不存）移来的。移到这里，巧得很，孔四贞初到桂林时，常随着她的汉奸父亲，最爱在此处凭栏看漓江。至于后来重到，她已是桂林主宰者，更是立马江干，不可一世！她的丈夫孙延龄，倒是因"妻贵"才"大荣"，这位将军的马头，跟着她的马尾，做个"和硕格格"的头号侍从罢了。

后来吴三桂起兵反清，白盔白甲，又再演一次"痛哭六军俱缟素"的戏，为死了几年的永历帝发丧，以资号召。孙延龄叛清降吴，但此人也是反复无常的两面派，吴三桂把他诱杀了，孔四贞被绑架到昆明去。这就与桂林无关了。

常言道："大路两头尖，各走各一边。"前面说到这王城逃出了孔四贞，后来她成为桂林的主宰者。要晓得另一位本是桂林的"候补"主宰者，却先逃出王城永远不回桂林来。提起此人，如雷震耳，300年来，举世闻名——他的失去王城还远远赶不上他留下的作品有名。我说"他的王城""他的作品"，他是谁？大画家石涛，又名道济、大涤子、清湘老人、瞎尊者、苦瓜和尚……真姓名是朱若极。他本不是和尚，他写信给在江西的八大山人（朱耷也是亡明王孙）说：你画画给我"款书大涤子，大涤草堂，莫书和尚，济有冠有发之人……"如果无冠无发，还有什么可濯可涤？

为什么"苦瓜和尚"又不是和尚？还得把明末痛史补说一番。上面说过瞿式耜把永历帝接到桂林，这之前，朱亨嘉的桂林被拥护永历帝的焦琏攻破了，亨嘉被俘，解送到福州（这时隆武帝在那里，永历尚未称帝），忧愤病死。其后孔有德打进桂林，永历帝已跑了，皇城仍是王城，这时靖江王府是怎样紧张，怎样慌乱，怎样凄凄、惨惨、戚戚，自杀的自杀，散伙的散伙，不消说已可想见。这位王孙那时只处个学龄前儿童，或是刚刚"束发授书"的小把爷，携带他逃出的老太监在全州湘山寺出了家，这位落难王孙当然由和尚抚养了。因此他后来也自称和尚。苦瓜者，言其身世之苦也。全州又名清湘，所以石涛晚年别署清湘老人。

　　石涛与八大山人，在清初画坛，号称"双璧""双绝""双奇"，是中国绘画史上的双突破，尽管"四王"（王烟客、王圆照、王石谷、王麓台）名噪一时，实远不如"双奇"影响后世，后来"扬州八怪"（金冬心、郑板桥、李复堂……）继起，"八怪"在思想上、气质上、风格上、技法上，以至于画幅的题跋上，都可以看出或多或少师承了"八大"和石涛，直到今天的画家。

　　一位画家没有见过石涛的画，我不敢说他不是画家。但一个美术馆没有石涛的画，将不成其为美术馆！

　　桂林人可以自豪，因为有个石涛！听说有人追逐着旅游的外宾赖着卖画，他不但侮辱了自己，也侮辱了桂林，侮辱了石涛！……

　　旅游人也莫小看这王城，虽然现在只是剩下城墙和正阳、东华、西华三门，它比北京故宫还古老些，是洪武年间建造的，北京故宫是永乐年间才在元代大都的废墟上重新盖起的。有人以为这王城是北京故宫的仿制，那就错了，它是南京明内宫的缩小。

　　更有不可小视者，孙中山先生在广州就非常大总统职后，亲自率师入桂，结集兵力，部署北伐，设大本营于桂林，这王城便是他驻跸之处。孙夫人宋庆龄也曾同在此。时为1921年。我是亲眼见过的。蒋介石也随来。……

　　"哦，蒋介石也住在这里？"

不，蒋介石那时还没有资格在王城里住。他住在八桂厅。他在写给他的儿子蒋经国的信中，曾盛称他的住所之佳，八桂厅之美。蒋介石那时不过是粤军第一军（军长许崇智）的一个中校参谋（不久升上校参谋长），当然不够格住入大总统府或大本营。倒是后来我在桂山中学读书时，我的国文老师石孟涵（鉴海），那时是孙中山先生亲委的少将秘书，在秘书长邓家彦下面工作，每天出入于王城。邓、石俱桂林人。石先生常常鄙视蒋介石："他算老几！"

"照你这样说来，这王城应该名从主人，正式标签明靖江王府才对。"

是的，王城正阳门南那条街，原来就叫王府坪，是专为王府的下人就近买东西而设的一片"坪"，后来才逐渐变成了街。你说"明靖江王府"是对极了。

"可不可以称南明故宫？或非常大总统府？或中山先生北伐大本营？……都比'桂林王城'这四字好些？"

我没有回答。乃顾左右而言他。

《桂林王城》

❖ 赵洁生：桂林的盐行街

桂林漓江西岸沿江有一条古老的小街，街道虽然狭窄，但颇有名气。这条街有百分之八十的商号是经营盐业的。桂林的盐商全部集中在这里，所以名为盐行街。街名起于何时，现在已无从考证；但聚居在这里的几乎都是湖南邵阳人，历代都是经营盐业的，称得上是历史悠久。不过，这里的盐商，都是小本经营，大多数只在本地成批购进，门市零售给肩挑小贩和本市杂货店及熬盐户，少数几家资本较大的，除门市零售外，也间或成批运盐到全州或资源销售。在抗日战争以前，广西无铁路，桂北地区也仅仅只有桂林至全州、黄沙河，有一条简陋的公路，可通汽车。交通运输，非常困难。桂林成批运盐出去，除用汽车运全州外，主要靠船运，溯漓江而上至全州，或船运经大溶江至升平登陆，转用人力肩挑至资源，再转运湘西。漓江上游，滩多水急，船只又都是木板小船，逆水行舟，易出事故。所以，经营此业者，多视为畏途，非资金较多者，不敢轻易尝试。至于盐的来源，大都由桂林水面业从梧州运来。所谓水面业者，即专事经营抚河上下货物的商业。他们从桂林购运山货土产去梧州出售，再由梧州运盐回桂，卖给桂林盐商。这种情况，相沿成习，很少变化。桂林盐商由于本小利薄，生活十分清苦，那时吃的是咸菜加辣椒，穿的是粗布衣裳，盐商业的清淡，可想而知。

《桂林盐商业变迁简史》

❖ 陈迩冬：桂林大诗窟——月牙山龙隐洞

桂林诸山，山必有洞，洞必有摩崖古刻，刻必有诗词文字。前记象山水月洞，仅具体而微一小诗窟耳。若言大诗窟则别有数处，月牙山下龙隐洞即其一。龙隐洞在龙隐岩之前，崖在陆而洞在水，春夏之时，浮舟可入，秋冬水落，则步行其间。洞如天然之甬道，仰视巨脊遗痕蜿蜒，盖太古之恐龙葬身于石灰岩液之下，后此溶液逐渐凝固，恐龙遗骨，经水冲刷不存，山亦逐渐为陆，形成此洞，理或如是，洞名"龙隐"，当非无稽。

洞之两头皆见天，中亦不暗，两壁摩崖文字，琳琅满目，最早者有唐代张浚、刘崇龟之杜鹃花唱和诗刻，乾宁元年（894）同时人张岩所书。张浚诗：

幄中筹策知无暇，洞里观花别有春。
独酌高吟问山水，到头幽景属诗人。

诗前题"山居洞前得杜鹃花，走笔偶成，用别桂帅仆射，兼寄呈广州仆射刘公。河间张浚"

刘崇龟和诗之：

碧幢红苑合洪钧，桂树林前信有春。
莫恋花时好风景，磻溪不是钓鱼人。

题长不录。前署"前岭东南道节度使检校右仆射刘崇龟"，盖和诗时崇龟已卸任矣。

原刻早已漶灭将半，不可识读。桂林市文管会整顿风景，经诗人程延渊（已故）、金石家林半觉查考旧昔文献，忖度残迹，补缀遂复全文。功不可没。此二诗弥足珍贵。

宋代李师中诗刻《留题龙隐》三首、《留别桂林》四首，及其《宋颂》三章、《劝农文》一篇，与谢鸿等初游题名均可见。兹仅录其《留题龙隐》一首：

过江缘磴寻溪垠，隐然绝壁天开门。
传云此处昔龙隐，险岩凛凛犹疑存。
风云已与时变会，苔藓尚迹初潜痕。
嗟余出处不自重，过事轻发难为神。

刻于嘉祐六年（1061）。时黄山谷方17岁。宋诗面目，与唐诗异，原不自山谷始，师中此诗可证。师中字诚之，宋进士，时为桂林提刑屯田员外郎，曾摄帅事，是谪宦。

许子绍有《留别龙隐》诗：

矫首初来北斗峰，直穿山腹作玲珑。
石间蜕骨痕犹在，渊底藏珠永更通。

霖雨几时岩墅去，卧龙底处草庐空。

眼中要识真英物，寓迹何劳想下风。

淳熙元年（1174）刻。诗有寄托，亦可诵也。

王迤祖题，则在淳熙十三年（1186）。

龙蟠此地不知年，飞去穿成万仞渊。

霖雨四方今欲遍，后人空白想蜿蜒。

朱曦颜《游龙隐洞》亦云：

圣主龙飞已在天，洞中犹有老龙眠。

便须尽吸西江水，需作甘霖大有年。

诗作于绍熙元年（1190），时宋孝宗新逝，光宗继位，故首句云云。题
谓"桂林岩洞，龙隐其最也。下有潭，泓澄萦纡，贯于岩腹。世传昔有龙
蟠伏其间，因以名焉。……"莫谓神话、传说皆无一点科学根据也。

▷　龙隐洞诗刻

朱曦颜又有《泛舟过龙隐洞小酌》诗，刻于庆元元年（1195）：

浪道湘南是瘴乡，玉壶银阙四时凉。

卧龙不逐菼灰动，爱日空惊绣缕长。

浮蚁且同佳节醉，探梅不作少年狂。

暮归惭愧山头月，照我骎骎两鬓霜。

清刻多不胜录，有陆游书"诗境"两字，方信孺刻于此者，惜已毁去（另有此二字，刻于隐山）。兹录方信孺一诗一词——六言诗云：

曾榜武夷九曲，何如桂岭七星？

小石小容螭舫，烟云长带龙腥。

《西江月》云：

碧洞青崖著雨，红泉白石生寒。揭来十日九湖山，人笑元郎太漫。绝壑偏宜叠鼓，夕阳休唤归鞍。兹游未必胜骖鸾，聊作湘南公案。

与其另三首，皆为龙隐作也，刻在洞口。时为嘉定九年（1216），下署"孚若"，信孺字也。

《桂林文史资料》第 32 辑

❖ **黄声宏：恭城的神奇文庙**

恭城是一个古老的县城。隋大业十四年（618）开始置县，面积2149平方公里，现有人口28万，其中瑶族占51%，是桂林市唯一的瑶族自治县，至今已有1380多年的历史。恭城县城所在地，貌似天然的大八卦图，茶江以"之"字形绕过整个城区，更增添了乡的灵秀。

…………

恭城文庙即孔庙，又称学宫，是纪念和祭祀我国古代杰出教育家、思想家孔子的庙宇。它占地3600平方米，建筑面积1300平方米，是广西现存规模最大、历史最悠久、气势最宏伟、保存最完整的庙宇，至今已有近600年的历史。整座文庙，严格按照我国堪舆学和营造学理论设计建造，是一座完整的宫殿式的民族古建筑，其建筑风格独特，依印山山势而建，坐壬山丙向兼子午。辛亥、辛巳分金，宿坐危星十一度半向张星十四度。乃引贵朝堂之格。以易经既济卦六爻为依据，顺应山势，依六级层叠而建。阳居一、三、五，阴居二、四、六，是"阴阳各得其位"，为水火相济的完美大吉之象。五爻为最贵之位，大成殿居之。整座庙宇庄严、肃穆、雄伟，布局严谨，造型完整，红墙黄瓦掩映在绿树丛中，大有飞出天外之势！这是易学和中国传统建筑文化相结合的魅力所在。

　　据资料记载，唐贞观四年（630），各州县普遍建立孔庙。恭城文庙创建于明永乐八年（1410），原址在县城东凤凰山，成化十三年（1477），因文庙地址的风水不利，当时的知县夏玮把文庙迁入县西黄牛岗；嘉靖庚申岁（1560）又认为庙址选择不好，读书人不能考上状元，又把文庙迁入西山（今址）。清康熙九年（1670），文庙毁于兵燹。到了道光二十二年（1842），当时又认为原建文庙规模窄小，于是派了王雁洲、莫励堂两位举

▷　恭城文庙棂星门

人到山东曲阜去观看孔庙，回来后以山东曲阜孔庙为楷模绘图设计，筹集巨款，并从广东、湖南等地雇请工匠重新扩建，于道光二十三年（1843）至二十四年（1844）始告竣工，历时两年，遂成广西规模最大的文庙。咸丰四年（1854）又被兵毁，咸丰十一年（1861）又进行修复，光绪十四年（1888）曾再修缮一次。历代对文庙先后进行了20多次修葺，至今仍保持着原来的形状。

《恭城神奇的文庙武庙》

❖ 邓礼经：瑶族圣地龙尾庙

龙尾盘古庙，位于阳朔、平乐、恭城三县交界的龙尾山上，属阳朔县福利镇龙尾瑶村管辖。

顾名思义，那山在远处瞭望似龙尾，一起一翘，活灵活现，故名龙尾山。该山主脉伸向临桂县大圩（今属灵川县），在大圩瑶岭，建有龙头庙，龙头、龙尾相连百里，山势起伏，有头有尾。在龙尾山建的瑶族盘王庙，因之取名"龙尾庙"，俗称"龙尾盘古庙"。

龙尾庙始建于清朝雍正十年（1732），乾隆三十四年（1769）重修，民国二十六年（1937）二次重修。从始建至今，已有255年历史。

龙尾庙整个建筑分为上、下两座，两边有厢房连接，全部火砖砌成。墙壁上画有青竹、花鸟、腾云、飞龙等，庙前大门上挂着"龙尾庙"大匾一块。庙内塑有盘王像，右侧梁上挂有一个大铜钟，铸有"风调雨顺""国泰民安"对联，以及"乾隆十五年广东佛山铸造"等字样。庙内有神台，供烧香点灯献茶。神台下有一洞，传说是龙屁眼，有时会放出浓雾一条，形似白带，围绕庙的四周，再伸向远方。

龙尾盘古庙是瑶族的活动圣地，每年农历二月初二、六月初一，纪念盘王，赐福瑶民，祈求得年成丰收、风调雨顺、国泰民安。于是，龙尾瑶族男女老少，敲锣打鼓，抬着猪上庙祭神，瑶族道师念经，四人围跳腰鼓舞，唱起盘王歌、腰鼓歌，吹起牛角、笛子，扛起围旗，周游各村。

▷ 民国时期瑶族男子

龙尾庙也叫盘王庙，又是瑶族村民政治活动的中心和集会场所。据传：清嘉庆六年（1801）间，有从兴安流窜到龙尾瑶村的宝峰山省山曹，经常到附近瑶村打家劫舍，骚扰得百姓不得安居，瑶民团领传令，瑶民到庙里集会，商讨歼匪办法，烧香拜神，祈求保佑平安，然后出动剿匪，用自造的弓箭、火枪及大刀将匪歼灭，得到当时的平乐府奖赏白银四十两。

民国三十四年（1945），日本侵略军侵占阳朔福利，经常到乡村奸淫掠掳，龙尾瑶民自动组织自卫队，放哨守卡，与外村自卫队联络。有一次，由自卫队长赵福安率领，去福利打击驻福利东山亭之日军，事前也是集中在庙前祭神，商讨办法，然后出发的。由于瑶民使用的全是自制的土枪土炮，又缺乏战略战术训练，遭到日军机枪射击。枪弹如雨，瑶民自卫队的邓家坤、赵福祐两人背着的雨帽各被日军射穿四个孔而未伤及皮肉，安全撤回瑶寨，也认为是盘王菩萨保佑得福的。

龙尾庙由于年久失修，至今已破旧不堪。庙前的大匾已毁，唯有庙内大钟尚存，瑶族村民每年二月初二、六月初一仍到庙来祭神。近几年来，政府帮助瑶民建起了小水电站，不再一味靠天吃饭了。

《龙尾庙》

❖ 黄声宏：百年"蜜蜂楼"

周渭祠（即周王庙或嘉应庙）位于县城恭城镇太和街，为纪念宋朝监察御史恭城籍人周渭所建，也是祭祀周渭的庙。周渭，字得臣，茶城（今恭城）炉口谢家村（今凤凰山后）人，生于公元923年，卒于北宋咸平二年（999），赐同进士出身，官至侍御史，擢赞善大夫。其祖籍湖南宁远，其祖父弘德公先入昭州府后迁茶水。

据《宋史》记载，周渭从小是孤儿，被人抚养，宋建隆初（961）只身北上到达京城汴梁，结识户部侍郎薛居正并受到器重，后入朝为官，其妻莫荃一直留在恭城，经济甚为拮据，其子年幼，全靠养蚕织麻操持家务，并为孩子完成了婚娶。26年后，周渭任广南转运副使，方有机会探家。回到家乡后他关心百姓疾苦，奏请朝廷减免税赋，开发民智，兴办学堂。周渭一生廉洁奉公，颇有政绩，死后被朝廷敕封为"忠佑惠烈王"，家乡百姓感恩戴德，捐款为他建庙、塑像，每年的农历六月十五日，当地百姓都要为周渭举行隆重的纪念活动。有诗联赞曰："百代相传周御史；千秋怀念古乡贤。"

周渭祠始建于明成化十四年（1478），清雍正元年（1723）重修。周渭祠由戏台、门楼、正殿、后殿和左右厢房组成，占地共2600多平方米，建筑面积1040平方米。门楼为祠的主体建筑，是全祠的精华，面阔三间，分为明间、左右次间和稍间。门楼重檐歇山，两层屋面之间饰有斗拱，分为坐斗、交互斗、鸳鸯交手斗。以坐斗为基础，交互斗垂直于坐斗，并受下层坐斗的依托。交互斗的两侧以45度角垂直于坐斗。下层交互斗通过坐斗与七层交互斗吻合，保持力量平衡。两侧鸳鸯交手斗，使屋檐的重量渐次集中下来分于柱和梁上，以"一斗三升"为一组，门楼共有300组。上层斗拱与下层斗拱恰好构成一个完美的图案，严谨而又有规律，形如蜂房，因此又被称为"蜜蜂楼"。整个门楼斗拱以千余根坚木为榫，互相衔接吻合，彼此扶持，不用一颗铁钉、一件铁器。门楼稍间外同墙壁檐挑上，还饰有砖形假斗拱相映衬，檐口是绿色寿字纹图案的方形瓦当和瓦滴，重檐歇山，泥塑花饰，花鸟虫鱼，飞禽走兽，惟妙惟肖。屋面两层的四角，各悬有一只大铜铃。正殿里塑有周渭坐像一尊。

周渭祠的最精华之处是"蜜蜂楼"，最具神秘色彩的也是"蜜蜂楼"。它整个夏天没有蚊子，而其他地方则有许多蚊子，这是五百多年来许多人想破译而又破译不出的秘密。因此，周渭祠具有很高的科研价值和观赏价值。

《周渭祠》

第二辑

桂林往事·
那年城里的大小新闻

❖ **魏继昌：**政府无能外人欺

辛亥革命以前，桂林为广西省会，既非通商口岸，又非工业地区，帝国主义在桂林之侵略压迫，不在经济而在教会。自江宁和约允许各国在内地设传教堂例由各国保护，因此，帝国主义往往借教案肆行侵略压迫，要索种种权利。例如山东曹州发生教案，德人借此强占胶州湾，索胶济铁路及沿海矿权；天津发生教案，杀40人以抵法领事一人之命，府、县官亦被处分，统兵之陈国瑞亦几不免。由于这些事例，州县官吏畏教士如虎，遇有民教纠纷和诉讼案件，例必袒教会，不敢依法公断，而教民则恃教会为护符，欺压人民竟成风气。

▷ 20世纪40年代广西容县基督教堂

桂林亦不例外，当时桂林的教堂，有天主堂、圣公会、基督宣道会、浸信会等，以天主堂主教赖保利为最横霸。每遇民教诉讼案件，被告若系教民，则派人持名片向县官保释，若被告不是教民，则派人持名片向县官胁迫逮捕究办。临桂县知事奉命唯谨，不敢拒绝。有一次天主教失窃洋枪一支，教民某（忘其姓名）与修理店王宝珍店主有私怨，诬王盗去，赖即派一教士率领教民多人到王宝珍店翻箱倒柜，大肆搜索，搜索赃物不得，竟将店主押回教堂亲自审问。这一暴行，激起全街商民公愤，召集各街群众开会公议，向赖保利交涉，要他挂花红放鞭炮将王宝珍送回，否则焚烧天主教堂。事为地方官吏闻知，乃一面派兵弹压，劝阻群众，一面由临桂县亲向赖保利索回王宝珍开释了事。对于赖保利违犯约章非法捕人之暴行，则隐忍不敢追究。

另一件是教民拐骗案。教民白利希文，自称为美商，在下十字街（今中山路）开设一间粤和洋行，专卖洋纱，他勾结教民中一些坏分子，以获利优厚为引诱，大肆宣传，招集股份，一般商民见有厚利可图，通过教民的介绍，纷纷投资，仅两个月，已集资数千元。白利希文一俟资金到手，借口办货一去不返，商民向地方官吏控诉，反被驳斥，以该商行未经立案，不予追究。而串通行骗之教民，竟得逍遥法外，并反而讥笑受骗商民幼稚愚昧。此类事件，不胜枚举，即此二事已足说明当时帝国主义在中国横行无忌，暴露了清政府之腐朽无能。人民之自由权利财产毫无保障，这不能不说是导致辛亥革命的原因之一。

《辛亥革命时期我在广西的一些见闻》

❖ 刘信敬：辛亥革命在桂林

1911年（辛亥年）8月19日，霹雳一声，武昌起义，桂林各机构的职官，得到了这个消息，惊骇万状。潜伏在桂林的革命人士，跃跃欲试，各帮会也就额外活动。王芝祥看到桂林形势紧迫，认为要保全自己的安全，除掉应潮流、顺舆情、依附革命外，没有别的路可走。于是就走进巡抚部院，向抚台沈秉堃倡议广西独立。沈认为他自己"身受清室大恩"，背叛清室，是为不忠，有些犹豫。可是，王芝祥拥有保护全省钱粮的士兵六个大队，大有左右一切的力量，而沈秉堃自己呢，没有半点实力，有主张，也不敢拿出来。几番商定，乃于9月16日晚上，在布政使署内的八桂厅，制写宣布广西独立白旗，旗为长方形，长约三尺余，宽为一尺余，旗上写着

"公举沈大都督，王左副都督，陆右副都督宣布广西独立"22个墨笔字。次日黎明（9月17日清晨），即把它挂在竹竿上，竖立在桂林城区通衢街道，一般进步人士，望见竹竿白旗，个个面有喜色，欣然相告说："我们广西响应武昌起义宣布独立了。"

广西宣布独立后，即决定于9月21日夜间，在旧王城内举行祭旗仪式。这个时候，桂林方面驻有士兵六个大队，每队设队长一人，统归宋统领尚杰统率。内中有一个大队，系广西宣布独立前不久招募

▷ 广西都督沈秉堃（1862—1913）

成队的，这个队的队长，系宋尚杰的亲信差官某充任，驻扎在桂林城文昌门外，其余的五个大队，都驻在桂林城内。五个大队之中，又有一队驻扎在布政使署内，守卫库银。驻扎在文昌门外的那个队中，有人倡议，趁着举行祭旗式的时候，进攻布政使署，劫夺藩帑，随与驻守藩库的大队士兵联络。事为宋尚杰知悉，密报王芝祥，王当即召集驻扎桂林城内的五个大队长至前，温言抚慰，给以犒赏，叫他们不要随声附和，并令守库士兵，妥为戒备。守库大队队长，即于二十一日举行祭旗仪式前，布置就绪，准备迎击。文昌门外大队，满以为守库士兵已经接受了他们的联络，到时内应，没有想到队伍扑进署内，署内即开枪射击，攻署士兵，死伤很多，残兵溃走。那些败走的士兵，知道劫夺库银，犯下了滔天罪行，于是临时喊出一个"扶汉反洋""杀和尚头"的口号，来掩盖自己的罪过。这个口号是个什么意思呢？也就是说，怎么会喊出这么一个口号呢？因为，当桂林接近宣布独立的时候，有许多奔走革命的志士，先后将辫发剃除，俗呼没有辫发的为"和尚头"，一般顽固人认为剪剃头发，不是复汉，是崇洋（当时叫外国人——日本人、西洋人为洋人）。这班抢劫库银的败兵，就说他们进攻藩署，不是叛乱，是反对尊崇洋人，他们是赞成推翻满清，复兴汉族，他们要杀尽崇洋的那些剪除头发的

人——"和尚头"。这个口号一出来，沿途遇着没有辫发的人，就不分青红皂白，加以枪杀。那天晚上，"和尚头"被杀害的近十人。次日，没有辫发的人，都不敢外出，有的在帽子内面安装一条假辫发，戴着帽子，在街上行走。幼童根本没有留辫发，也不敢在外面玩耍，也有搽脂抹粉乔装为幼女上街的。当宣布广西独立的时候，有人认为推翻满清，头发衣冠，应复古制，经过这次杀"和尚头"的事件发生，就有不少的人，满蓄头发，戴螺帽道巾走过街市的。为时不久，这种装束，也就不再看见了。劫夺藩库，枪声骤起，城内外的居民，备极惊慌。好在一场混乱，当晚即告平息，这也是广西宣布独立后发生不幸事件中的一件幸事。

白旗竖立不久，大街小巷路上，发现有弃置的纸币，这就是有人认为广西独立，旧币业已变成废纸的原因。后经银行兑现，又照常通用。那些旧币，一直通用到陆荣廷任都督发行新币，用新币把它陆续收回为止。

沈秉堃被举为广西省大都督后，大权旁落，一切政务，均不能由自己任意处理，每感觉到巡抚实权在握，都督徒拥虚名，实无兴趣。未久，假名参加北伐，将都督职务交给左副都督王芝祥代理，就此离去广西。王芝祥老于世故，他提议宣布广西独立，原属一种投机举动，当然，广西独立后，他对于新广西，不会有什么表现。前清旧制，本省人不能在本省做官，名为"回避"，反正后，一反前例，本省官员，尤其是高级官员，例由本省人充任。王想到自己身任左副都督兼代大都督这样一个重要职务，没有半点政绩可观，自己又不是广西人，总有一天，会被广西人排挤下去。还有，右副都督陆荣廷，素以勇悍善战著称，拥兵邕龙，实力雄厚，万一不肯合作，率兵来攻，更是无法应付。想来想去，心中真有些不大自在，于是，仿效沈秉堃的做法，伪称出师北伐，就率领了六个大队的官兵，提取库款现金半数做军饷，离桂北上，都督职务交与右副都督陆荣廷担任，陆未到省以前，都督印信，暂由广西全省团练总局总办兼广西巡防营统领、广西巡警道秦步衢护理。秦即去电催请陆荣廷来省接任都督，陆氏见秦身兼数职，且掌握重兵，桂林一带，又都是秦的活动地区，贸然来到，恐遭吞并，所以不肯即日来桂。秦见陆迟迟其行，迭电催促，陆一面电复"稍缓即来"，一面在南宁、龙州等地，大募新兵，扩充他的部队，实力已够雄厚，布置也都停当，然后率队来桂接任。可是有一个身兼几个武职，率领大兵的秦步衢在他的左右，总有些放心不下。未几，孙中山在南京就临时大总统职，清帝退位，陆荣廷就抓住了这个机会，借口共和告成，北方平靖无事，南疆防务重大，有迁省到南宁的必要，随即示意和他接近的省参议员，倡议迁省。都督意旨所在，谁敢出头反对？桂林议员都不同意，但是力量薄弱，得不到多数参议员的支持，即决定省会迁南宁。次年（1912）省会迁邕。省会不在桂林，这就大大地削弱了秦步衢的兵力，陆荣廷一件日夜不安的心头大事，就此消失。而明清两朝经历几百年的广西省会——桂林，就变成为一个县治了。

《辛亥革命时的桂林》

❖ 魏继昌：从桂林到南宁，省治迁移的缘由

迁省治的原因极为复杂，有远因，有近因。远因是桂林从前在科举时代，多中了几名状元，又有三元及第、榜眼及第，遂自豪地把桂林夸成是一个文化城。每逢乡试科场，各府士人来应考时，桂林人士往往表露出一种骄矜态度，看不起外府人，称之为下府佬，向为各府人士所不满。近因是广西独立后，发生了下列两件事：

一件是在陆荣廷就职后，发现了有反对革命的标语。辛亥12月21日，陆荣廷就职，次年正月元旦，发现已故老翰林曹驯的儿子住宅门首贴有一副对联："五百年其间必有，二三子何患乎无。"这副对联是用四书上的"五百年其间必有名世者"和"二三子何患乎无君"，两句话上联截去"名世者"三字，下联截去一"君"字。"名世者"指一代首出庶物的帝王而言，这明明是一个反对民主革命的标语。有人将此事报告陆荣廷，陆听了默然无语，不置可否。

▷ 桂系军阀陆荣廷（1859—1928）

　　另一件是秦步衢鼓动驱逐卢汝翼、蒙经的风潮。广西独立后，谘议局改为参议会，而原来的谘议局议员就有新旧两派，旧派首领在桂林方面为秦步衢，在平乐方面为萧晋荣。两派意见各走极端，斗争向极剧烈。军政府成立，发表六司四局人选名单，旧派分子得不到位置，非常愤恨，求计于秦步衢，秦在桂林盘踞团局日久，党羽甚众，独立后，巡警道改为警察厅，王芝祥利用秦为其爪牙，委秦为警察厅长，陆荣廷就职又委秦为巡防营统领。秦身兼三职。又拥有军警乡团武装势力，气势益张，遂唆使其党羽，以卢、蒙把持军政府为借口，煽动驱逐卢、蒙的风潮。

　　这两件事发生，结合在一起，陆荣廷颇难处理，匆匆地离开桂林回南宁去了。在参议会方面，大多数议员都感到桂林潜伏着巨大的反动势力，难于推行民主政治，主张把省治迁往南宁，当时乃召集会议讨论，在双方辩论到最激烈时，萧晋荣竟手擎茶碗猛向卢汝翼头上掷去。这一暴行，触犯了众怒，顿时秩序大乱，几至动武，各府议员纷纷退席，相约赴邕集会，遂各自陆续离桂而去。陆荣廷对于迁省之议，本极赞同，因南宁接近武鸣家乡，又能兼顾边防，但亦不能兼顾桂林、平乐各府，左右为难，踌躇未决。这时，秦步衢约集桂林绅商各界组织"省桂完成会"向商家筹集资金，设办事处，发通电，派代表赴南宁请愿。陆为调和双方意见，只好用"以不了了之"的办法来处理这一问题，其办法是参议会议员既已集中南宁，就在南宁开会，军政府六司中的军政、教育、司法三司暂不迁邕（军政司司长陈炳煜兼任桂林镇守使常驻桂林，教育、司法两司司长都是桂林人），其余各司各局已迁邕者暂维持现状，省治迁邕迁桂，听候中央解决。这一现状，一直维持到民国二年（1913）年底。其他，如高等审检两厅以及法政、师范各学校，始终留在桂林。

《辛亥革命时期我在广西的一些见闻》

❖ **陈良佐等：** 陆荣廷戏耍王祖同

　　袁世凯自癸丑之役（二次革命）消灭了南方的革命势力之后，全国遍布了他的爪牙。辛亥革命南方各省的实力派，惟广西的陆荣廷硕果仅存。袁世凯在此踌躇满志之余，蓄意帝制的阴谋活动便逐渐抬头。民国四年（1915）筹安会成立之后，这个活动更达到了最高潮。陆荣廷对袁虽一向听命唯谨，但多疑善妒的袁世凯以陆拥有广西，且颇负时誉，终究放心不下，难释南顾之忧。遂于是年九月，特任他的亲信具有特务干才的老官僚王祖同为广西巡按使兼会办广西军务，负对陆严密监视并拉拢联络的秘密使命。

　　陆荣廷虽出身草莽，浑敦无文，但在清朝末造，由偏裨末秩，不十多年擢跻阃外之寄（广西提督军门），才智必有过人之处，对奸雄盗国的袁世凯这一着，哪有不心领神会之理？他于是老谋独运，定下对策，运用伪装椎鲁质朴的姿态，烘托忠厚谦卑的气度。陆每事必与王商，即公余游宴，搓几圈麻将，吃一顿便饭，每时每地都离不了王巡按使，这已够王祖同暗地吹嘘。是年11月，陆又主动拉王联名劝进，这更使王祖同感到满意，对陆消尽疑云，引为知己。讵知陆另方面暗地与他的亲信将领如陈炳焜、谭

老桂林 **35**

浩明、韦荣昌、莫荣新等，歃血为盟，决定了倒袁计划，摆下了一盘活子，待机发动。

民国五年（1916）1月，袁氏称帝改元（洪宪）令下，陆立刻钦遵通令至省，并解散省议会，虔示拥戴之诚，寻即托病返武鸣，军务派陈炳焜代理。陈秉承陆意，对王更谦谨有加，而陆在籍养病又借词习劳治疗，亲身监工起修耀武上将军第。盖袁氏于称帝改元之前夕，册封陆荣廷一等侯耀武上将军。建第之举，无非显示他受宠感恩，夸耀乡里，既无大志，更无异志，以蒙蔽王祖同。王果堕其术中，自作会心的微笑，信之不疑。到了袁世凯特派陆荣廷为贵州宣抚使，陆更故示受宠若惊，剑及履及，登即启程赴柳州，檄调部队，准备入黔，其实是借题另做文章，暗地里做发难讨袁的部署。王祖同呢，至此还是吃了迷魂汤似的，毫无觉察。最可笑的是他自动地向袁为陆打边鼓，请袁速予批准请求补助饷械的电呈，并迅即发下以利戎机。事情的确为王祖同万万料不到，陆荣廷一接到袁的巨款（100万元）即于3月15日在柳州军次，通电拥护共和，出师讨袁。王祖同这下才如大梦初觉，愧悔惶惧，不知所措。陆荣廷却很幽默地对僚属说，王巡按使给我们帮忙真是不少，理宜答谢。于是电邕馈王四万金，以壮行色，遣之北归。

《陆荣廷轶事》

❖ 李文钊：五四运动在桂林

1919年，北京学生举行五四示威游行的消息传来，桂林学生热情敏感，马上响应。立即由学生爱国会发动全桂林所有大中小学校的全体学生举行游行示威，并由各校学生分头组织宣讲队，展开广泛的街头宣传讲演。6月3日、4日，北京政府对学生实行大逮捕后，桂林学生的反日救国运动也得到各界人士的支持，深入开展了一步：一是从街头讲演发展到进入各剧院讲演，一是发动各校相继在慈善会做演剧宣传。这时的宣传口号是："反对日本帝国主义侵略中国""反对帝国主义瓜分中国的势力范围""不承认巴黎和约""立即释放被拘捕的爱国学生""打倒北京卖国政府""打倒北洋军阀"等。由于北京政府的专横卖国和学生爱国运动的正义热忱，当时的宣传讲演是很受欢迎的，有时各戏院还主动参加和安排这样的讲演，艺人们还热情地把讲演的内容反映到演出中去。记得一次法专讲演队的谢振民同学讲述北京政府的媚外卖国勾当后，名丑六指姆马上在他所演的《刘文静降妖》的戏中，把北京政府一伙卖国贼当妖魔鬼怪予以捉拿，痛快淋漓，观众深为感动。

▷　五四运动旧照

演剧宣传是由各校自报演出剧目，在慈善会舞台轮流公演。记得当时法专演的是《朝鲜亡国痛史》，省三中演的是《刺伊藤博文》，省师演的是一出活报剧，其他已无记忆。这些演出多是以反对日本侵略和拯救中国危亡为主题的，对当时观众有一定的反帝爱国的影响。这些演出虽然不免带有文明戏、幕表戏的形式，但是其中也有完全依照话剧形式演出的，如上述法专、省师的演出，就极力摆脱文明戏的影响。可以说，桂林学生这次演出活动，政治上在努力完成宣传反帝的任务，而在话剧运动上也起了启蒙的作用。应该说，广西的话剧是从这个时期开始的。

《五四运动在桂林》

❖ 卢子雄：陆公馆的狗、马、金鱼

陆（荣廷）老帅爱狗，陆大少也喜欢玩狗。陆公馆养着三四十条狗，有个狗排长，帮他养狗教狗。陆老帅喜欢一条洋狗，到哪里去，坐车坐轿都把它带在身边。陆大少有两条狗会提灯替他照亮上街。一条狗可以提两个四方玻璃灯，办法是用一根长约二尺的横木，在横木的两端各挂一个四方玻璃灯，用时让狗衔着横木的中间走。陆大少晚上出街，命两条狗各衔着灯，一条走在前，一条走在后，替他照亮。陆大少还有一条帮他买东西的狗，做法是将开列的货单和购货所需要的钱包起来，给狗叼往商店；狗到商店后，前脚爬上柜台，吐出纸包，店主人解开纸包，照货单发货收钱，把货物和找补的钱仍用纸包好，狗便将买得的货物衔回来。陆公馆养着一对狼狗，是花500元买来的，性情非常凶暴，平时用绳子绑着，否则要咬死人。但是，穿军服的人它们就不咬。如果穿便服而又不是陆公馆的熟人，它见了，你就跑不掉。这两条狼狗每天早晨要吃四角钱牛奶，中午和晚上吃的就更不要说了。陆公馆的狗窝都是用新棉花铺的。陆公馆几十条狗，每天的食用费，何止穷人一家半年粮？

陆公馆养着三四十匹骡马，有马排长和马夫饲养训练。但陆老帅由于脚患风湿，出门不坐汽车就是坐四人大轿，总不见他骑马。

陆公馆还养着四五十条金鱼，有各色各类的金鱼，打听哪里有异种新样品种，就要设法弄来，也有不少的人收良种送给他。金鱼也有专门饲养的金鱼排长。

《陆荣廷的家庭生活》

❖ 李诏杰："狗肉将军"谭浩明

广西督军谭浩明（号月波）是陆荣廷的妻舅，原是龙州县水口乡龙江河上的一个打鱼仔，由于军功和陆氏的关系做督军，还做到湘粤桂联军总司令。没有见过他的人猜想起来这位督座兼联帅一定是头如笆斗、声若洪钟，上马杀贼、下马布露的英雄好汉，可是见了他，真是大出意料之外。他外形是个矮胖子，举动斯斯文文，老是长袍马褂，我记得平时从来没有见过他穿军服，就是在节日，例如元旦或祭孔，他穿起那套金碧辉煌的将军大礼服，头插鸡毛扫，腰挂九狮刀，满身勋章宝星，却仍然蹀他的八股老方步，特别难看而可笑。这与陆荣廷的虎虎有生气差得很远，要是和杀人大王武卫军总司令马济比，有人说一个是撞得死狗，一个是踩不死蚂蚁，不可同日而语了。

他面孔圆圆的总是笑眯眯，说话低声细气，还带女人的嗓音。没有见过他发过大脾气，骂起人来总是口中念念有词，有时发急起来连话也说不出。他有一个特别嗜好：好食狗肉。很多人说陆荣廷是狗肉将军，那是"谭冠陆戴"了。他家里有专门做狗宴的大厨师，嗜好之深，大有不可一日无此狗之概。在此附带一谈老桂系政要多是土包子的暴发户，没有像以后的人豪奢，说到专厨，也不过是一些从行伍出身在身边跟久了的火头军选拔而来，甚至陆荣廷的厨子也是这样。有人以狗作礼品送谭，或者奉陪他参加食狗肉，往往有不可思议的效力，获得意想不到的好处。他对于自己目不识丁感到十分痛苦，曾经一度发狠请人像小学生般地教读，但是没有进步。因此，他对后辈教育再三注意，也曾经解私囊办学校。李静诚（广西省长，谭任师长时，李曾做过他的参谋长）对他的评价是：谭是个忠厚老实的"烂好人"，桂系中的好好先生。惜乎这样的"好人"，结果惨遭横死是谁也没有想到的，不死于战场，而死在家庭自己人的手中。1925年春在上海私宅给自己从小养大、出生入死的贴身卫士小名叫阿福的刺死。凶手当即逃跑，出马路不远就丢枪束手就擒。经过租界巡捕房侦查审理后，引渡去当时的湘沪护军使署。

　　事件轰动一时，报章传载却是遮遮掩掩，说不出个中真相。之后谭府即全眷迁澳门，也绝口不再提及。当时一些无聊小报如《晶报》《金钢钻》之类，就连篇累牍说成什么桃色事件等等。这话并不是没有蛛丝马迹可寻。谭浩明是个多妻主义者，最小的一位夫人排到第八，据说当时她是上海花界的什么"花国总统"，鼎鼎有名。问题就牵涉到这位八夫人的身上去。谭被刺后，谭宅南迁。当时一家大小都无异议，只有这位八夫人已生有一子，不愿同行，这是可以理解的。在她想来，既然有了这种空穴来风，南归对她可能是不利的。但这样更引起大家怀疑，她为了表示自己的清白无辜，宣称自愿削发遁入空门以明志。为了这件事，当时在上海的桂系还开过元老会议商酌处理，结果原则同意她不南归，但不同意她入庵堂，也不让她闲居在外，而是由家里把一笔款捐给苏州的某一个善堂的养老院，作为基金，叫她母子二人都住到那养老院去。这种善堂的养老院是专为一般孤寡而设，清静无为到极点。人进去了就完全与外界隔绝。

花國參政院參政留美君玉兩氏之合影

▷　民国妓女宣传照

有一年我曾与我妻去探视一次。我不准进去，我妻虽放进去，可是交谈时也规定远远地隔开，不得挨近。她母子进去住后，一直到孩子长大，才有一次准接出院过节。可怜这小孩子出院连看见牛都认不得。按照大家的估计，那位花天酒地出身的年轻"花国总统"不会过得惯的，肯定迟早要走还旧路。可是出乎意外，这年轻的母亲，其心已死，带了亲儿入院一住就过了二十年，直到解放前不久，儿子也长大成人了，才携儿回广西居住。封建制度之杀人不用刀，此事提供了一个很好的例证。

《谭浩明其人和他的被刺》

❖ 张　猛：孙中山在桂林

1921年10月间，各路北伐大军齐集广西桂林。孙中山先生以大总统兼陆海军大元帅身份，由广州赴桂林，亲率粤、桂、滇、黔、赣等军部队准备誓师北伐。孙先生从梧州抚河北上，水陆兼程，水路乘船，陆路坐轿。孙先生为人和蔼可亲，平易近人，爱民如子。他边坐轿边跟轿夫聊天，并关心地垂问轿夫有多大年岁？轿夫不过随口回答说："六十了！"孙先生立刻抱歉地说："哦，我的年纪比你小，你不该抬我！应该我抬你才对。"说着立刻请轿夫停轿，走出轿来步行，让轿夫们抬着空轿走，边走边跟轿夫讲述革命的道理，并安慰他们说："将来革命成功了，你们就不用抬轿了。"一位革命领袖如此体恤下情，当时使我十分感动。

孙中山先生抵达桂林时，孙先生在日本时的亲密战友，当时桂林县的县长周公谋率各界人士夹道欢迎，盛极一时。

孙先生抵桂林，即成立陆海军大元帅大本营，驻节桂林王城独秀峰下。当时，我是警卫团副官，我们警卫团第一、二营驻在王城拱卫孙大元帅大本营。警卫团有三个营，共2000多人，第一营营长为薛岳，第二营营长为叶挺，第三营营长为张发奎。警卫团中校团副李章达率领叶挺（第二）营全营官兵先行开赴桂林布置行营，第一、第三两营由团长陈可钰率领拱卫孙先生到桂林。

孙先生在桂林期间，日间经常到各地去视察地形，我常带领一排至二排人拱卫孙先生。孙先生发现宜攻宜守的险隘之地即随手绘成地图。我们曾跟随孙先生到叠彩山、孔明台、老君洞、伏波山等地视察。一次在阳朔，孙先生和我们一起去阳朔伏波庙瞻仰伏波将军塑像及其战袍、盔甲、大刀、马鞍等遗物，大刀巨大无比，我们之中无人能提得动，伏波将军像全身披挂，威风凛凛。孙先生对我们说："伏波将军英勇无畏，你们要向伏波将军的英勇坚毅学习。"我们听了，都恭敬地向伏波将军行了军礼。

有一次，我们跟随孙中山先生往游桂林七星岩。孙先生头戴水松心大通帽，身穿米黄色山东绸猎装，脚踏黄色短筒皮靴，手持拐杖，身背望远镜。岩洞内黑暗无光，有一群打着赤脚、衣衫褴褛的小孩子手持火把为游人导游。

见我们进洞，也要求为我们导游，挣点饭钱，卫士们为了孙先生的安全，拒绝了孩子们的要求，并将他们轰走。孙中山和颜悦色地对我们说："不要赶他们，就让他们打火导游吧！"并笑眯眯地亲切地对孩子们说："来！来！大家都来排好队！"说着吩咐副官黄惠龙逐个小孩派赏钱，有的小孩拿了钱，走开去跑了一圈又跑回来要钱。给卫士们发现了，举手要打他们，孙先生立刻制止说："不要打他们，给他们吧。"

一群孩子高擎火把在前引路，把个七星岩洞照得光亮如同白昼。孙先生很高兴，边走边训勉孩子们说："你们今天拿火把导游，将来长大了就要参加革命，拿枪杆打敌人，革命成功了，你们就可以过好日子了。"说得孩子们乐呵呵的。

七星岩洞内，有一股清流，清澈凉快，我们大家都俯下头去洗手，有些人还想喝一两口。孙先生是医学博士，很讲究饮食卫生，急忙阻止我们说："不要喝，不卫生。喝了会生病的。"孙先生随时随地都这么关怀和爱护人民，关怀和爱护我们这些部下，使我们感到无限温暖，愈加崇敬孙先生的伟大人格。

《孙中山先生在桂林时的一段回忆》

❖ 黄照熹：沈鸿英三进桂林

沈鸿英是旧桂系时一个军阀，曾三次进入桂林，对桂林影响颇大，不可不记。

民国十一年，孙中山由桂林准备出师北伐，后因广东陈炯明背叛孙中山，孙中山不得已中止北伐，率师由桂林循抚河下梧州，回广州平乱，一时桂林空虚，桂林附近四郊绿林乘虚进桂林，成立自治军，以梁华堂为自治军总司令，发行钞票，立关收税，俨成气候。不久，朱培德由湖南率师回粤，道经桂林，自治军闻之，星夜退走。朱培德遂进驻桂林，即桂林人

▷ 沈鸿英（1870—1938）

所谓"红头军"也。朱培德去后，桂林附近第二次绿林蜂起，人民群众受害之深，赛过第一次绿林。沈鸿英时受北洋军阀之使，由湘回桂，准备侵粤，与北洋军阀夹击孙中山。

沈鸿英回桂林后，即招安四乡绿林，扩充人枪，壮大势力，为侵粤做好准备，一时绿林尽为沈鸿英收编。沈鸿英部署清楚之后即率师下梧州。是时桂林商会照例欢送，请客送饷，还送万民伞。笔者那时还小，当沈鸿英出城之时，城里居民出来看热闹，笔者也参在其间，放炮欢送，万民伞并有"沈将军万家生佛"等语。此乃沈鸿英第一次进桂林之情况也。

陆荣廷自粤军入境被逐出广西后，他本人虽由龙州出国，而其部下如

韩彩风、韩彩辉、韩彩龙等仍窜据广西偏僻山县中，待粤军出境，陆旧部又活跃起来。盘踞柳州及其附近各县，一时声势浩大，待沈鸿英离桂林后，其旧部即延陆荣廷回桂林，预备重整旗鼓，再次树立其统治广西之政权，此民国十三年间事也。陆荣廷在广西素得民心，陆回桂林后，桂林以商会为首，大放花灯，以示欢迎，并表庆祝。陆荣廷也得意扬扬，在席上由其秘书长崔少林赋诗来表示自己的兴奋情感。

孰知正在这时，沈鸿英招安起那批绿林到广东去打孙中山失败回来，又回桂林，把陆荣廷困在桂林城里。陆荣廷因事先没有准备，仓忙关城，沈鸿英困住桂林一直有70多天。在这70多天中，桂林粮食大成问题，遂开仓把仓米拿出煮粥分给市民吃，陆荣廷还亲自持勺舀粥。桂林饮水都靠城外河水，关城之后，不能出城挑水，只靠城里的十二口井水供给，饮水也成问题。柴火等燃料，因四乡不能把柴火挑进城，很多家的桌子、板凳、床铺都拆来烧了。还有大粪，是靠四郊菜农来挑的，困城几十天，无人来挑，弄得满坑满谷，甚至疴到街上来。在这几十天中死人很多，又无法抬出城外去埋，因此桂林城里军民生活都非常难过。以商会为首的城市居民，同当时桂林县长石宝恭商量，由石宝恭出面为民请愿，请求陆荣廷退出桂林，让沈鸿英进城，来解桂林之围。陆荣廷一听之下，大为震怒，当即将石宝恭枪毙，死守桂林，等待援兵。这时李宗仁、黄绍竑的定桂讨贼联军，已决定联沈倒陆。陆得电，知事不可为，遂退出桂林，让沈鸿英进城。这是沈鸿英第二次进入桂林城。

沈鸿英进城后，陆荣廷已离开广西，沈遂招收陆之残部，势力又复壮大，想继陆、谭来统一广西。时广西势力较大的只有李宗仁、黄绍竑，沈也决定派其部将邓佑文、邓瑞徵、沈荣光（沈的养子）、陆云皋、陈春光等出兵消灭李、黄，李、黄也就积极集蓄力量来打沈。李、黄先发制人，发出讨沈檄文；于民国十四年，打败沈军，白崇禧进占桂林，沈鸿英逃到湖南，又被白崇禧追击，沈只好带其亲信投靠北洋军阀吴佩孚。

白崇禧进了桂林，部署一番之后，自己又下柳州，派侯人松为桂林善后处长，镇守桂林。侯人松在桂林做善后处长，大开烟赌，东门、南门、丽泽门、定桂门，赌馆林立。侯人松麻痹大意，对于卫戍桂林工作没有做好。不久，潜伏在桂林东北的沈军残余沈荣光部，听知白崇禧大军已开柳州，遂由灵川铁坑、三邑关一带偏僻山路潜入桂林，沈军到了对河东江，侯人松还不知道。因为沈军纪律很坏，到了对河之后，看到东门一带（在对河广东会馆，即今之东江小学）赌馆林立，赌钱的人正在热闹之时，就乘机去大发洋财，这样一来，才发现沈军已到，侯人松部署不及，只好退出桂林，沈军又进了桂林，这是沈鸿英第三次进驻桂林。

沈军进了桂林之后，白崇禧在柳州闻之，才星夜赶来桂林，把沈军打败，复夺回了桂林。

沈鸿英的势力从此退出广西，寓居香港，以其搜括的广西人民的财物，供其作岛上公寓的挥霍，直到老死。沈鸿英以绿林起家，发展到几万人，横行湖南、广东、广西三省几十年，三跌三起，到此才算是一败涂地了。

❖ 唐信光：昆仑关，广西空军的"最后一战"

1937年7月7日，抗日战争爆发后，经过蒋、桂协商，广西空军归并于"中央"空军。其中广西航校所属飞机教导第一队，编为"中央"空军第三大队第七中队和第八中队，去西北接收苏联援助的"伊-15"型驱逐机，执行抗战任务。飞机教导第二队改编为第三十二中队和第三十四中队，留在广西，等待装备新飞机。

…………

1939年秋，我在成都空军休养所疗养。这时第三大队新任大队长徐燕谋、副大队长陈瑞钿率领大队人员集中兰州驱逐总队，训练毕业学生补充部队。当我刚离开休养所准备归队时，陈瑞钿适好来到成都，要韦一青和我随同去广西桂林接收工厂修好的"格机"，送去兰州驱逐总队。我们到桂林试飞，接收完毕，即将飞赴兰州时，驻桂林空军第二路司令部因敌机经常飞来侵扰和桂南战局的需要，命令我们留下来。后来我们"格机"三架，以柳州机场为基地，进出于武鸣、都安、长安等地（都有机场），伺机袭击敌机。

那时，口军为了截断我国际交通线，加强封锁，攻占我西南重镇南宁。我陆军进行反攻，空军第四大队亦进驻桂、柳，支援陆军作战。12月初，敌轰炸机空袭桂林，返航时经过柳州附近上空，我"格机"两架起飞截击。在3000多米上空发现了敌机一群，有几架落后，我机即集中攻击落后的敌机，并将其中一架击落。

▷ 苏制伊-15战斗机

12月下旬，昆仑关会战最激烈阶段，第四大队南来支援会战的飞机，反而全部飞回重庆去了。我们三架残旧"格机"，仍留在柳州执行支援任务。

当时情况是桂南的空中优势已被日军占有。昆仑关上空经常有敌机活动。一天，我们下午2时许起飞，作战斗队形，飞向昆仑关方向，高度上升近5000米时，我们过了红水河，看到前面山区公路两边，不断冒出黑白硝烟，说明地面正在激烈战斗。领队航向偏西，利用阳光掩蔽，继续前进。在昆仑关一带上空，没有发现敌机，乃逐次降低高度，加强搜索，直至低空也没有发现敌机。我们即依据地面信号，对敌据点、帐篷、车辆等处多次俯冲攻击，反复扫射。只见多处突冒黑烟，敌军四逃，残暴敌人大概做梦也不会想到自己会受到中国空军的严惩吧。直到子弹基本打光，我们才胜利返航。

当天晚间，空军第二路司令部自桂林来长途电话下达任务，命我"格机"掩护苏联志愿队的"斯波"型轰炸机三架，轰炸昆仑关敌军，后来又连续三次来电话更改出动时间。这时，第八中队陈业新副队长自兰州来桂接收工厂修好的"伊-15"机，也被留下来一同担任掩护任务。我驾驶的"格机"因发动机故障，抢修不及，不能出动。次日晨，当"斯波"机到达柳州机场上空时，陈瑞钿副大队长等三架机立即起飞，随行掩护。因为这时驱逐机与轰炸机的时速相差不多，轰炸机没有减速，致使刚起飞的飞机上升爬高不够高度，将到目标上空，即被多架高位敌机所强攻。我机奋勇还击，完成了掩护任务，"斯波"机三架安全返防。我机三架经20多分钟的空战，终因高度不够，而且敌众我寡，韦一青队长英勇殉国，坠落于战线前沿，由地面友军奋勇夺回忠骸。陈瑞钿副大队长飞机中弹着火，跳伞降落，头脸双手均被烧伤。陈业新副中队长飞机被击坏迫降，人受重伤，得当地群众大力协助，很快送后方医院抢救。这场空战，是广西空军参加抗日战争以来最艰苦的一仗，也是广西空军作为独立建制参加抗日战争的最后一仗。自此以后，广西空军已不能作为一支独立的广西部队了。

《参加抗日空战回忆片断》

❖ 李福基：小学老师活擒鬼子飞行员

1940年6月间某日（记不清日子了），日本的侵略飞机十多架，飞到桂林市上空肆虐，狂轰滥炸。我方防空部队用高射炮对敌机密集射击。一架敌机被炮火打伤后，在天空摇摇摆摆地往回窜逃，飞到我县杨堤乡浪石村，降落在漓江边的沙洲上，有两个日本鬼子——飞行员赶忙下来把飞机烧毁。这时江边有一只小木船（又叫艇子），船上主人被吓跑了，这两个鬼子立即登船顺着漓江往下划走。但事为当时的杨堤乡的黎世勋所知，他颇勇敢，料想鬼子划船不大行，就立即往浪石向卢家九老爷（介眉）借了一支驳壳手枪，找到一条竹排子尾随在后追，到水落村时追上了。黎枪法不错，当场就打死其中一人（后检查其证件，名十三太郎）。另一鬼子以枪回击，双方均未打中。到月亮洲时，活着的这个鬼子，见此地易于隐蔽，就上岸了。先是利用有利地形朝黎开枪。黎乃不作穷追。日寇把身穿的军装及所带物件都抛弃了，而把一件船里放着的深蓝布女便衣穿上，带走船家人特有的一顶竹叶帽跑上岭上躲藏起来。晚上摸出来偷地里的红薯、苞米吃。过了一星期，又偷偷摸摸地逃往双滩、狮子山、石板桥、神山村等处。后来又逃到县苗圃（今阳朔公园），钻进职工的厨房偷饭吃。一天的下午5时左右，这个家伙跑到朔桂路上，欲向县城方向逃窜。当时有县立小学（今镇小）教师李福钧、莫家驷、黎干杰、莫逸、叶青等五人饭后散步到了矮山桥，坐在石栏杆上休息闲聊。一会儿，李福钧发现由碧莲洞那边沿公路走来一个身穿女上衣，着白短裤的男子汉，觉得很奇怪：他脑海一闪念：前几天听说跑掉了一个日本飞行员，莫非是此人？李福钧当即快步跑上前去拦着他问话，但不见他回答，意欲逃跑。李急忙上前抓住他，他挣扎着想逃脱，即与李老师扭打起来，其他四位老师见状，便一拥而上，高声喝道："不许动！"这样敌机飞行员只得俯首就擒。

李老师等人将这敌机飞行员押送到阳朔县政府，被关锁在一间小房间里。老百姓得知活捉日本飞行员的消息，纷纷跑来看俘虏。只见那人20多岁，身体壮实，白皮肤，手脚沾满污泥，行色狼狈。县政府司法处的人员到来审问俘虏，他仍骄横不理，后来请来阳朔中学一位懂日语的女老师，用日本话审问，还是不答话。经过女教师向他讲明只有讲清来历才可得宽大。对俘虏可以优待。那家伙才请求给纸笔用文字作答。日寇写的是：一、这是什么地方？二、请送上级处理。最后他签名：小板龟山。第二天，县政府即将他押解到桂林交上级处理。

不久，国民党广西省政府发给李福钧一纸嘉奖令，内容是表彰他勇擒日本侵略军飞行员的爱国精神，并免除对他征兵，无须服义务役。

《小学老师李福钧活捉日寇飞行员》

❖ 巴　金：桂林的受难

在桂林我住在漓江的东岸。这是那位年长朋友的寄寓，我受到他的好心的款待，他使我住在这里不像一个客人。于是我渐渐地爱起这个小小的"家"来。我爱木板的小房间。我爱镂花的糊纸窗户，我爱生满青苔的天井；我爱后面那个可以做马厩的院子。我常常打开后门走出去，跨进菜园，只看见一片绿色，七星岩屏障似的

▷　日机轰炸后的桂林

立在前面。七星岩是最好的防空洞，最安全的避难所。每次要听见了紧急警报，我们才从后门走出菜园向七星岩走去。我们常常在中途田野间停下来，坐在树下，听见轰炸机发出"孔隆""孔隆"的声音在我们的头上飞过，也听见炸弹爆炸时的巨响。于是我们看见尘土或者黑烟同黄烟一股一股地冒上来。

我们躲警报，有时去月牙山，有时去七星岩。站在那两个地方的洞口，我们看得更清楚，而且觉得更安全。去年11月30日桂林市区第一次被敌机大轰炸（在这以前还被炸过一次，省政府图书馆门前落下一颗弹，然而并无损失），那时我们许多人在月牙山上，第二次大轰炸时我和另外几个人又

在月牙山，这次还吃了素面。但以后月牙山就作了县政府办公的地方，禁止闲人游览了。

七星岩洞里据说可以容一两万人，山顶即使落一百颗炸弹，洞内也不会有什么损伤。所以避难者都喜欢到这个洞躲警报。但是人一进洞，常常会让警察赶到里面去，不许长久站在洞口妨碍别人进出。人进到里面，会觉得快要透不过气来，而且非等警报解除休想走出洞去。其实纵使警报解除，洞口也会被人山人海堵塞。要抢先出去，也得费力费时。所以我们不喜欢常去七星岩。

在桂林人不大喜欢看见晴天。晴天的一望无际的蓝空和温暖明亮的阳光虽然使人想笑，想唱歌，想活动。但是凄厉的警报声会给人带走一切。在桂林人比在广州更害怕警报。

我看见同住在这个大院里的几户人家，像做日课似地每天躲警报，觉得奇怪。他们在天刚刚发白时就起身洗脸做饭。吃过饭大家收拾衣服，把被褥箱笼配上两担，挑在肩上，从容地到山洞里去。他们会在洞里坐到下午1点钟。

倘使这天没有警报，他们挑着担子或者抱着包袱负着小孩回来时，便会发出怨言，责怪自己胆小。有一次我们那个中年女佣在厨房里叹息地对我说："躲警报也很苦。"我便问她：为什么不等发警报时再去躲。她说，她听见警报，腿就软了，跑都跑不动。的确有一两次在阴天她没有早去山洞，后来听见发警报，她那种狼狈的样子，叫人看见觉得可怜又可笑。

我初到桂林时，这个城市还是十分完整的。傍晚我常常在那几条整齐的马路上散步。过一些日子，我听见了警报，后来我听见了紧急警报。又过一些日子我听见了炸弹爆炸的声音。以后我看见大火。我亲眼看见桂林市区的房屋有一半变成了废墟。几条整齐马路的两旁大都剩下断壁颓垣。人在那些墙壁上绘着反对轰炸的图画，写着抵抗侵略的标语。

我带着一颗憎恨的心目击了桂林的每一次受难。我看见炸弹怎样毁坏房屋，我看见烧夷弹怎样发火，我看见风怎样助长火势使两三股浓烟合在一起。在月牙山上我看见半个天空的黑烟，火光笼罩了整个桂林城。黑烟中闪动着红光，红的风，红的巨舌。12月29日的大火从下午一直燃烧到深夜。连城门都落下来木柴似的在燃烧。城墙边不可计数的布匹烧透了，红亮亮地映在我的眼里像一束一束的草纸。那里也许是什么布厂的货栈罢。

每次解除警报以后，我便跨过浮桥从水东门进城去看灾区。第一次在中山公园内拾到几块小的弹片；第二次去得晚了，是被炸后的第二天，我只看见一片焦土。自然还有几堵摇摇欲坠的断墙勉强立在瓦砾堆中，可是它们说不出被残害的经过。在某一处我看见几辆烧毁了的汽车：红色的车皮大部分变成了黑黄色，而且凹下去，失掉了本来的形态。这些可怜的残废者在受够了侮辱以后，也不会发出一声诉冤的哀号。忽然在一辆汽车的旁边，我远远地看见一个人躺在地上。我走近了那个地方，才看清楚那不是人，也不是影子。那是衣服，是皮，是血肉，还有头发粘在地上和衣服上。我听见人讲起那个可怜人的故事。他是一个修理汽车的工人，警报来了，他没有走开，仍旧做他的工作。炸弹落下来，房屋焚毁，他也给烧死在地上。后来救护队搬开他的尸体，但是衣服和血肉粘在地上，一层皮和尸体分离，揭不走了。

第三次大轰炸发生在下午1点多钟。这是出人意料的事。以前发警报的时间总是在上午。警报发出，凄厉的汽笛声震惊了全市，市民狼狈逃难的情形，可想而知。我们仍旧等着听见紧急警报才出门。我们走进菜园，看见人们挑着行李、抱着包袱、背负小孩向七星岩那面张皇地跑去。我们刚走出菜园，打算从木桥到七星岩去。突然听见人们惊恐地叫起来："飞机！飞机！"一些人抛下担子往矮树丛中乱跑，一些人屏住呼吸伏在地上。我觉得奇怪。我仔细一听，果然有机声，但这不是轰炸机的声音。我仰头去看，一架飞机从后面飞来，掠过我们的头上，往七星岩那面飞走了。这是我们自己的飞机。骚动平息了。人们继续往七星岩前进。我这时不想去山洞，就往左边的斜坡走，打算在树下拣一个地方坐着休息。地方还没有选好，飞机声又响了。这次来的是轰炸机，而且不是我们的。人们散开来，躲在各处的树下。他们来不及走到山洞了。十八架飞机在空中盘旋一转，于是掷下一批炸弹，匆匆忙忙地飞走了。这次敌机来得快，也去得快。文昌门内起了大火。炸死了一些人，其中有一位是我们大家都知道的青年音乐家。

第四次的大轰炸应该是最厉害的一次了。我要另写一篇《桂林的微雨》来说明。在那天我看见了一个城市的大火。火头七八处，从下午燃烧到深夜，也许还不到第二天早晨。警报解除后，我有两个朋友，为了抢救自己的衣物，被包围在浓焰中，几乎迷了路烧死在火堆里。这一天风特别大，风把火头吹过马路。桂西路崇德书店的火便是从对面来的。那三个年轻的职员已经把书搬到了马路中间。但是风偏偏把火先吹到这批书上。最初做了燃料的还是搬出来的书。不过另一部分书搬到了较远的地方，便没有受到损害。

就在这一天（我永不能忘记的12月29日！），警报解除后将近一小时，我站在桂西路口，看见人们忽然因为一个无根的谣言疯狂地跑起来。人们说警报来了。我没有听见汽笛声。人们又说电厂被炸毁了，发不出警报。我不大相信这时会再来飞机。但是在这种情形里谁也没有停脚的余裕。我也跟着人乱跑，打算跑出城去。我们快到水东门时，前面的人让一个穿制服的军官拦住了。那个人拿着手枪站在路中间，厉声斥责那些惊呼警报张皇奔跑的人，说这时并没有警报，叫大家不要惊惶。众人才停止脚步。倘使没有这个人来拦阻，那天的情形恐将是不堪设想的了。后来在另一条街上当场枪决了一个造谣和趁火打劫的人。

以后还有第五次、第六次的轰炸。……关于轰炸我真可以告诉你们许多事情。但是我不想再写下去了。从以上简单的报告里，你们也可以了解这个城市的受难的情形，从这个城市你们会想到其他许多中国的城市。它们全在受难。不过它们咬紧牙关在受难，它们是不会屈服的。在那些城市的面貌上我看不见一点阴影。在那些地方我过的并不是悲观绝望的日子。甚至在它们的受难中我还看见中国城市的欢笑。中国的城市是炸不怕的。我将来再告诉你们桂林的欢笑。的确，我想写一本书来记录中国的城市的欢笑。

❖ 苏锦元：桂林沦陷，壮哉！悲哉！

1944年10月，当国民党军主力南调，桂东北守军兵力薄弱时，北面日军即趁机向桂林发动进攻，并很快突破了外围防线，包围了桂林城。

外围防线被日军突破后，桂林成了一座孤城，当时防守桂林的部队只有第三十一军的一三一师（师长阚维雍少将）。第四十六军的一七〇师（师长许高明），第七十九军的一个步兵团以及一些零星部队，总兵力两万余人。防守部署：以七星岩、中正桥（今解放桥）、老君洞与侯山坳之线为界。线上以北地区由一三一师防守，以南地区由一七〇师防守。蒋介石曾严令战区司令张发奎要坚守三个月。为此，在日军进攻广西之前，桂林赶筑了比较坚固的防御工事，白崇禧喻之为"东方的凡尔登"。

桂林防守兵力少，但守军官兵斗志昂扬，充满抗战必胜信心。守军主力一三一师师长阚维雍，在战斗前夕给其妻子写信说："此次守城，不成功便成仁，总要与日寇厮杀一场。"豪言壮语，令人感奋。

桂林城防司令部参谋长陈济桓中将，战前在桂林进步文化人士办的晚会上，朗诵了自己热情洋溢的诗句，表达了誓死保卫桂林的豪情壮志。令与会人士肃然起敬。守军其他官兵也纷纷给自己家属表示要与桂林共存亡。

10月31日起，漓江东岸的日军开始与守军交锋，每日都有战斗。11月4日夜间，日军正式进攻桂林，战斗在四面八方打响。但日军攻击重点是北门和漓江东岸地区。第四十师团的日军采取逐山攻打战术，先后攻陷穿山、猫儿山、屏风山、普陀山等制高点。桂林守军英勇奋战，伤亡很大。

7日上午，日军攻占七星岩顶部。七星岩是漓江东岸桂林守军大本营——指挥所所在地，里面有守军、伤兵和各据点撤来的官兵1000多人。当日军向岩洞攻击时，他们宁死不屈，英勇抵抗。当天傍晚，日军惨无人道地向洞内施放毒气。岩洞内据守官兵，除少数人从后岩突围而出外，其余全被毒死。抗战胜利后清理该岩洞时，洞内死难官兵尸体尚未腐烂，共有800余具。在离洞口一丈余的地方，发现死难官兵的尸骸，姿势皆是持枪作卧射、坐射、立射等，且都怒目咬牙，可见牺牲的壮烈。

▷　桂林保卫战中的桂军士兵

8日晚，日军又攻占了月牙山。至此，漓江东岸地区已完全被日军占领。

第四十师团的日军攻占了漓江东岸各据点后，乃于9日零时从中正桥至伏波山之间的河面强渡漓江，市内守军猛烈射击，象鼻山炮兵也对其猛烈炮轰。日军渡江被迫中止。但其二三六联队一部却渡河成功，占领了中正桥桥头堡，并突入市区盐街一带。

9日拂晓，日军第十一军各部向桂林市区发起总攻。第十一军司令官横山勇中将亲至桂林北郊的山水塘村指挥攻城。5时20分，日军的100多门炮（其中包括42野战重炮）一齐开炮，顿时桂林市区炮声隆隆，浓烟滚滚，火光冲天。随后日军各部一齐出动，从东、南、西、北四面向市内进攻。日军飞机也前来助战。于是，炮声、枪声、飞机炸弹的爆炸声响成一片，震撼了整个桂林城。此时守军仍在奋勇抗战。

9日白天整天，日军并无多大进展。在日军攻势最猛烈的北门，敌五十八师团的坦克和步兵被阻于北门外约200米处的防坦克壕下，不能前进一步，且死伤累累。但在这天下午，城防司令韦云淞看到日军攻势凌厉而动摇了。他召开城防部队长官会议，决定黄昏后弃城突围。会议结束后，一三一师师长阚维雍坚持守土有责，誓作殊死战，终以弹尽援绝，举枪自杀殉职，实践了他"不成功便成仁"的誓言，为中华民族生死存亡搏斗之战，献出了宝贵的生命。壮烈之举，感动天地，万民落泪。

当天黄昏，韦云淞带领一批官兵向城西突围，到达侯山坳时，被日军针部队和三十七师团用火力严密封锁。第三十一军参谋长吕旃蒙少将和许多官兵中弹牺牲，城防司令部参谋长陈济桓受伤倒地，不甘被俘受辱，自杀成仁。韦云淞与少数官兵侥幸逃了出去。

桂林守军在失去统一指挥的情况下，仍坚持抵抗。他们各自为战，坚守阵地，战至10日中午，由于众寡悬殊，北门终被日军攻破。由漓江东岸渡河过来的日军，也攻破了东门，且向市中心突进。此后战斗即在市内进行，双方展开巷战，我军奋勇肉搏，战况异常剧烈。直至下午5时左右，战斗才逐渐沉寂。

就这样，经过一场浴血抗战后，桂林这座文化古城，终于在11月10日沦陷了。

壮哉！悲哉！

《桂林沦陷追记》

❖ **杨益群：** 劫乱撞车酿惨案

在烽烟弥漫的抗战年代，满目疮痍，民不聊生。遇上天灾人祸，更是雪上加霜。1944年9月14日发生的苏桥惨案，给湘桂大撤退的难民带来了莫大的灾难。

自从桂林开始疏散以来，桂林军政界显要不顾铁路的运输规则，抢占列车，强行驶动，致使事故频生，铁道运输线上一片混乱。

9月12日，桂林最后一次紧急疏散。桂林火车站人头攒动，不少难民已连续二四天无法挤上车，只好垂头丧气向柳州方向步行。

离桂林不远处的二塘小站，难民们亲眼见到三个佩戴着"广西绥靖公署"襟章的官员，带着十多个兵，押着二塘站站长，强迫他在一列火车上加挂两节特别车厢，以乘载国民党广西当局某要人的家属和箱笼家具，由其副官护送。

二塘站站长忠于职守，据理力争，言明列车业已超载，再加挂车厢便无法开动了。但那些官员却气势汹汹地说："你如果要钱，十万八万没有问题，你如果要命，就得乖乖听话！"那站长迫于无奈，只得加挂上两节头等和二等车厢。

▷　湘桂大撤退时乘火车逃离的百姓

9月14日上午9时许，列车往南开到距苏桥站约一里的山口转角处，火车头需往前站加煤，便脱离了列车。那副官急不可待，如狼似虎地抓住苏桥站站长鲁文宪，迫令他即刻挂上火车头，继续开车。鲁站长无法违抗，只好从另一列车上摘下火车头来挂到副官押运的那列车上去，并被迫发签放行。

被摘掉火车头的那列火车，只得停搁下来。此时，恰好从桂林又开来一列火车，因事前未获警讯，临急时无法将车刹住，就撞向那被搁下来的列车，遂演出了一场大惨剧。

只听见轰隆一声巨响，列车像火龙般腾空而起，熊熊燃烧，接着又是一阵剧烈的撞击和摇撼，最后，列车死蛇似的瘫倒在铁轨外边。

列车附近，顿时成了一片火海，血肉横飞。有的被烧成焦炭；有的腹开头裂，肝脑涂地；有的断臂残腿。轻伤者仓皇逃命，争相奔离现场；重伤者痛苦呻吟，无人援救，只好坐以待毙。

四周的号哭声此起彼伏。那些得以生还的难民，惊魂未定。有的手扶倒在血泊里的亲人，呼天喊地；有的怀抱头破骨碎的婴孩，捶胸顿足；还有的喊娘叫儿，遍寻不获，只得挥泪离开，继续逃难。

这次撞车，损失惨重，据当时统计，共"撞坏篷车四辆、守车一辆、空车一辆、火车头一个，死了百多人，伤了四五十人"，除了使"无数的物资损失之外，还使湘桂铁路交通中断了二十四小时以上，由此而带来的损失，亦不可胜计"。

而其中最悲惨的，莫过于那些从桂林撤退下来的文化人。当时的目击者、桂林《大公报》记者陈凡曾如此描述：

在那相撞的两列火车之中，文化工作者特别多。其中，桂林《扫荡报》总编辑钟期森和他的父亲，都作了惨剧的牺牲者。他的太太则给撞断了腿。只剩下三个不懂事的孩子，被人从撞坏了的车厢里扯出来，却意外地安全无事。该报的另一位姓符的编辑的太太，也给撞伤了小肚，情形很危殆。我们的报馆也有同事二人受了伤，其中之一的大腿上被撞去了一大块肉。另一位姓何的，则在睡梦中给撞出了一丈以外，满身是别人的血花，本人却幸获安全，自称有如大梦初醒，恍同隔世！

钟期森的惨死，更令人椎心泣血。当两车相撞时，他被强烈的震撼高高弹出车窗外，再摔到地面时，下体正撞在铁轨上，小腹裂开，肝肠都被压出了体外。当他从昏迷中苏醒过来，正想挪动那鲜血淋漓的躯体时，突然飞来一个车轮，直把他砸得血肉模糊，停止呼吸。

钟期森生前曾是中华全国文艺界抗敌协会桂林分会的理事，并同夏衍一起荣任桂林市新闻记者公会的执行委员。其撞车的噩耗传来，桂林、重庆和昆明的文化、新闻界的同人深感痛惜。昆明新闻界特发起筹募钟期森子女教育基金会，并发表文章表示悼念。

《湘桂大撤退：抗战时期中国文化人大流亡》

❖ 黎远明：战争中的友谊，救护美军飞行员

1944年冬，恭城、阳朔和桂林相继沦陷以后，有一天，一架中国战区美国空军的驱逐机，到桂林来袭击日寇时，不幸被击伤，坠落在靠近阳朔县的恭城县境内。驾驶员被当地群众所救护，为了不使机枪落入敌人手中，除了把机枪卸下来以外，最重要的，还是要设法把飞行员送到贵阳，这时，沿途各个县、镇大都被敌人占领，只有穿山过岭走小路，才能确保安全。

大约是在1944年12月中的一天早上，这天的天气很好，出大太阳。由一位向导带路，在恭城县乡政府的一位工作人员陪同下这位美国空军飞行员，由水路渡河，到了沙湾，休息吃饭。

这个消息，很快地就传到沙湾老许榨的桂林难民耳中，那时，阳朔兴坪沙湾的老许榨里，住着11户100多口的桂林难民。他们不顾危险，一吃完饭，就蜂拥到沙湾的村子里。当时沦陷区的人们，都迫切地盼望着自己国家的军队能早日打回来！他们正是抱着这种心情，赶到沙湾村去的。与其说是一种关心，不如说是一种责任心所驱使，因为他们知道，这时候，有责任去保护这位与我们共同战斗、共同反对法西斯的盟军的安全。去看望他，就能使他感到安全。后来，的确也是这样。这天，日本鬼没有来，就是来了，也很快有人去报信的，因为大家都为他放哨哩！

从老许榨至沙湾村只有两里路，人们很快就到了那里，这时，村子里已挤满了人。在村中间三开间的屋子里，乡政府的工作人员和向导正在大门口说话，在堂屋中间就坐着这位美国空军飞行员。他看来不过刚二十出头，高个子，仪表沉静，又有点害羞，围着的人，有男的、有女的，有年老的，也有年轻的，还有一群小孩。我们进来后，屋里更显得水泄不通了。不时，有人用手势和他谈话，惹得一阵大笑。他早已脱掉了军装，只穿一件白内衣和一条黄色的外裤。白内衣里，有一件背心，上面印着两行非常显眼的大字："来华助战洋人，军民一体保护。"他脱下内衣，穿着背心，意思是让我们看这些字。其实，这是多余的。因为我们，不论是沙湾的农民，还是桂林的难民早已有这个心了！

开始，他有点顾虑和不安，后来，由于这百十张和善的面孔，使他宽慰起来，开始露出了笑容。我们自沦陷以来的沉重心情，这时，也得到了一点慰藉，大家都在笑。沦陷区的笑，是不容易的。

这时，饭也煮熟了。女主人，一位50多岁的农村老妇人，笑嘻嘻地捧着一大碗热气腾腾的饭，送到他的手里，为了怕他用不惯竹筷，特地为他准备了一把瓷调羹。菜是两个鸡蛋、一碗炖鸡。在农村，特别是在遭过日寇抢劫的农村，这一顿饭，办得是不容易的啊！女主人在一旁抱着两只手，笑嘻嘻地催他吃，旁边的人，也帮着催他吃，见他吃得很有味，我们也感到安慰。

饭很快吃完，就要上路了。这次，他们要走村子后面的山路，穿过大山到白沙，到白沙时还要等到夜里，才能越过公路到金堡去找阳朔县政府，以后还得一县一县地护送，一直送到贵阳大后方去，路程是漫长的，这时他脚上仍穿着一双布鞋，女主人早就想到了这一点。临行时，她双手捧着一双刚打好的新草鞋，笑嘻嘻地送给这位萍水相逢的盟军，并且亲手替他系在腰带上，就像是送别她自己的孩子那样，临行时还千叮咛、万叮咛。这位盟军激动得掉下了眼泪，我们也受到了感动。

《恭城、阳朔农民和桂林难民护送并热情招待美国空军飞行员纪实》

第三辑

文化之城·
战火中的文明之光

❖ 夏　衍：《救亡日报》在桂林

从1940年春到同年10月，可以说是桂林这个文化城最繁盛的时期，但是一股暗流也正在一次又一次地冲击。由于昆仑关大战的失利，蒋桂之间的矛盾激化起来了。蒋介石撤销了白崇禧为主任的桂林行营，广西的军队划归驻在柳州的第四战区司令张发奎指挥。同时，依旧是又打又拉，把白崇禧调到重庆去当了副参谋总长，并任命了李济深为军委会桂林办公厅主任。只是由于李济深继续采取团结抗日的方针，张发奎和郭老在北伐时期就是"老友"，所以桂林文化界的情况，还没有受到太大的影响。那时李克农还要我以《救亡日报》郭沫若、夏衍"的名义，向张发奎发了一个贺电。

可是到10月间，我就知道，散在西南各省的抗战演剧队有被迫解散或集体入党（国民党）的消息。他们就推吕复为代表，到桂林来和我们研究对策。当时李克农告诉我，第二次反共高潮就要到来，必须放弃和平观念，做好应变准备。正如他所预料的一样，1941年1月上旬，皖南事变终于爆发了。我得到李克农的通知，知道了事变的简要消息。他要我立即告知《救亡日报》全体党员，做好应变准备。不久，预料中的事终于到来了。一天中午，我接到那位向来对我很客气的新闻检查所周所长的电话，说："本来想到贵社来面谈，怕别人碰到不便，所以请你原谅，今天发的中央社通讯稿，务请全文照登。""这是中央党部的命令，全国报刊一律照办，我知道你们为难，但兄弟实在没有办法。"我立即给李克农打电话，说："方才我的同乡周老板送来一份很重的礼物，我们打算不收，你看怎样？"李只回答了一个"好"，然后补充一句："但得十分细心，能做得不伤情面最好。"所谓"礼物"，指的就是中央社统发的诬蔑新四军"叛变"的文稿。怎样才能做到"不伤情面"呢？我们经过仔细研究，决定把中央社发来的电稿全文付排，并把它放在头版头条地位，然后和往常一样，不动声色地连同其他稿件一起送审，得到检查所在清样上盖上审讫的红色图章之后，在晚上打纸型时，再将这篇电稿抽样，另登他稿。事情办得很周密，连社内也有许多人不知道。但是第二天出版后一定会出问题，这是大家预料到的。果然，第二天清晨桂林所有报摊和零售店都看不到《救亡日报》，原来国民党发现我们拒登这条消息后，就下令扣押了当天的全部报纸，而且新检所还用书面正式给了我们一个严重的警告。这一天，除了太平路12号附近有几个鬼鬼祟祟的人来往徘徊之外，没有什么动静。晚饭后，我还在客厅里看编辑部的几位青年人打乒乓球，忽然，一个穿着棉大衣，把帽子压得很低的人走进来，在暗淡的灯光下还来不及认清是谁，他讲话了："好悠闲啊，看打球。"听声音就知道，这是李克农。我和他进了我的卧室，他告诉我，南方局来了急电，说国民党中统就要在桂林下手，要我尽快离开桂林，到香港去建立一个对外宣传据点。

▷ 《救亡日报》桂林版

这一通知，倒真的使我怔住了！《救亡日报》在桂林办了两年，有了发行所、印刷厂，连编辑部在内，总共已经是一个四五十人的小据点了，我走其他的人怎么办？报纸还能否出下去？这都是立刻就得决定的问题。李克农详细地把重庆来电的内容告诉了我，他说："分几步走，第一步你先走，留下的事由林林、张尔华负责，只要国民党一天不来封门，我们就继续出版。但是，八路军桂林办事处看来也保不住了，所以整个进步文化界人士，都得做好妥善的安排。他已经向南方局请示，建议凡有公开职业，可以得到广西方面保护者（如广西地方建设干部学校的教职员），都照旧坚持岗位，一些名气较大的文艺界人士，色彩不太明显者，也可以暂时留在桂林。《救亡日报》的骨干等到报社被封后一律撤往香港。"李克农还说："这些事，都可以由我处理，明天，你得去找黄旭初，坦率地告诉他《救亡日报》当前处境，并向他表示，为了好来好去，希望得到他的帮助，准许你买一张去香港的飞机票。"我说，假如他避而不见，怎么办？李说："这可放心，我已和李任仁先生谈妥，他已经和黄旭初通过电话，我此刻来报社，还是任老用他的汽车送我来的。"

第二天一早，我去省政府看黄旭初，寒暄了几句之后，请他给我订一张去香港的机票，黄旭初当即交代副官办理，并对我说："时局是会好转的，那时候，欢迎你再来。"

当天下午，刘仲容亲自给我打来电话，要我拿钱到欧亚航空公司桂林办事处去取机票。动身的日期，我已经记不起了，但可以肯定，那一天正是农历除夕。我们匆忙地召开了社务会议，把已经调到广西建设干校的周钢鸣、司马文森等也请来了。除了说明一下当前的形势和我们的对策之外，主要讨论的是，哪些人可以留下，哪些人在报纸停刊后必须撤退的问题。因为当天的会议上就作出决定，把已经初具规模的建国印刷厂的器材出让，用这笔钱作为疏散的经费。在这里要提一下当时以工商界人士身份（汽车修理厂、三中烟草公司）为党工作的张云乔，他的工厂是我们党秘密地安置在桂林由周恩来直接掌握的联络点，那天是云乔亲自驾汽车送我去飞机场的。八路军桂林办事处被撤销之后，为了克农及其家属的安全撤退，云乔也尽了很大的力量。

我走之后，林林、张尔华一直坚持到报社正式被封闭为止，他们在十分困难的情况下进行了大量善后工作。为了筹集一笔经费让大部分同志撤退到香港，由张尔华主持，把由他一手经营起来的建国印刷厂出售。当时，正在反共高潮的最猛烈时期，把印刷厂出让给冯玉祥先生办的三户印刷厂，也会引起麻烦。所以尔华决定，形式上把印刷厂出让给张云乔，正式办了出售手续，然后再由张云乔转售出让给广西干校的屠天侠。3月初，办完了善后工作之后，《救亡日报》同人分两批撤到香港。其中有廖沫沙、林林、张尔华、胡敏、陈紫秋、邹任洪、华嘉、高灏、高汾、张秀、何迅明、林汝珪、林仰峥、陈秉佳、高静等。

我们从广州到桂林的时候，只有赤手空拳的12个人，而在两年后被迫停刊的时候，却有了一支近50人的队伍。在回忆这一段经历的时候，我永远不能忘记在极度困难中支持过我们的朋友和同志。对我个人来说，在桂林的两年，是我作为一个新闻记者的入门时期。从这时开始，我才觉得新闻记者的笔，是一种最有效的为人民服务的武器。

《随〈救亡日报〉从广州到桂林》

❖ 吴祥礽：徐悲鸿的"奔马精神"

徐悲鸿老师为了培养中国的美术人才，于1937年在桂林筹建"桂林美术学院"，在桂林中山公园独秀峰后西边城墙角建筑一栋二层楼房作办公用。但因抗日战争期间全力支援战争，经济困难，美术学院因经费来源无着无法继续兴办而中止，其后他和满谦子老师感到广西艺术教育质量太差，音乐、美术师资缺乏，就倡办了广西省艺术师资训练班。楼上美术组上课，楼下音乐组上课，徐悲鸿老师就住在楼上。1938年元月，训练班招收第一批学员，我考取了艺师音乐组。由于艺师班是培养图音师资，学音乐的要兼学美术，学美术的要兼学音乐。这样，我有幸拜识了徐悲鸿老师并多次聆听到他的亲切教诲。

徐老师讲课，深入浅出，通俗易懂，比喻恰当，思想性、哲理性极强。记得有一次他给我们讲美术课时说过："我喜欢画马，尤其喜欢画奔驰运动着的马。马的形体矫健、俊美，固然是我爱它的一个原因，但更重要的是马有一种可贵的精神。它要求人的甚少，给予人的甚多。马犁地、碾场、拉车、驮货、负重跋涉而任劳任怨。它还驮着战士冲锋陷阵，驰骋沙场。可以说马是人类最忠实的朋友和助手。我们搞艺术的要学习马的这种精神；要敢于为人民负重、为人民呐喊、为人民厮杀，在前进的道路上不要怕担风险，要敢于勇往直前。"

徐悲鸿老师是这样讲的，也是这样做的。听满谦子老师介绍说，当年蒋介石让他画像，他予以拒绝。为此招致了国民党反动派的仇视和种种刁难。他为避其所害愤然离开南京，历尽千辛万苦来到桂林，为培养广西的艺术人才而呕心沥血，含辛茹苦，这本身就是一种奔马精神！

▷ 徐悲鸿作《奔马图》（1942 年）

《"奔马精神"激励我——忆徐悲鸿老师二三事》

❖ **曾仲云：剧坛猛将"田老大"**

"九一八"前后，田汉不但领导进步的南国剧社，还办南国艺术学院和出版《南国》月刊。在党的秘密领导下，他的魄力很大，白手兴家。当时他才过而立之年，但大家都尊称他为"田老大"了。

田老大在1941年皖南事变后不久，从湘、鄂前线又来到桂林。当时中华全国文艺界抗敌协会，为了掀起文化工作的高潮，假座乐群路桂林基督教青年会草坪举行热烈欢迎田汉同志莅临桂林大会。会场上串串红灯出现在黑夜，夜色中一片红光。主持大会的是文协分会的秘书李文钊。李公和田老大都着军装，领章是少将（田是军委会政治部文委委员，李是第四战区荣誉军人管理处副处长），如此才能够压邪，那些鬼鬼祟祟的蒋介石的特务是不敢捣乱的。到会的还有欧阳予倩、熊佛西、孟超、聂绀弩、邵荃麟、李育中、林焕平、司马文森等文协和剧协的同志，及报界人士共100多人。我是以文协分会驻会干事名义，通过李公的介绍和田老大认识了，他对我这个文艺战线上的小战士，给予平易的接近，后来又在戏剧方面给予我很多教益。

▷ 田汉（1898—1968）

田老大在欢迎大会上作了湘、鄂前线和敌后文艺工作的报告，并对文化城桂林的文艺工作低潮做出今后如何掀起抗日文艺工作高潮的指示。这个文化界的盛会，直到11时许才结束。

后来因为工作关系，我经常到田老大的家——桂林七星岩后洞附近，花桥头那条街（街名我忘记了）。当我第一次到他家的时候，田老大不在家，由他的老母亲接待，这位戏剧家之母，还亲切地和我谈话，她老人家知道我是为了工作来的，就叹惜地对我说："孩子呀，你为什么不上中学就出来社会找饭吃了？"我说："这个世界不让我上中学读书呢！"她老人家又说："寿昌（田汉的号）虽然比你多读几年书，但也经过一把把辛酸泪的年月啊！现在的生活也不好过嘛！"

《缅怀我国剧坛猛将田老大——回忆抗战中田汉同志在桂林》

❖ 朱　琳：在新中国剧社的日子

　　1941年秋天，我从演剧九队被借到桂林新中国剧社，参加排练田汉先生的新作《秋声赋》。但一借竟是三年，我也应该算是新中国剧社的社员了。演剧队与新中国剧社本来就是同宗同源同根生嘛！

　　我第一次到达以"甲天下"著称的风景胜地桂林时，鲜明地感觉到这是一座破旧脏乱的城市被置于极为神奇秀美的山水之中。大自然和人为竟如此强烈的不协调。

　　新中国剧社位于如玉带般碧透的漓江之旁，两层竹木结构的小楼被青翠多姿的竹林围抱着，环境是真够优美的。可当我走进剧社的大门，就听见叮叮当当敲打声响个不停，我还以为是忙着做布景呢。原来小楼的一大半是一家皮件厂，剧社仅租用小楼的三分之一。

　　小楼上是男女集体宿舍。一张张竹床挤得满满的，真像个大车铺，床上的被褥各式各样，有的甚至是破旧的。楼下两排小房间，有几间为办公所用，有几间则是已婚夫妇和孩子们的宿舍，朝阳面还有些阳光，背阴面则是终日昏暗而潮湿。紧接着小楼后面是一大间厨房兼饭堂，并作为会议室、排练厅，白天不开灯，也仅有几缕光线透进来，只好常常到院子里开会，排戏。住房条件与优美的自然环境又是大不协调。

　　剧社同志们在生活上的艰难，更是现在青年文艺工作者难以想象的。我记得那位为大家做饭的操着浓重口音的刘师傅，不时地跑到宿舍里喊起来："同志们，下午没得米下锅了……"大家听了没任何怨言，到了下午就各奔东西去找饭吃了。好在平时吃的清一色——白米青菜，到朋友处有时还能吃上一些荤菜呢。至于零花钱，剧社没有明文规定每月发给每人多少，有钱就多发几块，没钱则少发，甚至分文发不出来。有时连牙膏也买不起，干脆就用盐刷牙。不过大家总是互相帮助的，日用品、香烟之类的东西都是"共产"的。

尽管生活上如此艰苦，但剧社同志们对抗日剧运的一片忠心和痴情，恰如漓江风光那么透明、那么美。人人精神振奋而活跃，工作起来更是严肃认真，一丝不苟。而且，每个人常常身兼数职，像管总务的蒋柯夫同志，还兼管效果工作。排《大雷雨》时，他用大石块、洋铁皮等造成的雷雨声的效果，有响雷、闷雷、暴风暴雨，远处、近处各不相同，观众们赞不绝口。演员们则分戏的轻重，分担舞台各部门的工作。管服装的最为麻烦，要到处找亲友找关系去借。排戏特别是演出，是所有人最繁忙最劳累，也是最快活的时刻。一是有工作做，二是生活上有指望了，排戏演出时总要想方设法给大家吃得好一些，还发点零花钱。我真不能想象那几位专为剧社筹借经费的同志，都想了什么招，居然把这个一穷二白、三四十人的剧团维持到1947年，从桂林到昆明最后到了上海，1947年还到台湾去演了几个剧目。他们的苦心和辛劳是应该得到高度赞扬的！

《刻骨铭心记忆深》

❖ 茅 盾：桂林的图书市场

桂林市并不怎样大，然而"文化市场"特别大。加入书业公会的书店出版社，据闻将近七十之数。倘以每月每家至少出书四种（期刊亦在内）计，每月得二百八十种，已经不能说不是一个相当好看的数目。短短一条桂西路，名副其实，可称是书店街。这许多出版社和书店传播文化之功，自然不当抹煞。有一位书业中人曾因作家们之要赶上排工而有增加稿费之议，遂慨然曰："现在什么生意都比书业赚钱又多又稳又快，若非为了文化，我们谁也不来干这一行！"言外之意，自然是作家们现在之斤斤于稿费，毋乃太不"为了文化"。这位书业中人的慨然之言，究竟表里真相如何，这里不想讨论，无论主观企图如何，但对文化"有功"则已有目共睹，至少，把一个文化市场支撑起来了，而且弄得颇为热闹。

然而，正如我们不但抗战，还要建国，而且要抗建同时行一样，我们对于文化市场，亦不能仅仅满足于有书在出，我们还须看所出的书质量怎样，还须看看所出之书是否仅仅为了适合读者的需要，抑或同时亦适合于文化发展上之需要。举个浅近的例，目前大后方对于神仙剑侠色情的文学还有大量的需要，但这是读者的需要，可不是我们文化发展上的需要，所以倘把这两个需要比较起来，我们就不能太乐观，不能太自我陶醉于目前的热闹，我们还得痛切地下一番自我批判。

大凡有书出版，而书也颇多读者，不一定就可以说，我们有了文化运动。必须这些出版的东西，有计划、有分量，否则，我们所有的，只是一个文化市场；如果是这样，我们就不能不说我们对文化运动无大贡献，我们只建立了一个文化市场。这样一桩事业，照理，负大部责任者，应是所谓"文化人"，但在特殊情形颇多的中国，出版家在这上头，时时能起作用，过去实例颇多，兹可不赘。所以，我在这里想说的话，绝非单独对出版家——宁可说主要是对我们文化人自己，但也绝不想把出版家开卸在外，因为一个文化市场之形成，不能光有作家而无出版家，进一步，又不能说与读者无关。

▷　抗战时期桂林出版的部分图书

我想用八个字来形容此间文化市场的几个特点。这八个字不大好看，但我决不想骂人，我之所以用此八字，无非想把此间文化市场的几个特点加以形象化而已，这八个字便是："鸡零狗碎，酒囊饭桶！"

这应当有一点说明。

前些时候，此间书业公会开会，据闻曾有提案，拟对抄袭他家出版品而成书的行为，筹一对策，结果如何，我不知道。说到剪刀浆糊政策在书业中之抬头，似乎由来已久，但在目前桂林文化市场上，据说已经相当令人头痛，目前有几本销路不坏的书，都是剪刀浆糊之结果。剪刀浆糊不生眼睛，于是乎内容之庞杂芜秽，自属难免，尤其异想天开的，竟有抄取鲁迅著作中若干段，裒为一册，而别题名为《鲁迅自述》以出版者。这些剪来东西，相应不付稿费版税，所以获利尤厚，据说除已出版者外，尚有大批存货，将次第问世。当作家要求增加版税发议之时，就有一位书业中人慨然认为此举将助长了剪刀政策。这自然又是作品涨价毋乃"太不为了文化"同样的口吻，但弦外之音，却已暗示了剪刀之将更盛。呜呼！在剪刀之下，一部书之将被依分类语录体而拆散，而分属于数本名目不同之书中，文章遭受了凌迟极刑，又复零碎拆卖，这表示了文化市场的什么呢？我不知道。但这样的办法，既非犯法，自难称之曰鸡鸣狗盗，倒是这样的书倘出多了，若干年以后也许会有另一批人按照从《永乐大典》中辑书之例，又从而辑还之，造成一"新兴事业"，岂不思之令人啼笑皆非么？但书本遭受凌迟极刑之现象既已发生，而且有预言将更发展，则此一特点不能不有一佳名，故拟题曰"鸡零狗碎"云尔。

其次，目前此间文化市场除了作家抱怨出版家只顾自己腰缠不顾作家肚饿，而出版家反唇相讥谓作家"太不为了文化"而外，似乎都相安无事，皆大欢喜。文化市场是支撑着，热热闹闹，正如各酒馆之门多书业中人一样热闹。热闹之中，当然亦出了若干有意义的好书，此亦不容抹煞，应当大书特书。不过，这种热闹空气，的确容易使人醉——自我醉，这大概也可算是一个特点。无以名之，姑名之曰"酒囊"。而伴此来者，七十个出版家每月还出相当多的书，当然也解决了直接间接不少人的生活问题，无怪在作家要求维持版税旧率时，有一先生曾经以"科学"方法证明今天一千元如果可出一本书到明天便只能出半本，何以故？因物价天天在涨，法币购买力天天在缩小。由此所得结论，作家倘不减低要求，让出版家多得利润，则出版家经济力日削之后，作家的书也将不能再出，那时作家也许比现在还要饿肚子些罢？这笔账，我是不会算的，因为我还没有干过出版，特揭于此，以俟公算。而且我相信这是一个问题，值得专家们讨论。不过可喜者，现在还不怎样严重，新书店尚续有开张，新书尚屡有出版，这大概不能不说是出版家们维持之功罢？文化市场既然还撑住，直接间接赖以生活者自属不少，而作家当然也是其中之一。近来还没有听见说作家中发现了若干饿殍，而要"文协"之类来布施棺材，光这一点，似乎已经值得大书特书了罢？用一不雅的名儿，便是"饭桶"。这一个文化市场，无论其如何，"大饭桶"的作用究竟是起了的。于是而成一联：

饭桶酒囊亦功德；
鸡鸣狗盗是雄才。

《雨天杂写之三》

❖ 魏华龄：梁漱溟在桂林

1941年1月，皖南事变发生，国民党破坏了国共合作，抗日民族统一战线危机四伏。在这样的形势面前，一些主张抗日的政党和爱国民主人士迫切希望联合起来，为坚持团结民主抗日而斗争，中国民主政团同盟于1941年3月19日在重庆秘密成立，鉴于在国民党统治区没有合法地位，不能公开活动，言论也受到限制，民盟中央决定派中央常委梁漱溟去香港办报，在海外建立言论机关。行前，梁先生曾到曾家岩密访周恩来，商谈办报方针。由于在重庆无法买到去香港的飞机票，梁先生只得由重庆坐车经贵阳先到桂林，然后再由桂林设法去香港。梁先生3月29日离渝，于4月初到达桂林，即为老朋友、广西大学校长雷沛鸿挽留，在雁山的广西大学讲学一个多月，每周讲4小时，所讲内容即为后来整理成书的《中国文化要义》的一部分。讲座结束时，他还应听众之请，谈了他不久前赴延安访问毛泽东的一些情况。此外，他还应邀到两江桂林师范学校和迁到桂林的江苏教育学院演讲，并拜会了李济深、李任仁两位先生，这次来桂林逗留了一个多月，直到5月20日才飞往香港筹办《光明报》。

1942年2月，梁先生从香港再次来到桂林，由唐现之等安排，下榻广西教育研究所，并一度应邀到西华门科第塘朱荫龙家小住，在那里，每天都有新知旧好去看望，有时畅叙至深夜。不久，又应老友冯振的热情邀请，为无锡国学专修学校开设哲学讲座，讲授《中国文化要义》和《东西文化及其哲学》。梁先生随即搬到穿山住下。冯振（学校代理校长）深知梁先生好静，特意安排他住在半山腰的房子里；梁先生不食荤腥，冯先生又嘱他夫人每天另做素食，亲自送到梁先生的餐桌上，从不间断。在穿

▷ 梁漱溟（1893—1988）

山无锡国专，梁先生第一次讲课是从介绍他的自学小史开始的，他说："有人讲我是哲学家、思想家、政治家，我说都不是。若有人问到你们，梁漱溟是什么人？你们应该这样回答：'他是一个有独立思想的人。'"接着他讲，他十多岁初中还未毕业就去考北京大学，因身体矮小，进入考场时，排在队伍的末尾，监考的先生对他说："你这样年幼矮小，还是回家去，过几年长大了再来考罢！"梁先生受此委屈，一气之下，对天发誓说："过几年我要来这里当老师！"说完，扭头转身便走了。自此之后，他奋发图强，

天天蹲在北京图书馆里，吃白开水送馒头、烧饼过日子。他认真读书，刻苦自学，潜心研究中国哲学、佛学和先秦哲学思想，后来他撰写了一篇有独到见解的学术论文《究元决疑论》，发表在《东方杂志》上，被北京大学校长蔡元培先生看到了，称赞不已，立即聘请梁漱溟先生到北京大学任教。当时梁漱溟年仅24岁，就当上了北京大学的哲学讲席。梁先生这一席话以及他那种自学、自强、自立的精神，对全校400多名学生也是一个极大的鼓舞和激励。梁先生讲课不用讲稿，也不带课本，他分析问题，例证充分，鞭辟入里，有时一讲长达四五小时，听众也聚精会神毫无倦容，他常常运用具体生动的事例，来阐明深奥的哲理，引发学生学习哲学的兴趣。与此同时，梁先生还应桂林中学、汉民中学、中山中学之请，到校演讲。

他的哲学著作《中国文化要义》，就是1942年至1944年在桂林各校讲学的同时，陆续写作的，结果只完成了6章，约8万字，因日军侵桂而辍笔。其中《理性与宗教之相违》（第二章）、《理性与理智之分别》（第三章），先期发表在邵荃麟主编的《文化杂志》上，以后几年写完了其余部分，于1949年在成都出版。

梁漱溟在桂林时，还应《自学》杂志社之约，写《我的自学小史》长篇，先由《自学》杂志连载，原计划写18节：一、我生在这样一个家庭；二、我的父亲；三、一个瘠弱而又呆笨的孩子；四、经过两度私塾四个小学；五、从课外读物说到我的一位父执；六、自学的根本；七、五年半的中学；八、中学时期之自学；九、自学资料及当年师友；十、初入社会；十一、激进于社会主义。写到这里，因《中国文化要义》一书亦在属章，难以兼顾，遂告中断。前11节结集交华华书店于1943年出版。梁先生在序言部分阐述了自学的必要性、重要性及自学的途径，他说："学问必经自己求得来者，方才切实有受用。反之，未曾自求者就不切实，就不会有受用。""自学这话，并非为少数未得师承的人而说；一切有师傅教导的人，亦都非自学不可。""任何一个人的学问成就，都是出于自学。学校教育不过给学生开一个端，使他更容易自学而已，青年于此不可不勉。"

除上述著作外，梁先生在桂林还陆续写了《香港脱险寄宽恕两儿》《纪念蔡先生（元培)》《纪念梁任公先生》《论广西国民中学制度》《教育的出路与社会的出路》《中国文化问题略谈》《民主的涵义》《谈中国宪政问题》《宪政建筑在什么上面》《中国以什么贡献给世界呢？》等义章，分别发表在桂林出版的《文化杂志》《广西教育研究》《广西日报》《大公报》等报刊上。

　　1945年抗战胜利后，梁先生奉民盟中央的指示，离开八步去了广州，年底由粤飞渝担任民盟中央秘书长并参与政治协商会议的筹备工作。

《抗战时期文化名人在桂林》

❖ 江　东：丰子恺的抗战漫画

　　1937年"八一三"事变，日本侵略军攻占上海后，继续遣兵南犯，中华民族到了生死存亡的紧要关头。我国著名文学家、美术家、翻译家丰子恺先生，满怀爱国热忱，携带一家十一口，告别浙江石门故居"缘缘堂"，一路奔波，抵达桂林。在流亡途中，他写生、创作漫画，进行抗战宣传。在桂林，丰子恺先生接受了桂师唐现之校长之邀，担任教师，全家卜居于两江泮塘岭。

　　丰子恺先生在桂林师范学校担任国文、图画两课，授课钟点较多。他每天备课、上课、改卷，还利用课余时间和学生一起画抗战宣传画，上街张贴。

　　1938年的一天中午，丰先生正走在回家路上，忽闻敌机轰炸桂林城，远远望去，浓烟冲天。先生望着望着，他想起今年2月9日，上海裘梦痕写信来，说《新闻报》上登着："石门湾'缘缘堂'于一月初全部被炸毁。"现在又看到桂林城中被炸，必然有许多房屋被炸毁，许多老百姓被炸死炸伤。回到家里，夫人徐力民和孩子们也知道桂林城内被炸，心里都很不安。丰先生也不作休息，又匆匆地赶去学校忙于抗日宣传。丰先生在这段时间里，先后画出了《轰炸（一）》《轰炸（二）》《停杯投箸不能食》《腰下防身剑，摩挲日几回》《散沙团结，可以御敌》《战地之春》等抗战漫画作品。由于抗战美术作品为群众所喜爱，丰先生的画影响深远。

▷ 丰子恺漫画《战场之春》

丰先生本着教育不忘救国的思想，在上课时加快讲解绘画知识与创作要领，并结合抗战宣传，要学生懂得如何去搜集素材，加工成为作品。1938年12月，敌机又空袭桂林城，炸毁不少民房，炸死炸伤不少百姓。桂师师生群情激愤，开会控诉日寇暴行。丰先生立即把这事件结合在教学中，要求学生每人画一幅控诉日寇暴行的画。第三天上课时，先生就学生交来的画稿，当堂讲解。他举起一张题为《控诉日机暴行》的画，画面右边画了两架敌人的飞机，正向左方飞来，左边地面上画了几座倒塌的房子和被炸断了腿的百姓。先生问学生，这张画有什么错误？学生们粗粗一看，说不出错在哪里。丰先生拿着一支粉笔竖在图画中间，把右边的飞机和左边的人和物隔开了。这时，学生们就争先指着说："老师，这张画错在敌机还没飞到人和房子的顶头，还没丢下炸弹，房子和人怎么会先被炸死炸毁了呢？这是各个物象位置不恰当。"先生一听学生说得对，笑着直点头，问大家都清楚了没有？也不再多做解释了。这样的教学方法，使学生进步很快。

丰子恺先生在桂林不到一年的旅居中，完成了《漫画日本侵华史》全套创作（该画稿曾两次完稿，不幸均在流亡途中失落）和保卫大广西的《抗战漫画集》（《阿Q正传》漫画集共五十四幅，也在桂林完成）。他离开桂林后，继续从事抗战漫画的创作。

丰子恺先生的抗战漫画题材是多方面的，从战地到后方，从官兵到平民，反映出画家在抗战中的喜怒之情、希望与信心。一幅发表在《抗战日报》上题为《儿童与捷报》的漫画，还体现了抗战联系着全国男女老少的心，大家都为抗战工作尽心尽力，抗战必胜的信心。

丰子恺先生在抗战时期，宣传抗日思想，积极创作漫画控诉日寇暴行，为激励全国军民，团结一致共御外侮，做出了令人难以忘怀的贡献。

《彩笔描绘万众新——丰子恺先生在桂林的抗战漫画》

❖ 林志仪：陈望道与广西话剧的起点

当时的桂林，还处于闭塞保守状态，没有什么文化活动，只有传统的桂剧占领着舞台，虽曾出现过文明戏，也已瞬息即逝。有人说，早在1926年，桂林法专已演出过话剧。但那实际是文明戏，它没有完整的剧本台词，仅有简单的剧情提纲，也没有经过严格的导演，人物的言行任由演员自由发挥。而作为一种新兴艺术的话剧，从剧本到导演、演员，以至舞台装置，则有一整套制度规定和严格的要求，绝不能与文明戏混为一谈。因此可以说，真正的话剧，是从陈望道等先进文化人士到来后，才开始在桂林这片荒芜的土地上传播和成长的。陈望道虽然不是戏剧家，却是话剧的倡导者，在他的积极倡导和教务长陈此生的大力支持下，便将师生组织起来，成立了"广西师专剧团"，先后举行了两次盛大的话剧公演。

第一次公演是1936年1月，借第三高中礼堂，演出了日本菊池宽的《父归》和欧阳予倩的《屏风后》两个独幕剧。祝秀侠担任导演，并在《父归》中饰父亲一角。父亲是个脱离家庭、流浪在外、穷困潦倒的老人，二十年后，在一风雪之夜忽然回到家中，引起了家中巨大的波动和不同的反应，不得已，他又带着内疚的心情凄然离去。祝秀侠演来，声调苍凉，老泪横流，身躯颤抖，显示出较高的表演才能。其余由周伟、陈迹冬等同学饰演的人物——母亲对父亲既怨恨又怜惜的内心矛盾和痛苦，大郎对父亲声色俱厉的斥责，二弟和三妹对父亲哭不成声的苦苦挽留，也都一一注入了人物不同心态的感情，相当真实感人。另一出师生合演的《屏风后》，是个讽刺剧，通过打着"道德维持会"幌子的父子俩玩弄女伶母女的卑鄙行径，有力地揭露和抨击了封建道德虚伪而丑恶的本质。这个剧的演出，也取得一定效果，对当时的"打封建鬼"运动起了很好的配合作用。

第二次话剧公演是在1936年4月春假期间，借桂林中学礼堂，演出了苏联脱烈泰耶夫的《怒吼吧，中国！》和俄国果戈理的《巡按》两个多幕剧。这次演出规模更大，投入物力人力（动员师生100多人参加）更多，由著名戏剧家沈西苓担任导演，师生通力合作，取得了更大的成功，产生了更大的影响。

沈西苓是应陈望道的邀请，于第一次话剧公演后来到广西师专的。他原在上海从事左翼话剧运动，导演过《西线无战事》《女性的呐喊》《上海二十四小时》等进步的话剧和电影，具有丰富的戏剧知识和导演经验。他承担"师专剧团"的任务后，即以高度的革命热情投入各项工作，既做导演，又负责整个舞台装置的布景、灯光以至服装、道具的设计。而导演工作尤其繁重紧张，由于时间紧迫，每个下午和晚上都用来排练。经过一个月的奋斗，达到了熟练的程度，最后才搬上桂林市的舞台公演。

为做好公演宣传，还在是年4月5日的《桂林日报》以整版篇幅刊登《师专剧团第二次公演特刊》，公布了全体演员职员名单，简介了两个大型话剧的剧情。导演团由陈望道、沈西苓、祝秀侠组成，舞台监督由刁剑萍、吴天锡、吴逸民担任。

《怒吼吧，中国！》以1924年6月发生在长江上游的万县惨案为题材，揭露英国军舰在中国内河的强横逞凶，美国资本家对中国工人的苛酷剥削。这个剧长达9幕，场面宏大，人物众多，气氛悲壮，具有反对帝国主义的强烈的斗争性和群众性，全由同学担任演员。

讽刺喜剧《巡按》在我国曾有许多文艺团体上演过，流传较广。这个剧对旧俄官场的黑暗腐败作了淋漓尽致的揭露和辛辣的讽刺；联系现实，也无异是针砭旧中国社会

▷ 话剧《怒吼吧，中国！》宣传广告

的一部"官场现形记"。这个剧的演出很精彩，主要人物几乎全由老师饰演。经过沈西苓的精心挑选，这些教师在外貌、体形、气质上都比较切合所演的人物。如演县知事的邓初民，他那胖大的身躯，架着黑边眼镜的圆脸，不用怎么化装，就能显出一副老于官场的神态；演假巡按的杨潮，长得白皙、颀长，风度潇洒，而又带有几分零余者的狡黠气质；演波不称的夏征农和演多不称的彭仲文，一个瘦长，一个矮胖，更是绝妙的一对，他们的种种滑稽相，生动地表现了旧俄乡绅的愚昧可笑。这些老师过去虽然从未演过戏，但他们凭着丰富的社会生活阅历和对剧本的深切体会，弥补了舞台经验的不足。因此，在演技上，《巡按》比《怒吼吧，中国！》更胜一筹，而且由于教授们粉墨登场，也更引人注目。

作为广西话剧运动的起点，这两次公演产生了深远的影响。公演的当

时，即轰动了整个桂林，使一向只限于欣赏桂剧的观众耳目为之一新。而观众中的青年学生又最为敏感，最容易接受新鲜事物，要求艺术实践。随后不久，就出现有中学生的演剧活动，桂林中学演出了熊佛西的《一片爱国心》等独幕剧。相继，南宁也成立了"国防艺术社"，来桂林演出了田汉的多幕剧《回春之曲》。这时师专同学中爱好话剧艺术的陈迹冬、刁剑萍等，也与校外一些文艺青年组织"风雨剧社"，进行业余演出。到抗战期间，由于许多戏剧团体、戏剧作家、导演和演员会集桂林，由于抗日救亡宣传的需要，话剧更呈现了蓬勃发展的繁荣景象。但追本溯源，仍须记起1936年春"师专剧团"两次盛大的话剧公演，是陈望道、沈西苓等先生的积极倡导，是这两次成功的公演，起到了播种和开拓的作用，有力地推动了桂林以至广西的话剧运动。

《陈望道先生在桂林——忆雁山往事》

❖ 沙星航：郭德洁与桂林儿童教养院

郭德洁女士是广西桂平县人，原来是一位小学教师，有缘同戎马生涯的广西临桂县籍人李宗仁将军结为伉俪。她在出任桂林儿童教养院院长时，年仅29岁。她中等身材，举止大方，言谈潇洒有礼，给人留下了中国女知识分子特有的温雅性格的印象。郭女士当时身为广西名声煊赫的李宗仁将军的夫人，完全可以在家过将军夫人的安逸生活；但是她不像历史上任何一位贵夫人那样沉溺于悠闲生活之中，而是投身到旧中国一般女性所不愿选择的对沦陷区流亡下来的难童的救援工作中去。

1939年2月，郭德洁女士在重庆得知国民党政府赈济委员会，有拨款在各地收容5000名难童加以收容教养的计划，当即出面请求把在广西收容1000名列入计划之中。郭女士的请求很快得到同意，同年3月，赈济委员会即拨款10万元交由郭女士回广西筹办桂林儿童教养院，作为战时难童教养机构。郭女士接受任务后，便马上动身回广西筹划难童收容工作。她的设想和计划也得到当时广西政要李济深、李任仁、黄钟岳、苏希洵、陈雄等诸人的支持，当然，李宗仁将军也是支持的。1939年3月23日成立了儿童教养院筹委会，一批社会知名人士应邀任委员。

筹委会是一个名誉机构，具体工作主要由郭女士去组织实施。筹委会成立后要做的第一件工作就是选择教养院的院址，为了找到合适的院址，她曾到山峦重叠、易于避开敌人空袭的河池、南丹一带和永福县选点，在那里没有找到合适地方。时间过得很快，大批难童继续涌进广西，她不忍见到众多受日本侵略者炮火摧残的儿童颠沛流离，便决定先把难童收容起来，寄养在桂林第一保育院、桂林师范学校和临桂县两江圩戏院，同时决定在李宗仁将军的家乡临桂县两江乡宝山脚下建院。宝山，这就是来自祖国四面八方的1000名难童度过艰苦岁月，于今仍然记忆犹新的地方。

▷ 李宗仁、郭德洁夫妇

日本侵略的罪行，激起所有中国人的义愤，郭德洁女士正是出于她的民族义愤和母性爱，一心一意要把流离失所的难童抢救出来加以教养成人。她为建院工作四处奔走，院舍从1939年6月中旬动工兴建，两个月后一部分砖木结构的宿舍、教室完工了。所有寄养在各地各单位的难童悉数接入新址。10月间，教养院基本完成了建筑任务，11月1日，这所以郭德洁女士为院长的教养院举行了正式成立典礼。就在教养院成立典礼前后，日本侵略者进犯广西南宁一带，桂南沦陷区的大批儿童又相继逃离家园。为收容这些外逃难童，她亲率工作人员到桂南前线组织抢救。这次抢救活动，共有400多名难童被收容转送到桂林儿童教养院。至此全院院童达到了1000名。宝山脚下的教养院沸腾起来了，1000名历尽艰辛的战时难童总算有了归宿并开始了生活的新篇章。

1940年11月1日，1000名同学欢庆建院一周年纪念日。院庆时印发了院刊，一批广西军政要人在院刊上题词。李济深的题词是："功逾鞠育"，李宗仁的题词是："蔚成国器"，白崇禧、黄旭初、许世英等多人也题了词。可见郭德洁女士所主持的这个教养院得到当时的广西各方面的实权人物支持，因此筹备工作是相当快的。到建院周年纪念的时候，全院已建成教室20多间，学生宿舍9座，还有教师宿舍、办公室、医疗室、礼堂等设施。近100名教职员工及1000名难童有了生活、学习和工作的场所。

在这家教养院生活与学习的都是十几岁或几岁的儿童，他们来自祖国半壁河山沦为敌占区的省份，从南到北均有，语言是南腔北调，官、白、客、潮各异，简直是一间多语种学校。1000名难童学生分别编在初小、高小、初中和职业班，按当时国民党统治区教育制度学习正规课程。9个大队分住9个宿舍，每个宿舍有112个铺位，住112人，男生5个大队，女生4个大队。各大队设宿舍老师1人，各教学班也设班主任1人，教学班各科任教师是基本配齐的。

院童的生活是十分艰苦的，同学们每天吃两顿饭，最困难的时候，吃的菜是每桌只有一小碟黄豆，每人可分得一匙羹。郭德洁女士从桂林来看望难童的时候则杀猪加菜。难童穿的是郭德洁女士从国民党军队里弄来的军衣，几岁的男女同学也是一律穿长长的军装，同八路军的小八路穿着没有多少差别。院部还接受了来自香港的捐赠，使我们有机会在宽长的军装里穿上了一件西装背心。除了一定期间每人发给一双布袜外，同学们一年的大部分时间白天打赤脚，晚上穿木屐。教养院还经常上农业或工艺劳作课，艰苦的生活和长年的劳动锻炼，使同学们体会到这样一个真理：人生的出路在于自己的顽强搏斗，人类生存的唯一条件是劳动。几十年后的今天，我们见到了一个又一个经过教养院磨炼、培育的同学，成为劳动工作上的好手。他们鄙弃懒惰，崇尚勤劳；他们不畏艰险，勇于进取。所有这些，不都是当今青少年所应该具有、而恰恰又有一部分青少年所十分缺少的品德吗？

《郭德洁与桂林儿童教养院》

❖ 严 沛："倡党勇，愿吃亏"的罗校长

罗尔棻接任师专校长是很顺利的，没有遇到什么阻碍。但他上台以后，却碰到困难重重，无法解决。

首先碰到的困难，是聘请教师的问题。杨东莼任校长时，由于他在文化学术界颇有地位和声望，曾从省内外聘来了不少有名的教师。罗尔棻接任时，虽曾宣布请所有教师一律留任，但当杨校长去职时，许多思想进步的深得学生爱戴的教师自忖已不能在广西久留下去，便纷纷辞职离校，如薛暮桥、杜敬斋、朱少希、沈起予、金奎光、廖伯华、胡守愚、张海鳌、王伯达、官亦民等老师，都是这时离校的。当时留下来继续任教的，只有冯克书、沈望之、裴本初、高国材等几位。罗尔棻费了九牛二虎之力，到处物色，只请来了朱安中、卢祝年、李绍雄、王贞锷、廖斗光等几位，他们原来都是中学教师，学识名声，都不孚众望。当时又是在学期当中，许多课程开不出，有些课程即使勉强开设了，但教学质量差，同学们听来不感兴趣，于是课堂便成了自由交易场所："你讲你的课，我看我的书"，河水不犯井水，师生互不干扰。这样拖过了第一个学期，暑假来临了，罗尔棻说下学期一定可以从上海、广州等地聘来一批教师，但是"只闻楼梯响，不见人下来"，第二个学期仍是缺师缺课，无法满足同学们的求知欲望。这种状况直拖延到罗氏去职，都没有解决。

第二个困难问题，是对扭转师专的"左倾"方向束手无策，有负广西

当局的属望。罗尔棻原是学医的，不长于政治思想工作。他提倡学科学，但他讲的科学只囿于自然科学，并不包括社会科学，因此他所讲的科学与师专同学所重视的科学是不同调的。他提倡"读书救国"，但不主张学生从事政治活动、参加"救亡运动"。他常常说，科学发达了，国家自然富强，就不会受帝国主义欺侮，那时是"九一八"事变后，日本帝国主义已强占了我国东北，正在窥伺华北。罗尔棻也有感于国难深重，民族危机日迫，他认为当前最大的弊病是民气消沉，民心涣散，民族精神萎靡不振，所以日本帝国主义敢于肆意进犯，挽救危亡之道，首先要国民党振作起来，每个党员要有发奋图强的决心和勇气。他在纪念周上作了一次所谓"党勇"的专题演讲，他的莫名其妙的"理论"，引起了哄堂大笑，从此同学们暗地里叫他做"罗大傻"。

罗尔棻还有一套如何做人处世的哲学。他认为任何人都不能离群索居，人与人相处就要互忍互让，"忍让"二字，最为要紧，彼此忍让，才能相安共处。而要做到互忍互让，每个人就要"克己"，人人能克制自己的私欲，世界上就不会有争夺、有斗争。他说："克己"二字最通俗的解释就是"愿吃亏""不怕吃亏"。一个人能够不怕吃亏，便与世无争，与人无争，天下便太平无事了。他在纪念周上反复阐明了这种自认为"最理想的道德标准"，同学们称之为"愿吃亏哲学"。

罗尔棻一方面提出他的"党勇"理论，并苦口婆心地宣扬"愿吃亏"哲学，企图以此来转变同学们的思想，另一方面又用带有恐吓性的语言，把国民党清党时期杀害共产党人的情景，渲染得极为残酷可怕，以告诫同学们不要"误入歧途"。他在一次纪念周的讲话中说："那时到处追捕共产党员，深更半夜里一队队军队荷枪实弹，穿过大街小巷，四处搜索……夜阑人静……一阵阵枪声过后，跟着又传来妇女和儿童们凄厉的哭声。……有一夜，我在梦中惊醒，听到一阵乒乒乓乓的声音，以为又在杀共产党员了。我赶快伏在被窝里不敢伸出头来。……后来仔细一听，原来是隔壁人家便桶发出的响声。……"他的绘声绘色的讲话并未吓倒师专的同学们，反而报以哂然一笑。之后，同学们写了一副挪揄他的对联：

倡党勇，愿吃亏，守法奉公，伟哉师专校长；

闻尿声，疑枪响，惊心丧胆，傻矣罗氏尔棻。

《忆广西师专第二任校长罗尔棻》

❖ 邹韬奋：抽"演讲税"

广西当局以及公务员和青年群众，对外省来的宾客，总是虚怀若谷，殷殷请教，这种精神，记者在以前曾经略为提及。他们对于这件事还有几句说笑的话，他们说凡是外省来到广西的宾客，都要尽一种义务，就是要受广西"抽税"。可是这里所"抽"的不是"苛捐杂税"，却是"演讲税"。他们"抽税"的时候，要叫公务员听，就把全部分的公务员召集起来；要叫青年学生听，就把全部分的青年学生召集起来。整齐迅速，秩序井然。除大规模集体的"抽税"外，还有不少公务员和青年个别地商讨种种问题，他们所注意的都是中国抗战的前途和广西在抗战中的任务，以及广西所已用的方法是否正确，有没有更进一步的改善办法。这种放大眼光，看到国家民族广大的利益，在别处也是很不易见到的。

广西青年朋友提出问题讨论的热烈，更是令人感到深厚的兴趣。我有一次和金仲华先生到西大演讲，二三百的男女同学几于个个很诚挚殷勤地如联珠地提出问题，有的是关于抗战的，有的是关于国内政治的，有的是关于国防的，有的是关于战时教育的。你如果看到他们那样兴趣浓厚，津津有味，讨论不倦的态度和精神，一定也要受到很深的感动。讨论的时间一再延展下去，倘若不是为了我们还有他约，不得不结束，也许要由下午一直讨论到深夜，大家还是"乐此不疲"的。

这是广西青年可敬可爱的精神。

《桂游回忆》

❖ **李白凤：** 美味的豆腐与讨厌的和尚

久游桂林的人都知道桂林有"三宝"就是荸荠、马肉米粉和天一斋的豆腐乳。但我却喜欢"三宝"之外的月牙山豆腐。

自从月牙山老住持圆寂之后，庙里的大厨师便被一个广东盐商李某请到他的公馆里去了，知道这情况的人，大多数已不再到月牙山去领略豆腐的风味，反而改到李某家中去作客了。

旧社会的商人和官吏，有两文臭钱之后便想附庸风雅，李某自不例外。李某既然有了一位好厨师，怎肯不以之炫耀于众？当时桂林文酒之风很盛，有的酒楼在开张的时候，都想方设法邀请文艺界的人

▷ 柳亚子（1887—1958）

士去吃一顿。这时，多半是以亚子先生作为团体的中心人物。在这种情况之下，李某因为和黄尧是老相识，听说黄尧的画展，亚老很肯帮忙，于是就通过黄尧，请亚子先生代邀几位朋友到他家里尝一尝豆腐。

李某的厨师既然名冠当时，亚子先生就应邀而去，并借此机会过漓江，畅游七星岩一带的风景。

那天同游的有田汉、熊锦西、端木蕻良等十多人，沿着澄碧清澈的漓水，我们先去看《元祐党人碑》。这是后人继作的"摩崖"，上面镌着北宋当时被目为"党人"的姓名，由于子孙的作伪，其间也夹杂了几个本非列名是碑的人的姓名，由于原碑已毁，这"摩崖"是后来所刻，所以看起来

没多大兴趣，只是边游边听亚子先生讲述北宋当时党争的遗祸。

看过《元祐党人碑》，在月牙山上，循着曲折的山路，不多时就进了山门。这时，正是当时的政治和尚太虚法师在宣讲佛法，因而月牙山香火之盛，可谓空前。太虚和国民党，尤其和两广军阀之间的关系是众所周知的，所以拜入座下皈依的达官贵人，真如过江之鲫。

我们在庙里浏览了一番，觉得挤在这十丈红尘的人堆里颇为气闷，都想早些离开。亚子先生一向讨厌这种场面，他自然更急于离开这里到外面去透一口气。这时，太虚听说亚老来游山，便派人来请亚老去"随喜"，亚老得知，心里更不高兴，嘴里连连地说，我去看这混账和尚做什么？就丢下众人，大踏步地冲向山门。说来也巧得很，这时李济深先生也来游山，碰见亚子先生正出山门，就迎住他谈了几句，并且约他到寺里去坐一坐。亚子先生只匆匆地和济深先生告别，就带着我们直向山下走去。

遇到这种扫兴的事，大家自然再不想游山。黄尧就提议到李某家去，尽管离约定的时间还早一些，但大家都觉得与其在山上乱闯，倒不如早些去打扰那位"驱时"的主人。

李某的"公馆"建筑在半山上，三间客堂面临小东江，屋子里布置得尚为清雅，陈设也颇简单，竹桌竹椅，另是一种风味。黄尧是常客，由他敲门，开门的正是那位有名的厨师，经黄尧介绍后，大家就坐在客厅里闲谈，我们到时，主人大约是外出买东西了还未回来。

亚子先生一反常态地沉默不语，即使有人和他谈话，他回答得也很简单，总之，我们都能看出他今天的游兴不佳。三点半钟之后，主人回家来了，是一个官僚型的商人，头戴礼帽，身穿灰色长袍，面孔上一片红光，一眼看去就看得出是一种营养很好的象征，一口广东话，动作微现粗鲁。

主人既回，就开始入席，自然是先喝酒。酒的品种很不少，佐酒的都是十分地道的广东腊味，亚子先生仍然喝他的红葡萄酒。

正在喝酒的时候，梁漱溟先生也到了，他并非闻风而来，据说是有事要找黄尧。大家看见梁先生来了，就邀请他入座，他十分客气地谢绝了邀请。这时，田汉就说：梁先生不喝酒。于是主人就殷勤请吃"豆腐"，梁先生也就不再推辞地坐了下来。

梁漱溟先生正像他写的字一样，清癯之中有一种耿直之气，戴着一副金丝边的小眼镜，眼镜式样大约还是民国初年的款式。穿着一件皮袍，挽起袖子便露出一段白色的羊皮来。

漱溟先生很健谈，一口流利的北京话，他一来，就使得座上的空气立刻转变，也许又是葡萄酒的力量吧！亚子先生的诗兴也勃然而兴，屋子里顿时换了另一种局面。这时，在座的有的谈到亚子先生，说他并不是讨厌和尚，仅仅是讨厌太虚这种和尚，对于有的和尚，他是有好感的，譬如当年他和曼殊的交情，这是众所周知的事，又如他和巨赞法师也时有往来。可惜巨赞这时已离开桂林，到桂平西山当住持去了，否则，今天的局面一定更为不同。

这次宴会上的豆腐果然名不虚传，我们一行都是吃过月牙山豆腐的，两者相较，轩轾已分，主人在大家交口称赞之余，又将那位名厨师请了出来，向大家作了第二次介绍。

《柳亚子先生在桂林》

❖ 欧正仁：马君武执掌广西大学

广西过去没有大学，富家子弟都到省外的大学去读书。而家庭困难的青年就很少有机会受到高等教育，直到1927年，广西省政府才决定创办广西大学，推黄绍竑、马君武等十一人为筹备委员，以黄绍竑为委员长，马君武为校务主任。开始在梧州蝴蝶山一带建筑校舍。对选择校址曾有过争论，马君武当时出于考虑聘请教授的困难，如设在交通不便的地方，稍为有点名气和实学的教授，根本不肯来，而且学校所需要的一切设备仪器，运输困难，所以选定以交通方便的梧州为校址，那里的水、陆、空交通方便，每日上下午有不同班次的轮船开往广州、香港，有民航直达广州，如中山大学教授兼任西大教授，每周可坐民航往来授课，这个决定是正确的。

蝴蝶山上原是很瘠芜的地区，岭冈横亘，荒冢垒垒，鸱啸狐号，盗匪出入，梧州人称之为"鬼门"。但经西大辟为校址，马君武的惨淡经营，几年之间，就变成了风景优美的所在，林木葱郁，楼房掩映，道路平阔，以前的鬼门，已成为广西最高学府了。

西大于1928年10月10日开学，马君武任校长，盘珠祁任副校长，白鹏飞教授兼校务长，马名海教授兼教务长，蒋继伊任总务长，开学时有预科学生300余人。这时办的虽是高中性质的预科，但却从上海聘请教授来校任教，如马名海教授兼教物理，原在上海交通大学任教授的黄叔培教平面几何，《中国评论》英文版的主编陈荫仁教授英文，教授薪金均像上海一样用大洋支给。

但1929年6月由于粤桂战争，梧州被粤军占领，校务停顿，马君武不得不回到上海。1931年5月，粤军退出梧州，广西省政府电请马君武回桂继续主持西大校政。马回桂后，再成立理学院，并于9月15日开学，有本、预科学生500余人。在开学典礼上，马校长致词说：广西大学成立了，从此有了自己的大学，不必去省外读书了。广西是经济贫困，文化教育落后的省份，首先办实用科学，所以设立理、工、农三个学院，今年先招收理学院的学生，明年起招收工科和农科的学生，以培育建设广西必需的人才。现在所请的是知名的教授，希望已招收的第一届40名学生，勤奋读书，不要辜负广西父老的希望，我们提倡锄头主义来建设美好的校园，有了锄头主义才能有强健的身体，才能负担建设广西的任务。马校长说到做到，学生在三年当中，填平蝴蝶山的坎坷，挖出个大操场，所有路旁的树木，都是学生栽的。人人爱护林木，没有损坏的行为，所以成活率很高，从1928年到1929年，为时不过一年，从1931年恢复到1933年4月，时间亦不到两年，前后开办不到三年，就把一座荒山野岭建设成为幽雅安静而又壮丽的校园，不亚于金陵大学的校景，这是马校长精心筹划的结果。1932年9月又扩大院系，理学院分为数理、化学、生物三系。另成立农、工两学院，农学院设农、林两系，工学院设土木工程系，后又增设机械工程系和矿冶专修科。

马君武兼工学院院长，盘珠祁兼农学院院长，马名海兼数理系主任，林炳光为化学系主任，费鸿年为生物系主任，谭锡鸿代理农学系主任，叶道渊为林业系主任，苏鉴轩为土木工程系主任。后来又将数理系分为数学、物理两系，张镇谦为数学系主任，谢厚藩为物理系主任。后又多次从省外聘请知名人士如竺可桢、费孝通等来校讲学，学校形成一股良好的学习风气，学生人数激增。

马君武重返西大不久，沈阳"九一八"事变发生，日军占领了东北，接着进攻上海，发生"一·二八"事变，全国形势极为紧张。当此战云密布，困难当头的时候，高等教育究竟以什么为目标呢？马君武说："学些什么本领去'收复失地'，去'复兴中华民族'？这也就是目前中国新青年责无旁贷的工作。所以，西大近年来就确立了三项教育目标，使青年学生具有：一、科学的知识；二、工作的技术；三、战斗的本领，以达到救国的大目的。"他认为："保卫中华，发达广西，是我们立校本意；为国牺牲，为民工作，是我们来学习的目的。"因此，他号召"西大学生一致团结起来，拿书本、拿锄头、拿枪炮去救国。"

马君武认为：日本之所以敢于侵略中国，就是因为我国科学落后。日人用科学上的新知识新方法改良武器，有飞机、重炮、坦克、毒气，而我国军队用的仍是几十年前的旧器械，以"肉弹"去对抗敌人的"钢弹"，因而一败涂地。他认为"如果大家不能从科学和知识上求出路，那么一辈子是毫无救药的。"他多次强调，要具有科学知识和懂得新的生产方法，才可以改良和提高工农业生产，才可以富国强兵。因此，他想方设法使学生毕业以后能运用最新的科学技术，为广西为中国努力生产，他教导学生"要学一种工作的技能，姑无论是粗工或细工，金工或木工，或造林或畜牧或种植。而现在到处都是给我们生产的机会。"他提倡学生毕业以后努力搞成一个小小的樟林，养樟蚕，制樟脑之类的事业，也是有"出息"的；而拿着毕业文凭去找省主席或厅长要差事干，是"绝路一条"。他在校内发起"锄头运动"。要学生拿起锄头，参加建校劳动和社会生产劳动。一方面养成刻苦耐劳的精神，另一方面也可以取得一些报酬以补助生活费用。他认

▷　梧州时期广西大学校门

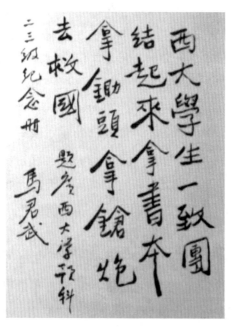

▷　马君武给民国二三级预科毕业生和民国二五级毕业生的赠言

为，学生只有大脑和两手并用，才能成为工农的领导者、工程的建设者。

为使学生学会战斗的本领，马君武主张军训。他说："国联既不可靠了，只能靠自己。我们要靠自己的力量，才能收复失地，就得全国一致武装起来……全国一定要实行武装，受军事的训练，我们除了全国武装外，别无第二条生路。"又说："我们此刻实行军事训练，是万分必要的，我们军训的目的就是准备敌人来的时候，能够指挥民团作战，守住我们的广西，不要等到敌人侵入后，临时手足无措。我们要保护我们的土地和人民，不能不如此准备。"西大学生有时对军训不满，马君武在纪念周的多次讲话中，都从抗日救国大局着想，谆谆教导，希望学生认真接受军训。

西大学生，当时过着军事化的生活，穿的是灰色军服，扎皮带，戴军帽，缠绑腿，每天吃三餐，由号兵吹号召集，列队入席。外宿的学生很少，大多是在校内住宿，晚间在宿舍里自修，有时要搞夜间演习，生活很朴素，很有纪律。马君武对学生管理很严，犯了错误第一次出示警告，积三次警告为一小过，三次小过为一大过，满三次大过即开除学籍，因此学生生活严肃，作风正派。

《经马君武创办的广西大学》

❖ 公 盾：幽默又有骨气的马校长

1939年秋天，我转到广西大学读书。当时广西大学校址是在距桂林约有四五十里远的良丰西林公园，环境幽雅。由于校长马君武的名字，曾经吸引了许多青年前来就学。马君武校长给人最深刻的印象，就是毫无校长的架子，他每天总是划出一定时间接待要同他面谈的学生，不但在他的办公室，还常常是在他家里，有时是在晚上。与其说他是德高望重的校长，不如说是师生员工的亲人。他虽然当过官，而且职务不低，但丝毫没有官僚习气或摆什么架子，说他是生活在学生群众之中并不过分。他不但关心学生的学习，同时也很关心学生的生活。当时，他年纪不到60岁，由于饱经风霜，却显得有点老态龙钟，脸上已有皱纹，说话声音不大。当时许多学生因为战争关系，家庭经济来源困难，甚至断绝。但在广西大学申请助学金却相当容易。因为马君武校长常常公开说："国民党官府人员贪污一笔就成百万元，我们即使在发放助学金方面手松些，多给学生又何妨呢？"正是基于这个观点，他对学生的请求援助几乎是有求必应。

那时每周全校性的周会（又叫"纪念周"）差不多都由他自己来主持。"纪念周"举行得很别致。大家知道，当时一般蒋管区都要举行"纪念周"，读"总理遗嘱"是由主持开会的人读一句，学生跟着读一句，马君武并不这样，他是自己读，边读边议，对着孙中山像发议论。有一回他面向孙中山像，始喃喃后大声说道："孙总理啊，你去世快18年了，你瞧我们中国还是这么混乱！哪儿是中华民国，是中华官国呢！"停了一下，他面对孙中山遗像又说："你死得太早了！"就这样，这个周会，都由他发议论说下去。他叫学生要用功，他要学生用功可别像他的孩子一样，到德国读医学，结果却学音乐去了，他说中国现在这么乱，读什么音乐呢？

马君武不是马克思主义者，也不是"左倾"分子。但由于他本身是个名副其实的科学家、学者，因此他喜欢一些有真才实学的人来任教。当时他聘请了张志让（在"七君子"事件时任首席律师，当时的复旦大学教授，全国解放后任高等法院副院长，现已去世）、张铁生（当时在桂林国际新闻社和生活书店任职、德国留学生、国际问题专家，解放后在中央联络部任领导工作，已去世）、董维键（第一次国内革命战争时在湖南工作，曾被反动派关监狱多年，抗战开始后不久在郭沫若领导的第三厅工作，现已去世）等人来校任教，当时马君武受到各方面的冲击，要他解聘这些教授，针对上述情况，马君武公开提出"党团退出学校"，当然他在这里指的是国民党、三青团应当退出学校，从而受到了当时学校广大进步师生的拥护。

当时，桂系派了成百个国民党军官来西大任军事教官，他们实际上是来监视学生思想行动的。由于当时广西大学在地下党的领导之下，左派学生力量占压倒优势。军事教官除了给一年级学生搞军训外，还要参加全校学生每天早晨举行的升旗"仪式"，每次都要点名唱"国歌"，但唱歌时下面总是鸦雀无声。军事教官的头儿很不满意，写了一张"呈文"要辞职，他把辞呈递交给马君武校长。在一个星期一的周会上，举行仪式后，马君武叫为首要辞职的军事教官到台上来，把辞职书交还他说："你先向学生读一读辞职书吧！"这位军事教官只好向全体学生从头到尾念了一遍，大意无非是每天升旗都没有人唱"三民主义吾党所宗"的国歌，很苦恼等等，因此要辞职。他念完以后，马君武校长向学生们很诙谐而又很严肃地说："军事教官吃饱了饭，职务就是每天带你们升降

▷　马君武（1881—1940）

旗的，你们体谅他，就唱国歌，你们能唱的就跟着唱唱吧！"学生哄堂大笑，有人甚至鼓了掌。接着他又转向军事教官说道："他们不唱，你们也不唱吗？你们有几十个人也可以唱嘛，你们成百人唱起来不是也成了唱歌队吗！"下面学生又一次发出笑声。接着马君武对教官像发命令地说："把辞职信拿回去吧！我交代学生帮你唱了。你瞧这事我算是给你处理了，辞职信拿去。"那个军事教官的头儿不得不当众向马校长敬个礼，把辞职信接回去。他万万没有想到马君武会这样处理这件事，弄得很尴尬。礼堂上又一阵哄堂的笑声和鼓掌声。

有一回，国民党教育部派了个督学来广西大学视察，要向全体教授、副教授、讲师、助教以及全体职员讲话。马君武同意叫人布置，让全校教职员在一个大会议室参加这次会。他在会上给大家介绍：这位是教育部派来的×督学，现在就请他讲话吧。×督学讲了不久，马君武就在主席台上打盹，后来又打起鼾来了。×督学讲完话，旁边人就摇摇马校长的身子叫他醒过来。马君武从椅子上站起来，擦了擦眼皮，说道："×督学想讲话，你讲完了吗？"×督学点点头。马校长又问百来个听讲话的教职员："你们

都听×督学的讲话了吗？"不等大家回答，他自问自答道："他爱讲，我不爱听，所以我就睡我的觉，他的讲话很像个催眠曲，让我好好地睡了一觉。"他停了一会又继续说道："你们想，这样的督学会讲出什么道理来呢，还不如睡个大觉好！因为他一定要讲话，我才叫你们来的，但我不想听，所以我就睡觉了。"最后他对×督学说："×督学，你回教育部就说我说，赶快把经费拨来，否则学校维持不下去，就要关门了，闲话少说为好！这倒是正经要讲的话。"那位督学无可奈何地当天下午就灰溜溜离开了广西大学。

马君武非常瞧不起那些抗战中的亡命派，当时抗战节节打败仗，眼看着广州、长沙等地先后沦陷。有一次在周会上他气愤愤地说道："中国人特别是那些当官的，把自己看得太重要了，只知有自己，不知有他人，更不知有国家，有民族，这是要不得的。敌人近了，有些人慌张起来，说要把学校赶快搬到独山去，我主张无论如何都不搬迁。……人生自古必有死，你决不能永远保存自己，与其平平庸庸地死了，不如轰轰烈烈地为民族牺牲。"他停了一下又说："过去许多人，尤其是知识分子，常常把抗战的责任推诿给一般老百姓，这是极端错误的观念。我们不能说打仗不是大学生的本分，而是老百姓的事情，如果这样，我们就用不着抗战了。新式武器需要有科学知识的人才能用。因而现代战争如果仅仅交给知识少的人去打，而有科学知识的人都搬到安全的地方去，那么抗战也就难于得到胜利，国家民族也就难得复兴了……"他停了一会儿又说："我们不能说人家的死是轻如鸿毛，我们的死重于泰山。做泰山更经得起风吹雨打。我们应坐能言，起能行，不应天天都在念什么'忠勇为爱国之本'，而临难就想逃之夭夭，学老鼠那样钻洞，这样念那句真言有什么意思，有什么用处呢？"他越说越激动，又接下去说："假如柳州失掉，难道再搬到昆明，昆明失掉，再搬到缅甸不成？"最后他用非常肯定的语气说道："……因此存在搬迁的心理是没有骨气的，我们大学生要知道对国家所负的责任是什么，不要因战事影响，便想学老鼠，这一洞不安全，就钻到那一个洞去。……所以我今天要郑重声明本校是要照旧办下去，不管战事发展到怎样的地步，本校绝不轻易迁移的，敌人来这里，只有和他拼命……"

全场都很肃静地听马君武校长讲话，他的声音从慷慨激昂转到平静，全场的气氛很严肃。当时桂南的战局很紧张，但学校局面很稳定。

《马君武二三事》

❖ 李任仁：师范学校的使命

广西大部分的民众生活在乡村里，需要教育的人数自然以农民子弟为多。然而，现在各乡村的学校，多数是任从那些读书不成为生计所迫的教师在那里糊里糊涂地主持着，或者是过去的童生们挂起掩眼的学校招牌而在那里之乎者也地大教特教其四书五经。这些糊涂的教师和过去的童生，固然不懂得指导儿童的方法，就是最浅的文字也写不出来，焉有不害人子弟之理！甚至有些乡村因为没有人出来筹划或者因为找不出可以教书的人，就连一间学校也没有。我们试想，现在乡村的子弟不是把有能力的嫩芽断送在不良的教师手里，永远做不出成器的人，就是活活地挨着教育饥饿，永远做一个文盲。这是何等悲惨的事！

乡村教育这样的昏暗，这样的贫乏，政府并不是没有知道。然而，知道了又岂能立刻解决？因为，要改造它，发展它，就要有人才，而且需要多量人才。一下子要找出这许多能够改造乡村教育或发展乡村教育的人，事实上办不到。或者说，从前至现在，广西各地不是办过师范学校，中学的师范科，设立许多师范讲习所吗？这些校呀、科呀、所呀制造出来的人，往哪里去了？提起这事，又是一页伤心的历史。过去制造出来的师范生，数量自然也蛮多。然而，（1）因为过去对于师范生的训练，并没有把他们的人类的虚荣心理洗刮，使他们安于劳农的生活。换一句话，"人生的意义就在乎不断地为全体人类谋利益"这一种观念，他们没有了解。所以，虚荣的心理笼着他们，物质的绮丽眩着他们，他们就成为个人享乐主义的生物。生长城市的固然不愿走向乡村，连乡下出来的也不肯回头了。这，我们不能怪师范生，只能怪过去的办学的人罢！过去的办师范教育的人，固然没有训练到他们乐意到乡村办教育的方法，恐怕连这样一个目标也没有哩！（2）因为过去的师范学校、师范科、师范讲习所等等，除了教授几门教育科目外，简直和普通学校没有什么分别。所以这些师范生出来，极其量不过在教学上比较有点方法罢了，至于如何把学校改造，是茫无把握的。再说到在没有学校的地方怎样把学校成立起来，更是茫然的了。我们晓得，现在的乡村教育，差不多就是一块不毛之地，万样都要从头开垦的。试问，如此艰巨，没有兴趣、没有能力的人可以胜任吗？即使把过去的师范生招回乡下，也没有办法的！——他们之所以不愿到乡村去，恐怕这也是一个原因吧？（3）因为到过乡村去的师范生，只晓得教授普通学校的科目，绝不能使一般农民子弟得到生活上的知识。我们试想，农民大都是穷苦的，如果他们辛苦地供给子弟读书数年，而子弟对于他们所需要的一无所晓，怎能使他们对于学校发生信仰呢？——我们自然不否认自然、国语、音乐、图画等等也是一种知识，而且是对于儿童有益的东西，但乡里的农民不觉得它有什么益处呀！——唯其不信仰，所以他们宁可请一位八股先生来教子弟作对子，也不愿把子弟送进学校，如果要他们拿出钱来成立学校，那就更不消说了。这种学生少和没有钱的结果，使在乡村做教师的所得一定微薄到极。那么，一般师范生也就没有法子不视乡村为畏途了。——老实说，你既不能使人家的子弟得着生活上需要的知识，人家又不肯把子弟交给你教，所谓改造和发展，也就不知从何说起！

因为以上三点缘故，所以过去虽然制造了不少的师范生，但在乡村教育方面来看，实在等于零的。

《师范专科学校的使命——改造及发展乡村教育》

❖ 植恒钦：桂林师院的林教务长

抗日战争时期，桂林人才荟萃，文化教育事业兴旺发达，成为当时大西南抗战文化活动中心，被称为文化城。

广西教育界人士深感广西文化教育落后，人才贫乏，适应不了"建设广西，复兴中国"的需要，于是他们积极呼吁、敦促桂系当局抓住大好时机，借助外来人才兴办师范教育，大力培养师资，发展教育事业。抗战初期创办了几所中级师范学校，但高等师范教育仍极落后，就是在这种背景下，1941年办起了广西师范专科学校，以后改名为广西省立桂林师范学院。

…………

下面是我记忆中有关教授教学的一些情况。

林砺儒教务长是同学最敬重的，他平易近人，和蔼可亲，热爱学生、关心学生上进，常见他在校园内与同学们一起散步，谈论问题。他学问渊博、胸怀坦荡，同学们都喜欢陪同他散步，向他求教。

林砺儒教务长亲自给我们讲授教育概论课。他运用辩证唯物主义原理阐述教育问题，分析深刻，通俗易懂，引人入胜。例如，他在讲授《中国民族解放运动与国民教育》这一专题时，深刻分析教育与政治的关系。他说："国民革命是轰轰烈烈的民族解放运动，对外的口号是打倒帝国主义，对内是肃清军阀官僚，铲除土豪劣绅，而最高目的是建设三民主义的国家，以促进世界大同……这条革命路线也须配合国民教育方可收效。""抗战唤起了革命精神，而革命精神又要唤起国民教育。"实行"民权政治，才是国民教育的需要"，"在落后的国家要推行国民教育，得要多多仰仗于民权政治。"他在分析了社会弊病对教育的影响之后，说："我们得到这样的结论：进步的政治必产出进步的教育，颓废的政治必不能完成进步的教育。进步的教育可以助成进步的政治，而不能挽救政治的颓废，更不能为颓废的政治作掩饰。"

林教务长在讲授《民族解放斗争与青年运动》专题时，紧密联系实际，对国民党仿效希特勒、墨索里尼搞青年训练，妄图以此控制青年思想行为，给予无情抨击。他说："希特勒成功的原因是：德国内部代表各阶级利害的各政党的交错的矛盾和凡尔赛条约造成的德国被压迫的国际地位……大众都在惶惶然寻求民族的生路，遇着纳粹宣称要毅然负起民族复兴的大任，而又担保不赤化……这便是希特勒成功的秘密。""我们若不弄清楚来龙去脉，只看见人家的组织、规条、徽章、制服，便心醉眼花，恐怕要成大观园中的刘姥姥。"又说："指导青年第一步必须了解青年，若不了解而言指导，那不过部勒控制罢了。""希特勒的信徒，只仗着信手胡造的教条、规则，便自命为指导青年的权威者，那是自欺欺人。"林教务长一针见血地揭露了国民党愚弄青年学生的阴谋。后来，林教务长把讲课的内容写成文章，题为《精神剃须论——成年人凭什么而指导青年？》在《文化杂志》上发表，国民党恼羞成怒，除了查封《文化杂志》外，还对林教务长进行威吓，林教务长对此泰然处之，行若无事。

1943年五四运动纪念日，师范学院学生会举行纪念大会。大会邀请林教务长讲演，林教务长慷慨激昂地讲述了五四运动的经过和历史意义，他说，"五四"时代的青年要求民主和科学，要把德先生和赛女士请进来。当时闹了一场笑话，持封建礼教的人公开叫嚷反对德先生和赛女士来中国传播自由恋爱，要把他们驱逐出境，不能让他们来中国伤风败俗。中国受封建礼教毒害很深。要求实践民主政治，发展科学技术非常艰难。随后，他又说，社会上有那么一批人，在国难当头的今天，还大吹什么大国风度，大倡复古读经，保存国粹，难道靠国粹可以打败日本帝国主义吗？我们要大声疾呼，只有民主和科学能拯救中国，促进中国强盛。全场热烈鼓掌。

《忆国立桂林师范学院的几位教授》

❖ 杨益群："国旗大游行"

1944年5月19日，西南剧展会胜利闭幕，部分戏剧团队仍留在桂林继续演出。这时，日寇为了打通大陆交通线，向湘北发动大规模的攻势，国民党军队节节败退，桂林局势骤紧。为了支援、鼓舞衡阳抗战的士兵，安定桂林的民心，保卫大西南，参加剧展会的部分代表队和桂林的进步文化界发起组织了声势浩大的"国旗大游行"。

为了使这场游行得到国民党广西当局的承认和支持，成为合法化，田汉和西南剧展会的其他负责人便分头去做工作。李济深慨然接纳了田汉等同志的请求，亲自主持了游行。李济深当时是军事参议院院长，虽无甚实权，但德高望重，在桂系中影响很大，因而使这次活动得以顺利进行。

6月10日，李济深主持了桂林文化界"保卫大西南"动员宣传周的筹备会，确定了人选及工作计划。翌日，筹备委员会在田汉的带动下，开始积极做好舆论宣传和游行的具体准备工作。6月18日下午，烈日当空，游行队伍从广西省立艺术馆前旷地集中出发。"初阳画院"的画家们高举着"保卫大西南"的标语和大幅漫画，为队伍开路。紧接着便是长老团李济深、龙积之、柳亚子乘坐的宣传卡车。"李济深先生忘记了军事参议院院长之尊，为鼓舞市民献金抗战，那戎马半生饱经忧患而多皱纹的双颊，显着激动而慈祥。龙老先生虽年已八十，但他挥舞着手杖，表示他并不老，为支援抗战，他依然精神焕发！柳亚子先生沉默地捋着长髯，用饱含希望的双眸，注视行列所经过的街道。"（《国旗在呼唤你献金》，载1944年6月19日桂林《大公报》）再接着的是由文协桂林分会和桂林培仁小学学生的几十名代表牵执着的一面大国旗。最后是手执彩旗，步行前进的桂林进步文化人和参加剧展会后留桂的戏剧工作者。游行队伍浩浩荡荡地走向桂西路、中南路及其他街。一路上，长老团不辞劳苦，以深沉激越的声调，用扩音器耐心地向市民作宣传鼓动，如果碰上一毛不拔的商人或少捐的巨贾，他们还亲自下车劝募。文化人高呼口号，齐唱抗战歌曲。"一百万不多，一块钱不少"，"为了爱国抗战，拿出良心来吧！"口号声、歌声此起彼伏，不少人都把嗓音喊哑了。小学生们更忘了饥饿，三五成群，带着装钱的竹筒，沿途进商店、饭馆向老板和顾客募捐。在游行队伍的鼓动下，市民们燃烧鞭炮向国旗表示敬意，并纷纷慷慨解囊捐款。一家饭店还特备热茶招待游行群众，另一商店除了捐献二万元，还捐赠一批饼干给小学生充饥。最激动人心的是有的妓女，也捐出她们的血泪钱，一个人力车夫，揩着满头大汗，拉着车跑到国旗旁边捐出他当天拉车的全部收入，在场的外国人受中国人民抗战爱国热情所感动，也踊跃捐款。每当有谁捐出较多款项，那人就在一片喝彩声中，被大家高高抬起。与此成鲜明对照的是，有的商人阔老敷衍了事，甚至戏弄侮辱劝募儿童。蒋介石在桂林的中央银行竟一毛不拔，因而激起了大家的强烈义愤。朱荫龙先生当时曾气愤地写下了两句诗："尚解兴亡江上妓，最无廉耻地方官。"歌颂备受蹂躏的桂林底层妇女的爱国精神，鞭挞贪官污吏的丑恶嘴脸。

"国旗大游行"虽然也碰到了一些难题。快到傍晚的时候，突然刮风下雨，但大家始终保持着旺盛斗志，长老们不避风雨，继续宣传。小朋友更加活跃，高喊："我们是在风雨中成长的！"大家一直坚持了五个多钟头，募捐到了一大笔现金和金银首饰。当游行队伍回到广西省立艺术馆前集合散队时，李济深先生以高昂激越的语气鼓励大家说："今天我们已激发了四十万人的敌忾心，在烈日风雨中虽然受到一点苦，但是我们的赤诚可以对得住正在枪林弹雨中的战士。我们可以心安理得，我们可以自慰！"田汉号召大家："明后天继续游行，接受考验，我们一定要突破已获的百万元纪录！"

为了配合这次"国旗大游行"，桂林各报刊相继发表了《敬劝桂林的富翁们——为长老团而呼吁》《桂林的怒吼！》《一条街一百万元》《国旗在呼唤你献金》等一批社论和报道，大造舆论，并在全城搭起了宣传台，由驻桂各戏剧团队演出，如新中国剧社演出了大型活报剧《怒吼吧，桂林！》。

▷ 爱国民众为支援抗战积极募捐

为期三天的"国旗大游行"结束后，桂林文化界召开了联席会议，决定成立桂林文化界抗战工作委员会，推陈劭先、欧阳予倩、田汉、陈纯粹、张锡昌、瞿白音、张家瑶、邵荃麟、宗惟赓等九人办理筹备事宜。接着，成立了桂林文化界抗战工作协会工作队，招集七八十名年轻文化工作者，由田汉、陈残云带队奔赴兴安、全州前线，继续开展"国旗大游行"。既募款，又鼓舞前方士气，同样收到预期目的。至于"国旗大游行"募捐到的金钱，经李济深先生的同意，一部分送"八路军重庆办事处"转给八路军和新四军，另一部分送湘桂前线慰劳国民党军队，有力地支持了抗战斗争。

《国旗大游行》

◆ **陆联棠：** 文化城的毁灭

大家都誉桂林为"文化城"，所以称它为"文化城"，不仅是它从汉口撤退以后各种文化活动，大都从这里发始，而出版事业的蓬勃，也是主要原因之一。太平洋战争爆发以后，外来的物资渐渐稀少，物价狂涨，一般商业借这个机会，莫不扶摇直上青云，可是书店是更困难了。审查的漫无标准，邮局的停止书刊寄递和成本的高涨，使出版业无法从事再生产，虽然在这困苦的条件之下，出版业还是尽力挣扎着，借高利贷来维持出版，也还造成了显著的成绩，这从中央图书杂志审查委员会所统计发表的数字上来看，就可以了然了。

三十三年（1944）6月中旬，当敌人的铁蹄践踏到衡阳外围的时候，文化城开始走向末路了。一位著名的要人在省立桂林中学演讲，他从他的"军事观点"来估计，桂林不能据守长久，因此他强调桂林应该紧急疏散！他是桂林人，当然他的话大家都听。第二天市民自动地开始把妇孺和物资移动，沿抚河，沿铁路线。火车站突然紧张了，抚河的船价也一日数涨。

桂林的出版工作者，在响应李任潮先生的劳军义卖和参加热烈的国旗献金以后，突然听了这位要人的演讲，不免是痛苦万分。他们不能不计划到以后的工作，他们煞费苦心地筹划如何使积存在桂林的文化物资，撤退到安全的地方？如何使贫病的作者疏散到他地？如何再在其他地方建立起出版据点？又如何供应桂林在紧急状态之下的精神食粮？6月10日以后，每逢星期二、四、六的晚上，在三教红茶厅或乐群社的草地会上，他们经常地讨论这些问题，想使其实列。他们决定几个原则，使在桂林的书籍纸张和印刷工具，分两区撤退至贵阳、平乐和八步——筹集若干基金协助贫病作者疏散，设立桂林新出版业贵阳联营书店，接运桂林上运的物资，和成立桂林联营书店留守到最后。于是两家印刷厂和许多家书店和他们的书籍与纸张先后运到平乐和八步去，推举了人员（从各个书店里择其干练的调出来）到贵阳去筹设联营书店——接运站；利用集体的力量把物资装去。桂林的联营书店，在十字街口一家书店无条件地让出他的门市部，也成立了。只有协助贫病作者疏散这一个计划却变成了具文，因为书店的现金全部给握交通工具的吸血鬼们吸完了，而银行又从汇款中扣还了书店的贷款和实际等于高利贷的过期利息。在这一种情形之下，作者王鲁彦先生，为贫病所蚀，默默地在疏散声中死去！

依照计划，按了步骤，无数的机器、油墨、纸张、书籍都运了出去，可是伤心的是从桂林向川黔滇疏散的物资，因为铁路的不负责任，运到柳州时一部分书籍和纸张，被雨淋得比造纸用的纸脚还不如的纸饼了。在柳州整理剩下来的一点物资，堆在柳州南站运不出去（因为要二十万块钱一卡的黑费），又在谁都不管的情形之下，失火烧光，有的书店连账簿也都被烧在里边。从桂林直运到金城江的物资，因为炸药车的爆炸，又一次烧得精光！更令人气愤的是贵阳联营书店因为当地有力者的阻挠，终于没有法子成立。这些事实告诉我们：桂林的出版工作者苦心积虑地想出来的办法，全部给粉碎了！而在桂林还有很多很多的"文化物资"，无法移动，既没有钱，即使有钱，交通工具也越来越难得到，因为当时只有少数中间商人，利用各种名义——如工矿调整处——领用车皮，而以每吨三万至六万的运价出让至金城江或独山。有的甚至不要运费而讲折账，或三七分，或四六分，甚至于五五分的都有，握有百货、五金、文具的商人莫不利用此法将货物撤离桂林，至于书籍，除了用现金偿付不法的运费之外，谁那么慈悲，愿意来同你讲折账！

这样，我们剩下来的一大部分"文化物资"，留在堆栈里，码头上和车站上，给火烧着，给雨淋着！有谁曾经想到，这些就是使桂林有"文化城"之誉的主要的物质条件！有谁曾经想到，这些物资是绞尽作者的脑汁，一个字一个字写了出来，经过了出版工作的设计，通过了印刷工作的劳力而变成的一本一本的书籍，在离乱的时候不得不遗弃在桂林与桂林共存亡！

《桂林疏散记》

第四辑

生活习俗·
老桂林的独特风情

❖ **沈翔云：**桂林人的衣食住行

桂林人对于"穿"是不十分考究的，一年四季穿着布衣布鞋，冬天就加上一件布的棉大衣，不管是公务员、商人、学生、工人以至于唱戏的伶人，一律穿灰布的中山装。要分别出他们的职业，可以从帽子上去看：帽上有一帽徽，蓝底白字，如公务员的帽徽是一个"政"字，商人是一个"商"字，学生是一个"学"，唱戏的也有一个"伶"字。所以各行各业，衣服的款式和颜色虽是一样，可是由帽徽就可以分别出是哪一行了。

桂林人欢喜吃辣，辣椒为佐膳的必需品，不可一日无此君；否则虽山珍海错，亦难下咽，因此不论酒馆饭店或家庭中，常年做有一种"蒜蓉豆豉辣椒"，以备不时之需。他们还爱吃狗肉马肉，秋冬两季，狗肉馆和马肉馆就应时而开，吃狗肉和马肉不但能御寒，还能滋补身体。可是吃了狗肉之后，切忌吃菜豆，以防狗肉变质，害及肠胃。吃了马肉之后，照例要吃些炒花生，能解热毒，这都是他们的民间常识。当地唯一的点心就是"米粉"，米粉是米浆蒸熟，榨成筷子粗一般的条状，于是放些卤味、卤汁、熟油、炸豆子和辣椒，就可以吃了。米粉有普通米粉和马肉米粉两种，普通米粉的配菜是猪肉牛肉或猪牛的肝肚之类，一年四季，从早到晚都有卖；有米粉馆，还有流动的米粉担子，花两毛钱就可以买一碗来果腹了。马肉米粉在秋天以后才有卖，纯粹用马肉或马肝马肚来做配料，吃法很特别，盛马肉米粉的碗只有茶杯一样大，一碗米粉两口就光了。当你吃完一碗之后，接着就马上送来一碗，不停地吃，也就不停地送着，直到吃饱了关照不要才停止。最有趣的是一面吃桌上的空碗一面增加高度，食后依碗数结账，普通五分一碗，一个人吃二三十碗不足为奇。相反的，若是怕难为情只吃三五碗，也许有人笑你是洋盘呢。

桂林的房屋多是老式的，而且空屋很多，自省会由南宁迁桂后，一时人口激增，空屋人满，于是很多人就另寻地盘。在市外的风景区中造屋居住，幽静的胜境，都变为热闹的住宅了。有些好清静的人在更远的山林间筑屋，或在山上，或在洞旁，他们和大自然接触，饱享林泉之乐，正如陶渊明诗"结庐在人境，而无车马喧"的境界，日常生活就是"种豆南山下，带月荷锄归"。在那"山气日夕佳，飞鸟相与还"的清境里，悠然自得，自非城市中的人们领略得到的了。

▷　俯瞰桂林城

　　桂林城区南北长，东西短，交通器具还相当完备，有木炭公共汽车和黄包车，脚踏车也很普遍，此外还有轿子，专为游山的人而设，一般人如果没有必要的急事，是不大乘车的，尤其是公务员和学生，大都安步当车。

《桂林山水》

❖ **沈翔云**：桂林风俗一斑

虽然近代已改用阳历，可是民间犹未能免俗，仍是新旧历并用，桂林亦不能例外，年中过节特别多，如正月十五的元宵节，三月中的清明节，五月初五的端午节，七月初七的乞巧节和十五的上元节，八月十五的中秋节，九月初九的重阳节。

▷ 神龛与祭品

元宵节那天热闹极了，家家户户，祭祖拜神，晚上还吃"子孙汤圆"；同时湖南人的耍龙灯，广东人的舞狮子，在元宵晚上就大显身手，同庆佳节。细雨纷纷的清明，从水东门外起到花桥止，沿途路旁摆满了香烛纸锭的摊子；对岸郊外，桃林柳树之间墓地很多，当人们去扫墓的当儿，林中杜宇的悲啼，会感动不少人的心弦呢。端午节那天，漓江两岸人头济济，争看龙舟竞渡，划龙舟的是湖南人，敲锣打鼓，特别起劲，大概是为了要追思他们的先贤屈大夫吧？乞巧节和上元节都在七月：七月初七那天是小姑娘们最快乐的日子，她们穿了新衣，约了小姊妹们到家里过节，晚上各人拿出自制的女红，以及糖果饼饵之类，同拜银河双星，拜完以后，就分吃果饼，直到深夜才散。上元节是鬼节，各家都在晚上祭祖之后，焚烧许多纸锭冥钞给先人。中秋节的情形和各地差不多，最出风头的是月饼，以前的月饼多为广式，现在却也有苏式月饼了。还有一种素月饼，又称空心月饼，因为普通月饼中有猪油，空心月饼是专为吃素的人而制的。重阳节，秋高气爽，是游山玩水的佳日。城郊桂花怒放，清香四溢；山间丹枫如火，黄芦叶乱。诗人画家，接踵而至，或登高歌啸，或饮酒赋诗，往往为之流连忘返。这种节令的风俗，一时真说不尽，这里不过就笔者所知，约略说个大概罢了。

《桂林山水》

❖ 李宗仁：我的故乡桂林

广西当年的政治区划分为十一府和若干直属州、厅。桂林府原居十一府之首，而临桂县则是桂林府的首县。所以临桂县治便是桂林府的府城，同时也是广西省的省会，为清代广西巡抚驻节的地方。

桂林府位于广西的东北境，和湖南毗邻。府内共包括七个县、两个州和一个厅。全境是一片山环水绕、川谷交错的区域。地当南岭干脉的南边，五岭中有名的越城岭居其北，都庞岭在其东，五岭支脉却盘旋境内。桂林的山多系沙岩和石灰岩所构成，久经风雨侵蚀，峰峦耸峭，岩穴深邃。所以在一片原野中，往往平地风波，异峰突起，秀丽无匹。而岩石下边，石灰质为地下水所浸，也往往蚀成奇穴，深不可测，钟乳倒悬，蔚为奇观。如桂林城东门外的七星岩、月牙山，北门内的风洞山、叠彩山，丽泽门外的老君洞，城中心的独秀峰，南门外的象鼻山，都是名闻海内的名胜。

就在这山野间，自北而南，穿桂林府全境蜿蜒而过的，便是西江支流、桂江上游的漓水。溯漓水而上，到兴安县城的东侧，可通湖南的湘江。这便是我国地理上有名的"湘漓同源"。据史书所载，湘、漓原不相通。秦始皇统一中国后，为便利漕运，曾遣史禄入桂林郡掘陡河以沟通二水。自此两水相通，丽水流则背道而下，同源相离，可能便是湘、漓二水得名的由来。在这湘、漓

▷ 桂林象鼻山

分流处，河床和两岸俱系用重数吨的方块大石砌成，经两千年未尝稍损，工程的浩大，实可称为奇迹，足与四川的都江堰媲美。

由漓水上游顺流而下（桂林以下曰桂江），至苍梧与西江会合处，又名鸳鸯江（因两水一清一浊得名），东向直达广东。溯漓水而上转入湘水，再顺流而下，可经长沙入洞庭而通长江。所以在我国古代，桂林可说是四达之区，蔚为中国西南部军事、政治的重心。

这湘、漓二水都蜿蜒于奇峰原野间，平时江水碧清见底，游鱼可数。有时水流浮动慢，山光水影，一平如镜，显得秀美绝伦。偶逢峰回江转，顷刻间又波翻湍啸，水陡滩高——自桂林到梧州号称三百六十五滩——却又显得雄峻险绝。木船通行其中，两岸猿啼，江山如绘，真使人如置身画图中。所以就风景来说，桂林府的全境都可说是山明水秀，而省会所在地的桂林城区，更是自古就以"桂林山水甲天下"一语而闻名海内。

以前游桂林的人更有许多特别欣赏阳朔县的风景的，因而又有"阳朔山水甲桂林"的佳话。其实桂林城郊和阳朔的风景远较我乡为逊色。因为

阳朔山水固称奇特美丽，可是峰峦过于密集，而乏阡陌桑田及纵横河流的陪衬，正如一个少女生得五官毕聚，纵然明眸皓齿，也难免美中不足。所以就风景幽美而论，桂林、阳朔均不如临桂县西乡的纤浓适度，只可惜该处地非要津，旅客少到，不为外人所知，所以就不如桂林、阳朔的享盛名了。

在临桂县的西乡，离桂林城约六十里处，有一小镇曰两江圩。圩内约有数百户居民。再由此小镇向西行七里便是我们李姓聚居的槑头村。两江圩周围二三十里，土壤膏腴，人口稠密，村庄棋布，鸡犬之声相闻。举目展望，远近都是一片良田。就在这平旷的田野中，小山峰稀疏罗列，峻峭秀美，姿态各异，胜过一幅美丽的画图。这些村落各有其不同的村名。或因其地势风景得名；或别有其命名的历史渊源。如白洞村和白崖村即因其村旁有白色的崖洞得名；如大浪坪却以其地势平坦而得名；中宝村相传其村侧的岩洞中贮有宝藏；军营村则为古代军屯的遗址。我家祖居村子名曰槑头村。"槑"字原义为树木茂盛下垂貌，因以树林茂盛得名。我外公刘家所住的古定村，也曾为古代屯军的地方。

就在我们这座村落西边约二十里，便是平地崛起高耸入云的一系列崇山峻岭。其中柴草、野生花果和山猪、麋鹿之属是取之不尽的。这是我们附近一带数十村庄居民的公产，为居民们农隙时采樵畋猎的处所。

我乡的农业出产以谷米为大宗，桐油、茶叶次之，各项药材又次之，居民颇能安居乐业。然平时除至戚近邻外，彼此间却大有老死不相往来的光景。

虽然当时我乡农民未受教育的多至百分之六十，然多数男子在童年都曾启蒙识字，少的数月，多的三年五载不等。唯女子除少数富户外都无识字机会，这是由于传统习俗重男轻女的缘故。所以大致说来，我乡居民多数是半耕半读、自给自足的自耕农，贫富悬殊不大。大地主可说绝无仅有，小地主也为数不多。历来民风淳朴，逊清一代，文风极盛，雍正年间的陈宏谋，便以进士及第，历任巡抚、总督，拜东阁大学士，为朝野所称羡，其后代也有名儒，科甲鼎盛。所以在科举时代，我们广西有句谚语说："广西考桂林，桂林考两江。"意思是科举考试中，桂林实为全省第一；而两江又为桂林第一。所谓两江，即是我的故乡两江圩一带。

我国自古以农立国，这些仕宦之家，原多来自农村，深知民隐，因此，贤官良吏颇能下体民情，知所兴革。据说陈宏谋即是厨司出身，后为某塾师所赏识，蓄意栽培，才使他直步青云的。不过这些官宦之家，一旦发迹以后，便逐渐和农村群众脱离了。因为他们做了官，为着生活享受，都迁入城里居住，衣锦食肉，对家乡的民间疾苦，便忘得一干二净了。

我乡正因为文风极盛，故一般习俗比较重文轻武。这种现象亦有其历史渊源。我国专制时代的传统政策，原即重文轻武。其重要缘故，是因为文人长期伏案，每每形成手无缚鸡之力、弱不禁风的白面书生，易于驾驭；而武人却恃强好斗，容易造反。故俗谚有云："秀才造反，三年不成。"而刘项从来不读书，反可横行天下。所以我国专制帝王特厚咿唔诵，而薄好勇斗狠。再就我乡的情形来说，人民想从武事求上进也很不易。因为专制时代，武人出身只有两途可循：其一系科甲出身，从武童生考武秀才，然后逐步上进，以至于武举人、武进士，甚至于武状元。但是这考试实非一般乡民的财力所能胜任。武考不比文考，应武考要练刀、弓、石，习骑射，制装备，吃补品，这种种均非清贫农家所能负担。不若"三更灯火五更鸡"式的苦读较为易办。

武人的另一种出身便是行伍。但行伍却要离乡别井，冒险犯难。而我乡农民多半能温饱自给，故亦不愿出此。太平天国时代，洪杨围攻桂林不下，屯兵我乡，居民为其裹胁者虽多，然终乘机逃亡，卒无一人随洪杨远征以至建功发迹的。因此，我乡一向就没有当兵吃粮的风气。在我本人以前，我乡未尝出过一个知名的武将。而我本人的厕身戎旅，却系军校出身，和上述两种方式都有不同，故也另当别论。

《李宗仁回忆录》

❖ 邹韬奋：桂林人的振作与虚怀

记者于12月2日由香港起程，乘轮船于4日到梧州。在广西经过停下的地点为梧州，郁林，柳州，及桂林。广西的努力的精神，大家是久听到的，我在几年前就想去看看，都因为事务羁绊，抽身不得，这次因路过而得偿所愿，倒是一件幸事。我们同行的有14人，一踏进广西的境界，第一个印象便是他们的振作的精神。无论公务员和青年学生，都一律穿着灰布中山装（女生上身穿的灰布衣像西装上衣的格式，下穿黑裙，年幼的下穿短黑裙，在朴素中也很美观），都很整齐清洁。你在各处看到他们的行动，例如在马路上的步行，都很迅速的，都很忙的，不像在他处所看得见的踱方步的懒惰的神气。这虽是表面上的一些流露，但是，已使我们感觉到异样——至少在中国使人感觉到这样。如再视察他们的办公，各公务员每日上午7时就上办公厅，做长官的离办公厅最迟，听说就是黄主席也每日案无积牍。

▷　参加军训的桂林学生

其次是他们的虚怀。广西的党政军当局以及文化界的朋友们，看到外来的人，总是要报告你关于广西的种种情形，征求你关于如何改进的意见。我们几个人在桂林的时候，李、白两先生都在前线，夏威参谋长仍召集党政军全体公务员数千人鹄立大礼堂听我们讲话，由我和金仲华、钱俊瑞诸先生分别报告东战场的教训，国际形势，和民众运动。大礼堂的全部及阁楼都很整齐严肃地立满了精神抖擞的男女公务员及上级长官。这是在他处所不易看到的令人起敬的现象。至于广西的青年，那真是可爱，下次再谈。

《桂游回忆》

❖ 丰宛音：桂林人的风俗习惯

1938年初夏的一个下午，一辆沾满泥浆的运货卡车驶进桂林北门，来到市中心的中南街戛然而止。从车上下来一群风尘仆仆的男女老幼，为首的是一位面貌清癯、神采不俗、蓄着黑须的教师模样的中年人。他，就是我的父亲。他正领着全家老幼，来到了我们向往已久的桂林。

记得早在童年时代，地理教师就曾把桂林的山水描绘得有声有色，使我们听得入了迷。他还说，人们只说"上有天堂，下有苏杭"，其实桂林的山光水色远非苏杭可比呢。这更使我神往不已，回家后常常缠着父亲要他带我们到桂林去玩。父亲微笑着说："桂林离开我们这里有好几千里路呢，你们怎么去得！"父亲生性乐观开朗，喜爱旅游，每逢假日佳节，总要带我们去苏杭等地游山玩水。在他所写的诗中就有"三五良宵团聚乐，春秋佳日嬉游忙"之句。父亲也久闻"桂林山水甲天下"，他曾不止一次对我们说过："我想，将来总有机会到桂林去玩的……"像是在安慰我们，又像是在对自己说。于是，我们就一直在等待"机会"的到来。

等了十年之久，"机会"果然来临了。但是，父亲并不是带我们到桂林去游玩，而是带我们去桂林避难的。这真是以前做梦也想不到的啊！

1937年初冬，侵略者的炮火迫使我们背井离乡，到处流浪。从杭州迤逦西行，经上饶、南昌、兰溪后，又来到江西，在萍乡住了两个月，又流浪到汉口、长沙安顿不到半年，九江失守，武汉疏散人口，父亲只得又带领老幼十余人，在兵荒马乱中长途跋涉，好不容易才来到了桂林。当时桂林还比较安全，父亲打算在桂林安家。

　　…………

　　我们所租居的瓦屋虽然简陋，但在泮塘岭却算得上数一数二的，可见房东谢四嫂还是小康之家。谢四嫂是一位中年寡妇，为人精明能干，办事干净利落。她青年时就守了寡，跟前只有一个十岁的儿子，母子相依为命。除烧饭、洗衣等家务外，挑水、种田等重活都由四嫂一人包办。整天只见她里里外外忙个不停，却干得井井有条，生活很过得去，还把儿子送去私塾念书呢。

　　说来也怪，这村里有个特殊的习俗（也许这是桂林的普遍现象），妇

▷　街边的妇女摊贩

女不但与男子一样出外干活，而且干得比男子还多，除耕种外，挑水、推磨、砍柴等重活累活，都由妇女来干。大多数妇女边干活，边用背兜背着一个娃儿呢。更奇怪的是，有些人家，妇女出外干活，丈夫都在家中烧饭、抱娃儿！因此父亲曾幽默地对我们说："我们不仅退回到了竹器时代，而且还进入了女儿国！"父亲曾经把这些勤劳淳朴的桂林劳动妇女的形象画下来作为留念。

　　这里的老百姓还有一个习惯，就是吃饭时用的桌凳都很低小，活像小孩们"办家家"那样。更有趣的是冬天吃饭，一家人围着矮桌，桌子中央开一个圆洞，洞下生着火炉，火炉上放着砂锅，边煮边吃，很惬意。泮塘

岭的老百姓热情好客，逢年过节，常邀我们去吃饭，我们也曾坐在小凳上就着矮桌和火锅吃饭，确是又暖和，又入味。这些令人难忘的情景，父亲也都画下来，作为对桂林的留念。

不仅老百姓如此，就连桂林的商人也与别处不同。一次父亲上街，看到一片店里有核桃，便上前问价，谁知那店主竟连忙摇手对父亲说："买不得！这种核桃，里边坏的多，价钱又贵，你老人家莫买！划不来的！"父亲听了不禁愕然良久，因为在江南，这种现象是绝对不可能遇到的，做生意的大抵唯利是图，往往以次充好，蒙蔽顾客，哪有倒反劝顾客勿买的呢？还有一次，就是我们初到桂林，听说这里多竹器，且价廉物美，父亲就到一家竹店去定做我家十多人用的全部家具，我们要求五天交货，店主怕到期完不成生计，交不出货，竟婉言谢绝，不肯收下定洋，宁可回绝了这笔生意。这两件事使父亲非常感动，曾在《桂林初面》中写道："我……惊骇于广西民风的朴实，他们为了约期不误，宁可回绝生意，（对顾客）不愿欺骗搪塞……"父亲还风趣地笑称："我们又仿佛来到了君子国呢！"

又，桂林人不论男女老幼，都喜欢穿灰布制服，戴灰布帽，穿有绊带的布鞋。我们称之"广西装"。这种布厚实耐穿，行动干活又方便，抗战期间，提倡艰苦朴素，这种"广西装"倒是经济实惠。父亲常称赞它象征了广西人朴实无华的民风，他作了一幅题为"广西装"的漫画。自己也做了一套，并穿着这套"广西装"摄影留念。

如果说，"广西装"象征广西人民艰苦朴素的民风，那么我们在桂林所看到的种种民间工艺制品，更足以显示广西劳动人民特有的智慧。其中最引起父亲注意的，便是他那牛棚书屋的木窗上雕刻的图案字了。一扇上刻的是"富贵长春"，另一扇上刻着"福禄善庆"。这八个图案字布局巧妙，形体美观，结构别出心裁。父亲赞美不已，说它"具有古朴的巧"与"古朴的美"。又说，"比近来流行的图案字好看得多"。父亲认为，更难能可贵的是"此木工能兼顾美术与实用"。大门上的暗闩，设计得十分巧妙。后来父亲在两江圩上又发现了很多当地特产的竹制品，如竹篮、竹碗等，做工细致精巧，又轻巧又便宜。每当父亲看到这些价廉物美的手工品时，总要买许多回来，除自己留存外，还分送亲友们。父亲常说：广西人民不但勤劳淳朴，还心灵手巧！以上木窗图案、大门暗闩及各种竹制用具，父亲都描写在日记里，并一一做了插图，加以详细说明。这种民间工艺，凝结着桂林人民的智慧，父亲特别重视、珍爱。

《父亲在桂林》

❖ 魏继昌：老桂林的春节

春节，即是阴历的新年。在辛亥革命前，人们只过一个新年（即阴历的新年），辛亥革命后，民国成立，为在国际交往上取得一致，遂采用了公元纪年，于是才有阳历年和阴历年两个年。这里所述的是阴历新年，亦是"春节"。

民间过春节的风俗，也逐渐变革，在抗日战争中，桂林全市房屋被焚毁几尽，桂林光复后，市民回城已无家可归，因此，光复后的第一个春节就过不成了。从此以后，过春节的习俗也就改了许多。

在旧社会，春节这一节日，民间习俗是非常重视的，从阴历的十二月十六日起，到新年的正月十五日止，整整一个月的时间，都包括在春节的过程中。兹将回忆所及，按次分述如下：

商家习惯，每逢月初二和十六这两天，都要祭财神，祈祷生意兴隆，发财致富，名曰"烧牙祭"。商店大的，以三牲供祭，小的以猪肉供祭，祭后，老板及店员学徒聚餐共食。一年二十四个牙祭，在商家是绝不可少的，已成为一般定例。十二月十六日这一牙祭，是一年中最后的一个，故称尾牙祭，老板必须加菜添酒，以示年终酬劳之意。这一天，所有全市杂货、纸张、文具、糖果、饼食等行业，把过春节民间所需要的东西，如纸花、彩钱、门神、对联、香烛、鞭炮、簿据、儿童玩具，以及一切日用物品，都铺张陈列出来，以备城乡居民选购，同时乡间农民所有一切秋收冬藏的工作，已完全结束，他们也把城市过春节所需要的农产品，如马蹄、花生、生果、米、糖、蔬、笋、牲畜之类，肩挑入城，分别在各市场出售，以换取乡村所需过年物品。这时的市场，有新设的专市，有混合扩大的旧市，如北门外清风桥的猪圩，为生猪买卖集中的市场，其他，如马蹄、花生、豆、米、油、糖、蔬等，则分别在花桥、福隆圩、南门桥、文昌门桥等处集中交易，一般称之为年市或闹市。

　　由于闹市集中，人多复杂拥挤，小偷惯窃，乘机活动。又因隆冬风干物燥，容易发生火灾事故。这时，城市街道居民和商家联合起来从事防窃防火的组织，每家门首贴一黄纸，上写"小心火烛，谨防扒手"等字样，并各备一藤鞭，挂在门侧，以作打击盗窃之用。每十户为一甲，须备水枪一枝，藤壳帽一顶，铜锣一面，遇有火警，由甲长负责率领所属各户壮丁，鸣锣报警，出动救火。因为那时的政府官吏，对于百姓，除了征收钱粮关税和受理诉讼案件之外，一切都不过问；而当时之小偷、惯窃，是有组织的，暗中与官府的役吏，互相勾结，居民和商家被窃，送官究办，多因役吏受贿，轻责释放。遇有火警，一切防火救火的工具官家毫无设备，只见县官临时坐着一乘三人抬的轿子，带着几名差役，到火灾现场巡视一周，作为弹压趁火打劫的坏人，算是尽了最大的责任，事后传讯肇事人犯，处罚他捐出几个栏桶、几副水桶给受火灾的街道，敷衍了事。1900年（即庚子年）年终，曾发生一次大火灾，南北两门十几条街，共被烧掉的房屋六七百间，北门由早上烧到中午，南门由午夜烧到天明，由于这天北风大作，日夜不息，每条街都是烧到尽头，无可再烧，听其自然熄灭为止。当时一般居民有一种迷信，凡是受了回禄（遭受火灾的别名）的人，大家认为是此人有重大罪恶，遭受天谴，以致亲朋好友，亦不敢容留他在家居住，只能住在庙堂寺观里，等待街道上送了"火神"之后，才能得到亲友家容留，或赁屋居住。因此，这几百家的灾民，只得在庙内过了一个新年。由于这一教训，所以每到年终，筹备过新年，必须先筹办冬防，差不多成为一个惯例。

《桂林岁时风俗记》

❖ **覃晓秋：** 湖南会馆与"中元河灯"

在湘桂铁路未通车前，资江是湖广两省主要水路通道之一。距资源县城五华里的合浦街，在清末及民国年间，曾经是一个繁华的商埠，湖南籍客商云集于此，从事水运和货物集散的经商活动。湘籍客商为保护自身利益，于清咸丰二年（1852）在合浦街建成了一座设计精巧、技艺精湛的宫殿式建筑——湖南会馆。

湖南会馆占地约4000平方米，由码头、大戏台和禹王殿三大工程组成。整座会馆以木结构为主，亭台楼阁、雕梁画栋，飞禽走兽栩栩如生，可谓宏伟壮观。其时，两广巡抚劳崇光送来匾额"大功天成"，是对会馆规模和建造工艺最好的诠译。湘桂铁路通车后，资江水运日渐萧条。"文革"期间，湖南会馆被严重毁坏，现尚存部分码头，其余建筑已不复存在。

湖南会馆的建成与"中元河灯"习俗的发展有着密切的关系。湖南会馆每年要组织举行"盂兰盆会"（一种宗教活动），并于中元节之夜集中漂放河灯。由于会馆有一定的经费保障，"盂兰盆会"和漂放河灯的规模年胜一年。20世纪30年代，随着湘桂铁路的通车，资江水运和合浦街商埠开始衰落。"盂兰盆会"亦随之消失，但漂放河灯的习俗没有消失。合浦街、大埠头（今资源县城所在地）的居民，每年七月半，都会自发地漂放河灯。

旧时河灯制作方法以松脂、谷糠混合作燃料，将采集的松脂拌以谷糠后，用能包粽子的竹叶或草纸包制成尖角状，固定在一小块木板上即成。

旧时投放河灯的方式有两种。一是各家各户自由投放；二是由地方首士承头，将各家各户制作的河灯统一集中在船上，到江中心投放。投放河灯时，伴有燃放鞭炮，烧化纸钱的仪式。

放河灯这一习俗，自形成到解放前十分盛行；解放后，被认为是一种迷信活动而停止。

《话说资源县河灯歌节》

❖ 秦绍成等：五月龙船赛

1948年是农历戊子年，这年恰逢李宗仁当选副总统。当时桂林市长苏新民为了表示庆贺，对这次龙船竞赛特别关心，亲自过问指点，颇费一番心机。

以往的龙船赛一般用小船，只能坐二十人，这次苏新民强调，要搞得热热闹闹，提出采用正统龙船赛，能坐五六十人。船身狭而长，横切面呈扁平等腰三角形，船舷用粗而长的树干制作，头尾高翘，安装有龙头、龙尾，雕刻装饰讲究，体态神奇古朴威严，形象逼真。整艘龙船用金黄色的桐油油得光亮照人。但在竞技方面很感遗憾，因水手大多是新手，划船技能不高，且不甚谙水性，划来难见精彩。苏新民有见如此，不免皱眉。为了打开局面，他别出心裁地偷梁换柱，越俎代庖，决定雇请一批灵川同乡的水手来顶替。于是放下市长老爷的官架，亲自深入到当时灵川老乡多的伏波街、盐行街挨家串户走访游说。伏波街的同乡阳某、盐行街的街长宁某共同荐举灵川潭下的江洲和九屋的南宅两个村子，该两村龙船竞赛船队当时已久负盛名。两村村邻江河，村民平日除务农外，多从事撑船捕鱼，且娴熟水性。苏新民欣然同意了这个举荐。经过一番协商，不久雇方与应雇方达成协议，签订简单条款：赛手一日三餐的伙食由雇方全包。实在说来，这个条款是很"抠"的，是一桩非常便宜的雇佣关系。但这些客串的村民水手，醉翁之意不在酒，而在乎乐得难有这样一个扬威异乡的好机会。于是，他们迅速组成了一支五六十人的既是"雇佣军"，又是"志愿军"的龙舟队伍，浩浩荡荡地不辞五六十里之遥而远征桂林来了。水手们抵桂林后，安营扎寨在盐行街的两户灵川同乡商号家。翌日端午节，他们未经集训立即投入战斗。

▷ 赛龙舟

五月的桂林晴空万里，阳光已感到灼热了。市里万人空巷，男男女女，扶老携幼，如潮水般涌向江边。当日，上自伏波山，下至象鼻山，沿漓江两岸人山人海，甚至伏波山和象鼻山上都挤满了观众。除市民外，还有邻近县的群众，他们或者投亲靠友，或者寄居旅馆、客栈，在节前就赶来桂林，都想饱个眼福。

参加这次龙船赛的有：市区的北外街、清风街、新码头、驿前街、伏波街、定桂门、文昌门、皇辅街、螺丝洲、东圈街、安庆街等，郊区的平山村、窑头村、卫家渡、龙门村、大河村、柘木村、官桥村等20余个船队。漓江水上红伞、九旗红绿相间，迎风招展，锣鼓喧天，满江歌声悠扬。其盛况非同凡响。这批灵川老乡水手划的是伏波街的龙船。这艘龙船号称"火龙"，名目就有几分杀气。这"火龙"一下水，就与众不同，有"鹤立鸡群"之势，虽然这些水手并未着水手装束，仍然是一色"乡巴佬"的唐装便服。其整队与动作均与众不同，一是坐法不同，他们一脚蹲在船舷上，一脚直抵船舱，不同于一般的"正襟危坐"易于使劲；二是鼓法不同，他们是三槌鼓，一槌锣，节拍分明紧凑，不同于市里的两槌鼓，一槌锣的鼓法。致使不明内幕之观众对这艘"火龙"的做法感突兀而议论纷纷。活动进行三天，观众场场爆满。每场比赛，"火龙"均居群龙之首。其所以如此奏功，除这些客串的村民水手都是些行家，基本功过得硬之外，还有一点很有关系的就是战术问题。其战术何也？打乱鼓，时而齐，时而乱，时而快，时而慢，使对方乱阵脚，而自己却得保持不乱。这次龙船赛虽说热闹，但也紧张。紧张的是，竞赛双方剑拔弩张，几乎要酿成大动其武，因而迫使苏新民不得不下令警察局，每船派乘两名武警进行弹压警戒。作为一种竞赛和娱乐活动，以至如此，就令人扫兴了。

《桂林龙船史话》

❖ **魏继昌：**朝寿佛的盛况

俗传二月初八系寿佛诞，在旧社会人民登尧山天赐田朝寿佛几乎是种盛会，而且朝佛不仅限于二月初八日一天，从二月初一起即已人山人海，络绎不绝。有些人趁着明媚春光一面游春，一面朝佛，也是很自然的活动。

▷ 山中庙宇

故此每年逢这几天，从郊外一直到天赐田路上非常热闹，卖食物的则特别多，有的在山脚上搭厂做生意的如同集市。

山脚有庙，叫"茅庵"，香火氤氲几令人丌眼不得，由于寿佛正殿还在山顶，上山还有五六里路，有些人到此已疲，就在山下烧香了。山顶之庙叫"玉皇阁"，山路崎岖，既陡且窄，到庙前望山下，有时为云层所罩，几看不清。迷信男女在庙里敬香叩头如捣蒜，求签问休咎。有的竟从签筒摇出"有心无心，罚油三斤"的签条。没好彩的签，恐怕不遵罚被神责究，便恭恭敬敬把三斤油钱折送给庙主，庙主笑逐颜开。回想那些迷信男女，真是迷信得可怜！人们朝罢佛后，归途道上求布施的人很多，有些衣着相当整洁，头上并戴有簪环的中年妇人，也掺在丐儿队伍里求布施，一时颇令人费解，原来，这些就是迷信妇女，为儿女讨"百家饭"。据说儿女吃了"百家饭"，便百病消除，长命百岁，其愚真可笑！

《桂林岁时风俗记》

❖ 汤祖发：桂林回族的婚礼

桂林回族民间结婚礼仪有传统礼仪和现代礼仪两种。20世纪30年代以前，男女结婚都是遵照传统礼仪举行婚礼。进入40年代以后，随着社会的发展，回民结婚礼仪稍有改变。

回族同胞中的传统礼仪，最重要的有两个方面。一是要有"保亲"。保亲是起作这桩婚姻的桥梁作用，沟通男女双方的意见和要求。回民中的男女不论以什么方式结合，如经介绍人介绍、媒人撮合、自由恋爱、青梅竹马，或是由父母指腹为婚等等，双方确立夫妻关系直到结婚之前，得找一人做"保亲"，保亲人由男方确定。在回民中，一般是请德高望重的阿訇或是本民族、本家族中有威望的前辈担任。这样做，说明男方对婚事的慎重和体面。另一个结婚礼仪，也就是最重要的礼仪，就是给新郎、新娘"念配"（尼卡哈）。伊斯兰教教规中，规定男女结婚时，必须由阿訇在婚礼中给新郎、新娘"念配"。新郎把新娘接回来后，在桌案前并排站立面对阿訇，再由阿訇在大红纸上印着金色花纹的"鸾书"上写上新郎、新娘的姓名、出生年月，还在双方姓名上写上"经名"。回族称为"衣扎布"。写完后，便教新人念"清真言"，接着朗诵（或默念）一段祝福夫妻美满、幸福的《古兰经》文。结婚仪式才算结束。经阿訇"念配"的婚姻才算是"合法"的，也是为回族同胞所承认的婚姻。

进入40年代以后，随着社会的发展，回民结婚的礼仪逐渐"洋化"。传统的"鸾书"改成用《结婚证书》。新郎、新娘、主婚人、证婚人、介绍人要在《结婚证书》上用印，男女双方交换信物。有些回族人在结婚时虽然有人用这种"洋式"举行婚礼，但是，由阿訇"念配"这种宗教传统礼仪仍然是不能缺少的。

解放以后，由于各方面的原因，桂林回民居住地逐渐分散，人口的流动性也很大，回族人只能和回族人结婚的主观愿望已不可能作单一的追求，回汉男女通婚日趋增多，结婚礼仪中请阿訇"念配"的礼仪逐渐减少。

《桂林回族同胞结婚礼仪》

❖ 赵积亮、龙童喜：塘北傩舞，神秘古老的艺术

傩舞，古称傩礼，俗称跳神。据考证起源于奴隶社会，盛行于唐宋至明清。清嘉庆七年（1802）《临桂县志》记载："今乡人傩，用巫者为之跳神，其神数十，辈以令公为最贵。戴假面著衣甲，婆娑而舞，伧佇而歌，为迎送神词，具有楚辞之遗，第鄙俚耳。"

解放前，跳神是临桂农村最隆重的盛会。以村或家族为单位，每三年聘请傩队表演一次，在封建社会与大比之年为同一年举行，每次三昼夜。塘北村子较大，人口众多，民间艺人人才济济，牌灯表演和傩舞表演

水平较高，名声在外，因而不少村子在科举考试大比之年竞相邀请塘北村的牌灯和傩舞艺人去表演。在我国的一些地方，"傩"是春天的一种驱鬼仪式，而塘北的傩舞和临桂各地一样，却是在农历十月举行，传说农历十月二十一日为令公托塔李天王李靖的诞辰。塘北村以姓氏家族为单位，各自都有愿祠，全村总共达九座之多。

跳神目的为酬神以求人丁兴旺，俗称"还大愿"。艺人头戴木制面具，身着彩衣，装扮诸神。塘北的傩队一般由四人组成：乐师三人奏傩乐，傩舞艺人一人戴面具应声起舞。傩乐队吹笛两人，打鼓一人。傩乐用的笛子较粗，直径达2.5厘米，没有笛膜，只有七孔，乐调低沉苍凉哀怨。鼓有两种：剧团鼓和南鼓，全由鼓乐手一人根据需要来敲。其中南鼓较为独特，长约70厘米，两头大中间小，鼓身有木制的也有陶瓷烧制的，上覆精制猫皮，鼓调低沉有力……

傩舞面具分36神72相，全套共108个。如今，塘北村珍藏着傩舞表演用的几十个古代木制面具，当年因被有心人秘藏民房泥墙的夹缝中，得以保存下来，虽然已尘封多年，但仍相当完好。这里的傩舞面具比外地所见的稍小，雕刻工艺却相当精细，表情或凶或善，惟妙惟肖。表演多为一人独舞或二人轮流舞，按一定的顺序跳完36神或72神。艺人根据角色的身份和性格特征进行表演，和着乐曲又唱又跳，形体动作多为象征和模拟，乐师击鼓吹笛伴奏至表演结束。

塘北傩舞表演节目多达三十几个，主要有《开山》《令公》《鲁班》《土地》《盘古》《武婆》《山魈》《都天》《北帝》《门神》《耕种郎》《圣母》《三姑》《雷祖》《纺织娘》《赵公元帅》《莫王》《判官》《五府》《灵官》《游江》《哪吒》《广福王》《梅山》《太上老君》《焦炉》《二郎》《玄女》《梁吴》和《嵩山》等。当地群众最喜欢、印象最深的节目是《哪吒》，一说起跳神，不少老人都来了精神，说到兴奋处，骆炳金老人情不自禁地摆开架势，模仿手拿响剑的样子，照着跳神的动作边舞边唱："二太子，脱开龙袍，移东山塞南海。"然后一转身，手一挥，喊一声"喂呼"……老人全身心地投入，动作活灵活现，很有艺术感染力。

▷ 傩舞

　　傩舞表演的第一天，村里以家族为单位聚餐，当地称为"吃大愿会"。傩队艺人把三张分别为开山、令公和二郎神的画像挂在该族的祠堂正中，俗称挂佛，以供族人烧香拜佛祈祷。到了第三天才正式调神。由梅山教师傅开始发神，跳神艺人手持响剑，吊着膀子，扎起腰带，一根布带系在肚皮正中的腰带上，垂至脚面。跳令公神艺人的则身穿黄色长袍，跳文官神的手持黑而略有点弯的朝板。白天一般跳慈善的神，如《令公》《土地》《都天》《圣母》等，到了晚上就变成跳凶恶神，如《山魈》《雷祖》和《广福王》等。到了凌晨跳《武婆》，俗称跳"婆子神"。在跳神的过程中，有时艺人故意找小孩大人调打嬉戏取乐，气氛相当热烈，在欢笑声中掀起一阵阵高潮。凌晨4点钟左右，艺人在家族老人的陪同下，奏乐送神至村外，泼碗水饭就算结束"还大愿"的过程。

　　历史悠久的塘北傩舞作为一种古老的表演艺术，已成为当地群众自娱自乐的一种艺术表演形式，傩文化早已深深地渗透到当地老百姓的口语中，使得民间语言更加丰富、生动。摒弃迷信成分，其舞蹈和乐曲极具研究和审美价值，是临桂古文化艺术园地中的一朵奇葩。走近堆放傩舞面具的屋角，拂去厚厚的灰尘，精美的面具又显现出鲜活的形象，仿佛从历史深处隐约传来低沉苍凉哀怨的南鼓声和傩笛声。……

《塘北村的傩文化》

❖ 李粟坤：龙胜红瑶的独特服饰

龙胜红瑶是一支古老的民族，早在汉代红瑶的先民就活动在古称桑江、今名为龙胜这块偏僻而神奇的土地上。妇女的服饰多以红色为主色，故名红瑶。红瑶的先民用自己的双手披荆斩棘，艰苦开发，创建了自己的家园。为了制作服饰自己种桑养蚕制丝挑花刺绣，世代家家种桑，沿河两岸桑树成林，今龙胜古称桑江，该因此而得名。

宋人周去非在桂林做官时，对民族做调查说："……山谷弥远，瑶人弥多。"当时桂林官府为了处理民族问题，在周边组织7000余人，分为50团，"遣吏经理之……将桑江瑶民为顺五十二瑶头首"。由于历代统治阶级对少数民族的歧视和压迫，少数民族屡受追赶，江瑶民就由沿河向高山密林迁徙，靠开荒种杂粮过生活；为了防寒保暖，又在高山种桑养蚕，自己制丝，挑绣花衣，编织饰衫（饰衣），缝制花裙。红瑶妇女好五色，上衫下裙。宋人范成大的《桂海虞衡志》载："桑江寨瑶人，椎髻临额，衣斑斓布褐，妇人上衫下裙，斑斓勃窣，惟其上衣斑纹极细，俗称尚也。"宋人周去非的《岭外代答》中亦有记载："桑江寨瑶人，妇人上衫下裙，斑斓勃窣。"可见红瑶服饰久以五色斑斓、鲜艳精美而著称。《岭外代答》中《瑶斑布》一条云："瑶人以蓝染布为斑，其纹极细，其法以木板二片，镂成细花，用以夹布，而溶蜡灌于镂中，而后乃释板取布，投诸蓝中。布即受蓝，则煮布以去其蜡，故能成极细斑花，炳然可观。故夫染斑之法，莫瑶人也。"（过去统称马堤红瑶为"莫瑶"）这一记载是关于红瑶古代染色工艺最早而且最详细的珍贵资料，说明红瑶早在宋代就已经能熟练地利用蓝草这种天然还原氧化染料制成蓝靛，用精湛的镂花蜡染技术，染成自己喜爱的花布，用以缝衣作裙，装饰自己。现在龙胜红瑶仍保持这种装饰。红瑶妇女上衫下裙，衣服花多，上衣有花衣、饰衣（饰衫）、便衣（亦称扣衣）和双衣（夹衣）四种。双衣属老年人穿。

花衣以青布为底，用红、绿、黄、蓝、白、紫等色丝线（蚕丝）挑绣而成。主要花纹图案有春牛、龙凤、狮子、麒麟、鹿子、山羊、蝴蝶、鸡、鸭、鹅、鱼、虾等。这是红瑶妇女利用自己的聪明才智把在劳动过程中对大自然的认识记录保存下来。红瑶妇女花衣所挑的花尽管千姿百态，五花八门，但是花衣背正中都挑绣着一个大香炉花，香炉花的下方即腰带上方的位置都挑绣一对鲜红的虎印（老虎爪），平行置于两边，很像方形的官印。红瑶妇女说："挑花衣，其他的花可多可少，惟有老虎爪花不能缺。"据说，老虎爪花的来历还有一个传说：从前有一位皇帝到深山打猎，被一只穷凶极恶的老虎袭击，正当老虎扑向皇帝的时候，一位瑶族姑娘一箭射死老虎，救了皇帝的性命。为了感谢瑶姑的救命之恩，皇帝抽出黄龙宝剑将老虎爪砍下，染上虎血印在瑶姑衣服上，并当即下了一道御旨：今后凡穿有老虎爪印衣裳的人，进京城都要给予方便。为了记住这一有意义的事情，红瑶妇女的花衣背部都绣有一对老虎爪的印花，世代相传至今。红瑶妇女花衣的花纹图案虽多，但布局十分协调，颜色搭配得当，新颖美观，色彩缤纷，图案栩栩如生，鲜艳夺目，有如春花烂漫，属于红瑶妇女衣中的珍品。

《龙胜红瑶妇女服饰》

❖ 魏继昌：大年初二的"鞭炮竞赛"

新年初二日，是商家年头第一个牙祭日，一般称为起牙，亦如年终的圆牙，老板必须盛筵款待店员，这日也是店员决定去留的一天。在这里有一个习惯上的暗示，即是老板在席上特起身向某店员敬酒一杯，即作为表示辞退某店员之意。

商家在这天，还有一种特殊风气："鞭炮竞赛。"祭财神起牙的时间，各家一律都在早晨。祭财神时，大放鞭炮，谁放得最多，就证明去年的盈利最大，因此，各不相下，竟有临时赶购鞭炮以争取最后胜利者，尤其是同行业间的竞赛，更为剧烈。事后，市民亦纷纷议论，加以评比，指说："某店第一""某店第二"，这是资本家虚张声势卖广告的另一种方式方法。

▷ 放鞭炮

商家营业，在年终结束时将招牌收进，谓之"收张"，已如前述。在新年开始营业，将招牌挂出，则称为"开张"。何日开张，桂林商家习俗与别处不同，从前我在北京、上海看到各商店都一律在初四日开张；而桂林则由各商店自己选择日期和时间。招牌挂出时，亦大放鞭炮，同行业竞赛，不过由于开张日时各不相同，不能作同时竞赛，只能作先后竞赛而已。

商家开张这天，另有一个特例，就是对乞丐（俗称叫花子）发"开张米"。乞丐讨钱，在平日每个月只能讨一次，每次给铜钱一文，当时乞丐，有散乞、组织乞两种。散乞，各向商店和居民家乞讨，组织乞如南北两院乞丐，只能向商家乞讨，每月按照定的日期，由叫花头率领到各商店门口，排队站立，商店照点人数发钱，并在各乞丐手上，用红笔画一记号，以杜重乞，名为"发月钱"。在商店开张这天，无论是散乞，或南北两院组织乞，皆各自手持一碗或竹筒，分别向开张的商店道喜，商店各给米一汤匙，但可以重乞至数次或十余次，直至傍晚为止。但小商店，则仅于挂牌后发米二三小时，过时，明示拒绝，乞者亦谅其无力再发，亦不再讨索。

《桂林岁时风俗记》

◆ 魏继昌：中秋节，滚柚子

八月十五日中秋节，亦有人简称为"八月节"。民间风尚与端午节同样并重，所不同的，端午节着重在上午敬，而中秋节则着重在下午敬神和晚间供月亮罢了。故民间有句俗话"早端阳，晚中秋"，其意思即指此。是日各家菜肴备得也相当丰盛，欢欢喜喜全家团聚共食，特别是杀鸭子，几乎每家都如此。吃月饼已成习俗，有钱的人从八月初一起已吃月饼。拜月亮，在月出时，家家户户即开始烧细香、盘香，有的还烧盆香（用大瓷盆盛砂插满一盆香燃烧）、柚子香（将细香插满柚子上），并以竹竿高举过屋檐来敬月亮）等等。桌案上陈列素月饼、素菜、香花、香茶等类，不许一点荤肴杂陈，传说"月宫仙子皆茹素"，故以不供荤酒。是夕，青少年拿柚子在街道上滚掷游戏。问其故，据老人说："元鞑子在中国九十年，老百姓受压制很厉害！每十家人才准共用菜刀一把，深恐汉人造反，汉人受他的压迫痛苦已恨之入骨，后来朱元璋起义，老百姓都约在八月十五夜里一同起义，大家一齐动手，把平日作恶多端的元鞑子杀掉，将他的头扔在街上乱滚。以后，民间为了纪念这事，就拿杀鸭子来代作杀鞑子，滚柚子则当作扔鞑子的头"云云。

解放以后，"中秋佳节"民间虽然照旧盛行，但拜月活动已不复见，而滚柚子之风，早在辛亥革命以后就少见了！

《桂林岁时风俗记》

第五辑

市井百态·
老字号与生意经

❖ **沈翔云：**外省来的生意人

　　外省人寄迹桂城的，以湖南人最多，因为湖南和广西交界，来往近便，故此湖南人来桂林经商和做工的很多。桂城有几条街道，全是住着湖南人；他们到桂林来谋生，刻苦耐劳的精神很值得钦佩，往往有从小本生意做起，数年后变为大老板的，不在少数。笔者认识一位湖南人，他在十年前做一个闯学堂的书客，十年奋斗，居然在桂林开了一家大书店，同时还有支店分设在别的城市，现在俨然是个大老板了。湖南人在桂林靠劳力过活的，以理发匠、木匠、泥水匠占多数，在劳工界中拥有很大的势力。其次为广东人，他们专为经商而来，桂林的进口业、洋货业大半为他们包办。本来广东人和桂林人的语言不同，习惯迥异，可是为了经商而奋斗的广东人，多数已被同化，能说很流利的桂林话，并且也能吃辣椒了。江浙人在桂林的，多数是开设南货店，卖些杭州茶叶、西湖藕粉、苏州瓜子之类。近来江浙人比从前骤增数倍，所以酒楼茶馆，如雨后春笋一般的产生出来；要吃杭州菜、苏州菜、维扬点心，甚至宁波年糕、南翔馒头，可说应有尽有，很受本地人的欢迎。北方人旅桂的也不少，大多开设皮货店和面食馆，生意也很发达。娱乐方面，因为外省人旅桂的很多，于是在桂林戏之外，京戏、广东戏、越剧、申曲、苏滩、大鼓，这些玩意儿也应运而生了。

《桂林山水》

❖ 张　仲：老桂系时期的工商业

广西在老桂系统治时期，不但没有重工业，也没有轻工业，从来未见过高耸云端的烟囱，所以工厂二字，很少有人提及。当时，南宁中府街（即今之明德街）旧中府营原址（即工人医院靠近明德街处）虽设有广西造币厂一间，但非工业生产机构，只是老桂系依靠这个厂，用小型机器专造硬币以资充实本省银行基金，人们不甚注意。

至于手工业却相当多，可惜当局漠不关心，任由人民各自经营，没有多大发展。由于地区的不同，各依地方的习惯和专长专营一种手工。于是各地产品各有不同，销流地方也不一致，如南宁的爆竹、铜器，桂林的梳篦、毛笔、纸扇，梧州的藤器，玉林的土布，桂平的竹器，龙州的尖刀，宾阳的陶瓷器、纸伞，隆山、那马的砂纸，隆安的草席，忻城的土锦和永淳的土木工程，在本省都算著名，销流颇广。此外，南宁的刨丝烟，永淳的腌头菜，邕宁、崇善、奉议等的制造白糖，都属于手工业的一种。

在商业上，因广西各地多属山区，交通不便，同时全省人民也多业农，自耕自食，除因有某种需要而需现款支付，才把自产的农作物运到市场出售取款，很少离开乡土，跑到外地经营商业谋取蝇头之利。所以本省人对于商业的各行业多感外行，所有全省商业均为外省人所操纵，尤其是广东人，每一个角落，都有广东人经商的足迹，向有"无东不成圩"之谚语。大凡是经营布匹杂货和典押事业，十之八九都是广东人投资。这是广西商业在老桂系时期的特殊情形。

在当时的全省商业，按照它的性质大概可分为下面三种：第一种是普通商业，又可分成土产、国货、洋货等三类。属于土产的，如经营油、糖、豆、米、蔬菜、肉类、杂食、饮食、木材、山货、桐油、八角等商业；属于国货的，如经营茶叶、绸缎、布匹、药材、瓷器、食盐、文化用具等商业；属于洋货的，如经营洋杂、洋纱、呢绒、西药等商业。第二种是特种商业，如经营酒吧、旅店、当铺、找换等商业。第三种是出口商业，如爆竹、白糖、桐油、茴油等，都有商人运出广州和香港，并转运到别处，就是由梧州运出的牲畜和木柴，也算不少。

▷ 民国时期桂林的商店

第一次世界大战发生后，日本乘欧美各国无暇顾及亚洲，向中国大量倾销日货，以致全国各地日货充斥，甚至最微小的如火柴和针线也要用日本货。日本商人曾到南宁在考棚街（即今之兴宁路乐园附近）开设商店，专卖仁丹，附带卖一些药品，以掩护他们秘密进行间谍工作。到了五四运动，人民纷纷起来反对日本，抵制日货，那些日本商人才离开南宁回国。

第一次世界大战结束后，因受战争的影响，糖类缺乏，价格大涨。广西各地所产的白糖，多由商人贩运到香港，颇获厚利，蔗农也多致富。同时欧美有些国家需要锑矿，高价收购，于是，右江那板的何庚心、那坡的黄恒栈乘机开采锑矿也运到香港销售，因而暴富。

美国的美孚洋行和英国的亚细亚火油公司，也先后到广西开设。最令人愤怒的，就是英帝国主义的小战舰摩轩号以护侨为名，实则骗税走私，常由香港闯入梧州，有时河水暴涨，还直驶到南宁。这种举动，实侵犯我国的主权。我记得有一次，由南宁附近的思贤塘搭渡船往良庆，刚驶到青山塔对面，恰巧摩轩舰也由南宁开下，掀起很大波浪。渡船太小动荡不定，势将倾覆，全船搭客都面如土色。幸船主操作老练，才得平安渡过。这是我难忘的一件事。

《老桂系时期的工商业》

❖ 邹涌泉、田子永：好原料制好毛笔

桂林的制笔业，在1923年以前，就已有许多家，名牌的有生花馆、太极图、徐玉隆、徐钰隆、黄昌典、邹乾元等，在以后逐渐的发展中，有志文堂、徐中书、有福堂、林志成、元文堂一些小店，其中有的是自产自销而维持生活的。到抗战时期，扩大到20多家，从业人员包括劳资双方达到百余人。

1938年，才组织同业公会，包括制笔、制墨两个行业，理事长是邹涌泉，理事有黄文续、元宗汉，他们一直担任到1944年大疏散为止。

在公会里，制墨的只有四家，较大的有詹有乾和詹书祥两家，詹书祥的工厂在对河刘家园，他们两家都开设在厚库街，也同时在1944年大疏散时停业了。还有两家小的，一是姓杨的，开设在学院街的华华墨店，一是朱南岭，开设在义井头的永正昌墨店，这两家都是在1943年开设，也同时在解放前夕停业的。

詹有乾是从安徽迁来的。詹有乾这块老招牌，很有名望，全国都有，墨是自己在桂林制作的。

制墨的原料，是桐油灯罩上的烟集中后和牛胶调和，经过锤炼，使之均匀，再用木板模型印成长方块状，圆的不用模型，用手搓成，以重量多少计算价格。长方块的，有"五百斤油""八百斤油"字样，在字上用金粉

嵌填，表面美观；圆的，则直接用金粉写字，标明招牌名称在上面。以后有以煤油烟代替桐油烟的，质量较差。解放之后，由于墨汁盛行，制墨这一行，可以说无形被淘汰了。

1946年，各行业在光复后重建了家园，制笔行业，也恢复了公会组织，此时公会扩大了，除原有毛笔、制墨以外，增加了印刷、刻字两个部门。公会的理事长，仍然公选邹涌泉，副理事长有刘华璠、刘景云和黄文续。其中印刷方面有开设在府门口刘华瑶的金益堂，开设在西华门刘景云的云昌和开设在中北路的越华等，刻字的也有四五家。

制笔方面，家数较多，最大的要算黄昌典和邹乾元两家，他们都开设在府门口。解放前，黄昌典请的工人最多，达20多人。解放后，邹乾元请的工人为最多，也达到20多人。全行业资方从业人员近60人。

毛笔的名称，在抗战前，好的有加料乌龙、八法小楷（普通小楷）、寸楷羊毫。较硬性的有紫狼毫。五紫五羊、七紫三羊。抗战后，只有鸡狼毫，较好的是纯颖鸡狼毫. 其质量的优劣，是指原材料与技术相结合而言，即使技术过得硬，但在缺乏好的原材料情况下，也是"巧妇难为无米之炊"，是不能生产优质产品的。

《桂林制笔业简史》

❖ 宋维祯：老桂林的当铺

在清朝中叶，桂林的典当行业和全国各地一样，可以自由开业，到处都有，到了咸丰八年，实行认饷领照，设立饷押的专利制度以后，由原来一些小当铺合并集资开设了三间饷押，称之为三公堂。到了光绪二十四年，这三间饷押因股份多，争执红利，相互吵闹，先后相继停业。其后另由大资本家英怡隆店主英辅臣（广东人）联络官僚资本家周寿丰店主周寿山（浙江人）投资合开设饷押四间，共为八间，英辅臣开的四间招牌是广生、广济、粤昌、遂生。周寿山开的四间招牌是鸿昌、鸿济、裕生、宝安，当时称之为八桂堂。都是经营"押"的业务，取赎期限为12个月，每两每月行息二分四厘，这样，桂林地区的当铺生意，就全部为英、周两大资本家所垄断。

▷ 当铺

到了光绪三十二年，这两个大老板，企图贪求更大的利润，贿通各级官府，准予提高当利，由原定每两每月行息二分四厘，提高为每两每月行息三分，并以如果不予批准，即宣告停当候赎、不开张的手段作为要挟。英周两家独占桂林当业多年，早为一般的资本家所眼红，而英周两家为了贪图厚利，提高当价利息，引起社会群众不满，于是由新兴的资本家代表人物，又是地方绅士的秦步衢、曹榘和、魏虎文、以鹤笙、龚子遂等联名向各级官府提出反对，指出原来当价二月分利四厘，已属过高，不但不应提高月利，还联请将原定月利二分四厘减为月利二分，才能符合贫民的要求，倘英周两商顽固抗拒，请勒令停业，这一抗议，在群众的支持下，官府虽欲帮助英周两人，也不可能，只得令其停业。另由新兴的资本家取而代之，因为当时桂林商业资本家，主要实力掌握在江西、湖南两帮商人手里，为了利益均沾，平分典当市场，就由江西、湖南、本地三帮商人分别集资各开设当铺一家。江西帮开设一间招牌为豫善，地点在东门对河大街（即现时的东江路），湖南帮开设一间招牌为广善（后改为湘善，地点在东门大街，即现时的解放东路），本地帮开设一间招牌为福善（后改为桂善），地点在鼓楼街（即现时的中山南路），均于光绪三十四年二月十七日开业。当利定为每两每月行息二分。这三间当铺虽经过政局的变更，由辛亥革命起，在军阀统治时期，新桂系反动统治时期尚能继续营业，直到1938年因受伪币贬值的影响，现金变成废纸，这三间当铺才宣告停业。从此，桂林市场上就没有当铺了。

《旧社会的当铺行业》

❖ 龙一飞：广西银行占中央银行便宜

广西银行的一项重要业务就是代理金库。既代理金库，也代理省库。这就是说，所有国家财政和省财政的收入，都要缴存广西银行；所有国家财政和省财政的支出，都由广西银行支付。在广西省还处于独立状态的时候，国库同省库是不分家的，国库同省库的收支都集中由广西银行代理。抗日战争爆发后，国家财政金融体制发生变化，国库和省库要划分清楚。从此，所有国库收入，由广西银行代理收进后，就要限期转缴中央银行，国库的支出也由中央银行办理。由于中央银行不能在广西各地普遍设立机构，它又不能委托广西银行代为收存国库款项，广西银行就利用这个机会，把收进的国库款项，拖延一个时期，再转缴中央银行。这样，广西银行就经常占用一笔国库收入了。这笔占用款项相当庞大，经常有3亿—5亿元之巨，而且又不要付什么利息，这对广西银行来说，自然是一项难得的财源，这是广西银行占了中央银行的便宜。

中央银行对此是心中有数的。所以它不管怎样，总是一味地来文或打电话，催广西银行迅速解缴国库款。广西银行见利之所在，也一味地借故拖延，拖得越久越好。借什么"故"呢？这个"故"就是钞票点数整理需要时间。

由于法币的膨胀贬值，法币的票面价值越发越大，一千元和一万元的法币都已出世了。然而，旧的、破烂的一元、两元、三元、五元、十元、五十元等面额的法币却依然在市面上流通，法币价值日益贬低，交易额和收付款越来越大，而这些破旧的小额法币仍充斥市面，点数起来不是很费时费力吗？而中央银行却故意刁难，非点数清楚，整理成扎的钞票不收。广西银行常为此专门组织一个点数钞票的班子，还应付不及。于是就

▷ 被日机炸成废墟的广西银行总行

干脆利用这种情况，把国库款拖延着不转解中央银行。它来催的时候，就以钞票点数不及来搪塞。有一次，中央银行经理吴光明怒气冲冲地跑到广西银行来催缴，在他看来，国库款拖延数月不缴，他是很有理由发发脾气的了，可是，我们带他到点数钞票的地方看了一下，他知道钞票的整理和点数不是一件简单的事，也就无话可说了。这也可以说是抗日战争时期蒋介石实行通货膨胀政策中的一个讽刺剧！

《抗战期间广西金融片断》

❖ 赵洁生：桂林盐业的兴衰

抗战军兴，湘桂路通车，桂林成为大后方的重镇。到了1938年以后，由于蒋介石的消极抗日，东南沿海各省，包括淮盐产地都相继沦陷。湖南以至江西，过去所谓淮盐专销地区的食盐，不能不完全仰赖粤西盐场接济。为了统购统销，国民党政府在桂林设立粤西盐务管理局及桂林盐务局，实施食盐统销，停止自由经营，除桂北八县（包括桂林市）食盐统销，由桂林盐务局管辖，并由该局指令桂林盐商于兴安大溶江设立桂北食盐办事处统筹批销外，凡经营济湘盐业务之盐商，必须具有一定的资本定额（其数目记不清了）以上之资金，缴存指定银行，取具证明，报请粤西盐务管理局核验，批准登记，方能取得运商资格。为了便于管理，粤西盐务局又指令所有批准登记的盐商，在桂林设立桂林济湘盐商办事处，统筹洽办所有济湘盐运销事宜。推选赵浩生为主任。赵任主任一直到桂林沦陷，办事处无形解体为止。济湘盐的经营方式大致是这样的：济湘盐分官盐、商盐两类。官盐，由粤西盐务管理局指定存仓地点，由盐商代垫价款承运至湖南指定地点交仓，然后向盐务局领回价款，并由盐务局给予百分之二的纯利润；商盐，由盐商按指定盐场购进，运至湖南自由销售，所以又称自由盐。所有官盐、商盐，均由粤西盐务管理局按月规定定额，官盐商盐各半，发给盐商承运、销售。桂林济湘盐商办事处每月获得的定额是官盐三万担，商盐三万担，由办事处召集同业按自愿和资金多寡认领盐额（官、商盐各半），分别自行承运、销售。当时，由盐场购进，直运至湖南，这在桂林盐商还是破天荒第一遭，究竟应该怎样购运，同业们都无实际经验。我曾亲往实地勘查，确定运输路线为：由北海党屋水运至玉林船埠登陆，用汽车运至贵县，再用木船水运至柳州起岸，然后装火车直达湖南。尤其是贵县到柳州一段，木船往返，费时太久，缓不济急，我们要求粤西盐务管理局与铁路局设法解决，几经商洽，经呈准政府加修柳州至大湾支线，专供盐运之需。1941年柳大支线通车，大大缩短了运输途程。但由于盐运数量越来越大，交通工具远远不能满足需要，途中延搁太久，影响资金积压，无法周转，于是我们又通过盐务管理局商得桂林中国银行、中国农民银行、交通银行同意办理济湘盐贷款。银行按盐起运成本以押汇方式贷款六成给予盐商，盐商以盐的运单和税票交银行为抵押担保，盐税则由盐务局办理记账，待盐运达指定地点交仓或销售后，由盐商一次付清贷款与税款。这就大大方便了资金的周转，为济湘盐商牟取利润提供了良好的条件。济湘盐运销数量大，官盐有固定利润，商盐可自由销售，因此，利润高而稳当。为利所驱，不到半年时间，经粤西盐务管理局批准的运商就有40多家。这个时期，是桂林盐商业达到了空前繁荣以至全盛的时期。

▷ 民国时期的盐场

追求高额利润，原是一切私人资本的特性。济湘盐利润高，又有银行贷款，一时社会游资以及江浙疏散出来的豪商巨贾的资金，都汇集到这里来了。如后来成立的"新桂商办事处"，就是以中央财政部次长钱隽逵为首组织的官僚资本集团。他们"因其富厚，交通王侯，力过吏势"。他们的手伸得很长，不但能左右粤西盐务局，而且操纵铁路运输。他们利用这种特殊权势，事实上垄断了济湘盐业，赚得了巨大的利润。广西当局看了不免眼红，当然不甘落后，为了插足盐业界，广西省银行投资两亿多元，设立一家"新生盐号"与江浙财团并驾齐驱。至是，桂林盐业界始有所谓"新桂商"与"旧桂商"之分。彼此之间，明争暗斗，隐然对立。

我们原来的桂商，即所谓"旧桂商"，都是小本经营居多，更无政治背景，当然很难与这般官僚资本相抗衡。但为了不致被官僚资本"吃掉"，我们不能不力谋自立之道。经集会商议，决定集中所有同业的资本，并吸收一部分游资，由于资金集中加上人地熟悉，粤西盐务局也不能不刮目相看。

济湘盐获利的关键，一靠资本雄厚，二靠资金周转快，而要缩短资金周期，关键又在运输。当时，大湾成为济湘盐运转的枢纽。商运官盐，商运自由盐，均须由此转运；而盐务局自运的官盐，也须由此转运，柳大支线的车皮，原是由各路局疏散出来的，沿途经过战火破坏，大都已破烂了。由于当时国民党的贪污腐化，铁路当局又任其破烂，不加维修。于是边运边坏，坏了就丢，能用的铁皮卡厢，日渐减少，而待运的食盐又日益增多，以此，囤积在大湾的济湘食盐，数目庞大，堆积如山。为了争取能早日运出，官商之间，商商之间，就各显神通，竞争日趋激烈。1943年间，粤西盐务管理局借口为抢运官盐，硬规定，运输车皮按二与一之比分配，即运出官盐两卡车，方能运出商盐一卡车，由铁路登记排队轮运，其后又改为三与一之比，最后竟限到四与一之比。至于官僚资本集团串通路局，以各种名义不经登记，优先运出的，还不在此例。我们明知所谓抢运官盐，实际就是维护这般官僚资本集团的利益，所定比例，很不合理，而且贪官猾吏，借以敛财，其中弊病丛生，我们虽心怀嫉恨，然亦无可如何！1944年秋湘桂撤退，大湾紧急疏散，此辈官僚资本集团又利用特权，把所存食盐，抢运一空，而我们旧桂商积存在大湾的商盐多达30余万担，只有眼睁睁地望着毁于战火。现在回想起来，还心有余愤！

《桂林盐商业变迁简史》

❖ 宋维祯：祸国殃民的鸦片行业

▷ 20世纪40年代吸食鸦片的人

清末叶以及民国初年，贩运云茶（即鸦片）的商店有英怡隆、肖万昌、福泰林、魏元茂、益丰恒、广有祥等六家商店，是专往四川、云南、贵州等省产烟土的地区贩运回桂林批发给各个零售商店。以当时桂林全市估计，大约在60家以上。还有供人随时吸食的烟馆，背街小巷，遍地皆是，不计在内。据传闻英怡隆等六家，到四川、云南、贵州出产地区贩运云茶，利润是极厚的。如在各出产地区购买的云茶，每百两不过大洋20元左右。回到桂林按批发的时价，最低每百两要毫币40至50元。并且还要将原货掺以杂质20%或30%。约计每贩运云茶一百两，除了一切费用外，所得纯利，至少有一本一利之巨。但是到各出产地区购买，也是相当危险的，由桂林到出产地区，必须结帮步行，还要携带现金，路途遥远，山路崎岖，土匪如毛，日宿夜行，虽然危险，但利润极厚。这些商店，亦不惜冒一切危险，以图得到巨额利润。当时的英怡隆、肖万昌、福泰林、益恒丰等就是依靠贩运云茶起家的。英怡隆、安泰源、有昌等还在香港贩运印度出产的鸦片（即公土），因价格要超过云茶一倍至两倍，销售不多。这种印度鸦片，只能是一般的官僚、地主、大资本家，才有财力购食，其他一般平民，是很少有力吸食的。据说每年这几家要结帮到四川等出产鸦片地区贩运四次左右，年运入云茶200余万两。按当时这些商店运入的云茶，并不是只销售到桂林，也分销到各县，所以做这一行业的一般商店都发大财。但在这一时期，桂林许多人都吸食鸦片，形容枯槁、骨瘦如柴的懒汉，不知若干，也是制造盗匪窃犯的温床。

《辛亥革命前后桂林商业的概况》

❖ 宋维祯：贷放折息与通货膨胀

贷放折息的起源，是从国民党统治下的陪都重庆开始，蔓延到全国各省的。这一活动，是官商勾结搜括民财，剥削工农劳动人民血汗奥妙辣毒的手段。当时桂林的官商，也不会例外，只不过表现的方式不同罢了。

在抗日战争初期1937年，国民党中央在广西设立了中央、中国、中农、交通四银行，想统一币制与广西省政府协商，把广西省银行先后发行的货币一律收回，并订以中央法币一元兑换广西货币二元，取得了广西省政府同意，就把广西银行发行的货币完全收回，在市面就以中央发行的法币为本位。

统一币制后，中央四行除中央银行外，其余中农银行、中国银行、交通银行一方面进行大量放款，订息每百元每月利息一元二角，所谓一分二厘息；另一方面勾结商人套购黄金、白银和出口物资，借此进行贪污的活动。商人利用借款大肆活动，四处收购黄金、白银，今天跑广东，明天到汉口，后天跑上海、昆明，当时做黄金生意的商人获利不少。由于黄金生意的活跃，市面法币就感到不敷周转，商人就仿照重庆以及其他的地区进行贷放折息（即短期借款）的勾当。唯折息的利息，比较向银行长期借款高几倍，但借款不拘长短，又不需抵押品，借用方便，既可借入，跟手又可放出，一举手间，都能获利，受到了当时市面商人的欢迎。这是桂林贷放折息的开端。

桂林开始仿照各省贷放折息的利息每百元每月由三元至五元，定期以一个月计算。到了1945年日寇投降后，桂林城市遭到了战祸炸毁的损失，商人经过长时间的停业，虽然得到恢复，而资金短少，不得不假折息借款来扩充资本，因此贷放折息的利息，就不断地提高，由过去每百元每月五元而逐步地增加到每百元每月十元。尤其是中央发行银圆券、关金券之后。1947年至1949年这段期间，变化得特别的快。属于折息的利率提高，货币的贬值速度加快，物价的波动是瞬息万变。例如黄金一项，上午交易每两为法币800元，到了正午，就涨到1000元或1200元，甚至于乙向甲买黄金当时每两为法币800元，转到乙手，就涨到1000元或1200元，转瞬间即可获利200元或400元。因此，贷放折息的利率，亦以物价的波动为转移，而提高折息放款的利息，由每百元每月的利息10元，而增加到15元，同时把借款期限缩短为半个月，折息放款的利息，最高顶点是每百元增加到30元，借款期限逐步缩短到十天、三天甚至一天，即是今天上午借款100元，明天上午归还时，就要连本带利共130元。当时的折息，为什么会增加到这样高？而这种重利盘剥，政府为什么不加取缔呢？因为这个时期内战已经爆发，中央的三行，以及广西统治者都需要进行抢购黄金、白银以及出口的物资，只要能够达到自己的目的，哪管你重利盘剥不盘剥，当然是不会取缔的。而商人方面为了要到偏僻地区收购黄金、白银以及出口物资，即许折息的利息高，反正可以转嫁别人。并且还可以以折息借入，转手又可以以折息放出，从中取利，商人正是要在市面的金融混乱中，才好在浑水里摸鱼。

从桂林贷放折息和做
日日会以后，因货币一天
一天的贬值，物价一天一
天上涨，贷放折息的利率
一天一天的提高，弄得市
面一片的混乱气象。而当
时有些工农群众和城市的
居民见到贷放折息所得的
利息，这样的厚，又不费
劳力，认为最好莫过于做
贷放折息的事，因此有些
居民甚至变卖房屋或变换
金饰，工农劳动群众将平
日节衣缩食积蓄的存款，

▷ 通货膨胀背景下贬值的纸币

都通通拿出来进行贷放折息的这一活动，放与认识的商店，定期十天或者
半月，每到期时结算一次，结算时的确得到了很多的利息，甚至得到一本
一利，欢喜异常，甚至连本带利继续贷放，但是实际上是赔了本。例如变
卖房屋在变卖的时候价值为1000元，在贷放折息后，货币的贬值，物价的
高涨，这时买回就非5000元不可，虽然贷放折息放出1000元，得了1000
元的利，实际上是吃了3000元的亏。变换金饰的人，同是一样。唯工农劳
动群众将平日积蓄的血汗钱拿来贷放折息，赔了本更不知道，因为存的钱
并不是变卖实物来的，没有比较，而只知道得到了很多利息和纸币，心很
满意，结果到底一文不值，所有平日节衣缩食的血汗钱，尽为资本家剥削
尽净。

桂林从1937年开始贷放折息，到1949年解放前两个月止，十多年中，
由于货币不断地贬值，物价一天一天地上涨，以及奸商的操纵，弄得市面
的金融混乱不堪。国民党官僚收得很多黄金、白银，资本家商人获得很大

的利润，到解放前夕，商人已停止贷放折息的活动，除将所存的货币归还银行外，余存的利润货币，尽行购买货物收藏起来，这些不值钱的货币，通通堆到工农劳动群众的身上。当时商店的营业，是半做半不做，货架上摆的东西也不多，并且是不合时令的残余货物，持货币到商店买东西，也无可买。当时商店的人说：每天绝不存1000元货币过夜，如有多的话第二天即到农村购买物资，甚至于买柴都好。有的人说：纸币不如柴，柴可当燃料，纸币拿来烧是不燃火的。贷放折息的结束，资本家商人发了财，而工农劳动群众则遭了殃。

《国民党统治下桂林贷放折息概况》

❖ 宋维祯：永丰行大发国难财

广西在未沦陷前，市区以镍币为辅币，日寇将到桂林，省府银行因搬运不及，损失不少，及至日寇投降后，省府布告过去之镍币作废禁止使用。后因中央发行银圆券、关金券，市面辅币缺乏，如另设厂另铸需费巨大，且需时日，拟将过去在市面行使之镍币（即辅币）恢复使用。

▷ 广西半毫镍币

在未恢复使用之前两个月，银行的主管人员，就把这一消息向永丰行之店主马坚伯透露了，而马坚伯获得消息后，立即派人到外县或乡下进行秘密收买，同时也在市内向收破铜烂铁的人收购，借名为改铸器皿之用，收价定得低廉，每斤大约是银圆券不到一元（日久记不清楚）。存有镍币的人，见久不使用的东西，既有人收买，与其丢掉不如卖去，因此，永丰行这一活动得到顺利的进行。沦陷前在将军桥附近，设有造币厂一所，专铸镍币，日寇侵桂时，该厂搬运不及，所有铸成的镍币，就近埋藏。由于永丰行收买镍币时，有很多的小孩和一些无职业的人就到将军桥一带空地上去挖，挖得不少。据说永丰行在外地乡间及城市收购镍币，一个多月的时间，收得53加仑的汽油桶装的镍币若干桶（数目不详）。收买后不到一个月伪政府就布告恢复行使以镍币为辅币了，因此永丰行所收买的镍币就变成了白银的大洋若干桶。据估计每个53加仑的汽油桶要三万大洋才装得满，以最低地估计永丰行这一笔，生意最少获利十万大洋以上。永丰行获得了这笔厚利之后，所谓多财善算，转手就进行收购出口物资，专收桐油，除在本市标价收购外，分向阳朔、恭城、平乐一带收购，所以这些地区的桐油几为永丰行收尽。不久香港桐油大涨价，正拟运往梧州，而事出意外，永丰行收买镍币这一件事，伪省府知道了，大为愤怒，正拟采取措施对马坚伯处理，后为马坚伯知道，即分头找人向省府说情，省府知道马坚伯是白崇禧妻马佩璋的族弟，同时也知道永丰行收存桐油不少，公家正需要一批桐油运出香港交货。马坚伯知道消息后，即时托人向省府接洽，自愿将所购存各处的桐油，尽数照原收价让与省府运往香港，才把收购镍币这一事件敷衍了事。马坚伯虽然遭到这次收购桐油将得到的大利，而得不到手的损失，但从贷放折息到收买镍币这一买卖，不到三年的时间所获得的利润，是算桂林市面商店的第一名。

《国民党统治下桂林贷放折息概况》

❖ 吴孝勉：桂林地区货币的变迁

前清币制一向采用银本位制，辅币是以方口铜质制钱为单位，每制钱一枚，称为一文钱。光绪以前银币仅有元宝及碎银两种流通市面，分为两、钱、分、厘四个位次。

到了光绪季年，因为对外贸易的关系，国内各大省份，在北方如直隶、奉天、吉林、黑龙江、山东、河南以及南方的苏、浙、皖、赣、鄂、湘、粤等省纷纷鼓铸一元的银圆币和二角、一角、五分三种银角币。银圆币俗称大洋，银角币俗称小洋或称毫子，五分的银角称为五先，其形式与重量，完全与外国银币一致，既便收藏又便行使，逐渐达到废两改元的趋势。而且都是十进位，计算上也比较划一，对币制方面，确是进了一步。但因为从前民间交易计数，都是用两、钱、分、厘，积习已久，不易骤革，所以一元银币的一面仍铸有七钱二分字样，两角的是一钱四分四厘，一角是七分二厘，五分是三分六厘等字样。其后更铸铜圆辅币，每铜圆一枚，当制钱十文，也明白铸于铜圆的一面。那时桂林省会市面上，一元银币尚不多见，最通行的是广东省造二角、一角及五分三种小银币，辅币中广东省造的铜圆币，也与制钱一并流通，而且极其普遍。除了上面几种硬币之外，还有私人商号利用资本，勾结当地官吏，取得发行纸币特权的几家商号，如寿丰钱号及林福裕烟庄等（其他还有几家记忆不清），印发的纸币，流通桂林市面，为数也不少。我童年时候，见到林福裕烟庄突告倒闭，许许多多持有烟庄纸币的老百姓，受累不浅。事后听人说，这家烟庄老板与当时广西巡抚林某同宗同乡（福建人），林巡抚去职，失去后台，因而不能支持下去云云。迨"广西官银钱号"成立，正式发行钞票流通市面，私人商号所发行的纸票，逐渐减少，到了接近辛亥革命前夕，几乎完全绝迹。

广西官银钱号发行的纸币，有十元、五元、一元三种，票面印有双龙，刻画精美，纸质坚韧，在桂林省会尚属创见，比较过去私人商号的纸票，粗糙的印工和易腐的纸质，大不相同，而且十足兑现，信用尚不恶，流通额很广。但持有钞票的人们，多数为一班富有的官绅和商人，仍不如银币铜圆币的普遍受人民欢迎。及至辛亥革命成功，清室崩溃，所谓"广西银钱号"也随同消逝。其所发行的钞票，是否由当时的军政府逐渐付现收毁，和人民有无遭受损失？因为我还年轻，没有注意到怎样的结果了。

▷ 民国时期广西银行发行的部分纸币

从1912年至1914年间，那时我尚在桂林，距新政府成立不过短短三年，这三年中亲眼见到桂林市面货币流通，仍然是以银角币及铜圆币为主，而银角币中的五分币，则由逐渐减少以至于无，至于旧制钱间或还有流通。此后陆荣廷以广西都督名义印发广西银行钞票，分五元、一元两种，通行全省。陆氏全盛时广西银行钞票，竟远达广东、湖南境内使用，发行额之多，从可想见。及陆荣廷失败，这大批的广西银行钞票，一文不值，等如废纸，受到巨大损失的，无非又是在一般可怜的老百姓。

《辛亥前后桂林货币流通情况》

❖ 甘叠荣: 广西第一家水泥厂

广西士敏土（水泥）厂建于1941年，坐落在桂林北郊灵川县定江乡莲花行政村境内（通称"桂林士敏土厂"），是广西第一家机制水泥厂，也是全国五大水泥的厂家之一，全套生产设备是从德国引进的。

▷ 民国时期的士敏土厂

20世纪30年代初，新桂系重掌广西政权后，有意发展广西工矿事业，以图垄断资源，扩充军备，"建设广西，复兴中国"。特别是1941年（民国三十年）蒋介石政府实行统一财政，废除省一级财政，广西当局竭力想在省的经济上保持一个半独立状态。因而组建广西出入口贸易公司、广西企业公司两个官僚资本主义企业机构，以开辟财源，谋取外汇，垄断全省农、矿产品出口和统营全省工、矿、林场。广西石山多，有烧制水泥的丰富资源条件，如果用机器烧制士敏土（水泥）成功，可补充广西财政，建筑省防、国防，其利无穷。于是决定筹建士敏土厂。由广西建筑筹备，向德国克鲁伯厂订购巨型制造士敏土的旋窑机一副。旋窑机的全部重量约2000吨，原订合约规定由德国克鲁伯厂派两个机械工程师来华安装，但事前须由购方派四个大学助教以上的机械人员到厂学习安装半年，再随同工程师来华，作为安装旋窑的助手。后因第二次世界大战发生，广西赴德厂学习安装的人员毫无消息，德国工程师更无法来华。但机械已分批运到香港，由当时广西出入口贸易公司香港分处经理分批内运。拆卸的机件是从香港水运到梧州，机身重大的则经广州湾运至河内，转到广西内地，因当时梧州没有起重机设备无法上岸。最大的一个锅炉，已在九龙起岸，但因过于笨重，到抗战时期交通更形阻碍，始终无法运回。运回的机件首先停在迁江白鹤隘，想在此地安装，取煤于合山煤矿，后经化验合山煤的热量不够，才转运桂林安装，以便利用湘煤。

首任士敏土厂经理杨丕扬，把运回的全部仪器转运桂林后，首先选定西北郊灵川县定江乡莲花村境内的斋公岩作为厂址，在岩洞安装旋窑，以避敌机轰炸。此岩直长约50米，横宽30余米，高45米。其次围绕岩洞的石山众多，便于伐石取料（士敏土的原料是石灰石80%，黄土15%，石膏5%）。再次距岩洞甚近就是相思江的支流，便于给水。厂址选定后，首先就是建筑职工住宅和开辟岩洞，当时修建土木工程师有李青湘、伍梦衡（广东人），机械工程师谭鸿禧，化验工程师刘卓然等。开辟岩洞的工程巨大，因旋窑本身长逾30米，其他如安装储土库、碎石机、煤磨，又须开凿建筑高40米左右的烟囱穿出山顶。此项凿洞工程，自1939年开始，经过一年多时间才完成。但安装无人，且缺少大锅炉和其他零件。在这个困难的时候，有陈丕扬在广东西村士敏土厂任总工程师的一个总领班，名张汉，广东人。陈从广东回桂时把张带到士敏土厂工作，张乃自告奋勇，愿与土厂已有的技工10余人，杂工百余人包安装旋窑，索包价140万元，约合黄金100两。当时由于急于生产，照价与张汉订约。又与在士敏土厂附近由武汉迁桂的六合沟铁厂联系，协助张汉安装，并在市内收购零件。经过半年，张汉等才把旋窑安妥，于1941年下半年建成开始生火。在生火典礼时，原黄埔军校副校长李济深亲自下厂点火。

安装成功后，德国工程师及派赴德厂学习安装的助手始终没有来，这说明中国工人和群众力量的伟大。旋窑每日正常出产量约为600桶，每桶160公斤，合计100吨。但湘煤供不应求，经常停工待煤，所以产量不高，后来改换经理李果能，非制土专家，产量日减。由于开支浩繁，机器未安装好已赔垫数年费用，1943年已经用厂存货或房地产向银行抵押借款为生。1944年秋又遇日寇侵桂，桂林疏散，士敏土厂疏散到蒙山，职工随厂疏散为数不多，多数星散，物资耗尽，士敏土厂岩洞内的煤磨炸毁一大段。

《灵川第一座水泥厂——广西士敏土厂》

第六辑

古城新貌·
前所未见的新鲜事儿

❖ 蔡郁枫：大后方的"东方巴黎"

数年之间，"桂系"在政治上的"小康之局"固然无法保持，社会风气也同时发生剧烈的变化，以前的穷省穷干、穷家穷活的局面，渐渐也受到奢侈贪污之风所侵袭。以前因为处于关门自固之态因而比较简单的社会，渐渐也有闸崩堤溃之象。

…………

由于客观需要的刺激，茶楼菜馆旅店以及娱乐处所，也因而逐渐增多，其中吃喝玩乐得最为热闹的，恐怕以那些一本万利的盐商和运输商为首。在绿柳成荫的环湖路上，甚至开有酒吧，一对由香港来的姐妹花，在那里供应洋酒和咖啡，并以色相周旋"洋派"的顾客。这些社会相，都是桂林以前从来未曾出现过的。

西方资本主义的"港风"，在太平洋战争爆发之前，早已挟着生活方式的病菌而来，首先传染到上层社会之内，到了香港沦陷之后，大批人转入桂林，社会风气更随之而变。香港人在这里只做一二种生意，开西方式的咖啡馆和寄卖行。招牌搞得五光十色、洋味十足，如蓝岛、绿蒂、丽都。他们不顾重庆"新生活运动"的禁令，照样播放流行音乐，在电影院门口、咖啡馆和公众场所里肆无忌惮地播送西方爵士乐、上海的洋场小调、美国的旧情歌，当然也插入中国的地方戏曲，有关苏联的歌曲。

在中缅印战区的美军官兵中，桂林又被称为"东方巴黎"。桂林好像天天沉浸在紊乱的周末狂欢气氛中。桂林对美军来说更适合于施展他们来中国的梦想，低廉的物价供得起一般士兵的收入在这里尽情玩乐。喜欢作乐的美国大兵很快地发现桂林更适合他们挥霍高额的津贴。这里以桑子酿造的酒液适于美国人大瓶灌饮而备受青睐，大兵们嗜此如命，临走时还要拎上一些。身穿卡其黄色军服的美国兵酒气冲天地东张西望，他们都决心把口袋里的钱财吃喝一空。桂林基地有上千美军，加上休假和调遣路过、闻风而至的大兵，过往频繁，各色人种都有，但他们来到桂林的目的只有一个，就是把桂林当娱乐场所。

桂林机场正处在中心地位，建瓯、宝庆、衡阳、长沙、零陵、丹竹、柳州、昆明、芷江的机场都环绕在四周。1943年以后，美军更多了。特别是第十四航空队的美国空军向桂林进驻，"顶好"之声渐多，美国大兵们在街面上追逐着年轻女郎。陈纳德的飞虎队甚至一度暗设妓院，史迪威发现后立即下令关闭。人民生活愈趋贫困，卖淫业也就如风煽焰，除了官准的妓寨——"特察里"继续兴旺之外，暗娼亦日益增多。

日本人也看上了桂林，香港色情业和流氓帮会也渗入到这里，日本间谍和汉奸就夹杂其中，他们专门开设针对盟军人员的娱乐场所。飞虎队成员在美国时便多是善于冒险的行家，这反过来又刺激着一些商人放手大发美军之财，在他们酒后的言行中猎取军机。桂林成为搜罗情报、交流信息的中心，成了各种消息的中转站。盟军的特殊机构，军统中统的专门机构都在这里有过不错的业绩。

《大公报》记者陈凡回忆，1938年初，他从梧州徒步北上，第一次到达桂林时，这里还是一个相当土气的山城。同年的9月，湘桂铁路全（州）桂（林）段初次通车。当火车首次到达桂林时，一两千人都涌到车站去，好像看会景一样，带着惊异的眼光去看热闹。其后数年之间，湘桂铁路已由衡阳通到来宾，黔桂铁路也由柳州通到贵州的独山。火车的汽笛声，固然早就引不起人们的好奇，而十轮的载重大卡车和小房车，在街上也早已司空见惯。

▷ 20世纪40年代湘桂铁路上的蒸汽机车

　　很快，数年之间，本来是荆钗布裙的桂林，不再有偏僻省份的沉静朴素，而是已染上了不少庸脂俗粉。小农经济社会的颜色逐渐褪除，市侩气味的"文明"则日见泛滥。自固的政治局面固然难以继续维持，旧有的道德约束却也渐失控制。"一滴汽油一滴血"的口号喊得正响时，却有自家的子弟去串通盗卖飞机场的汽油；玻璃丝袜和胭脂口红被上层社会视为珍品，又有人用军公汽车去私运这类货物。一个被人在姓氏后面加上"半城"之号的官僚大地主，公馆的大门是朱漆铜环，但公馆里却添了银灯蜡板。这些从表面看来似乎都是小事情，但在抗战以前的广西，却是绝少可能出现的世态。故若从社会风气转变的角度去视察，它们都带着突出的时代征候，意义便不算寻常。

　　那时候，从西南到东南，明明暗暗的政治、军事活动都相当频繁，所以不少高官贵客，都以桂林为过路站。他们大多数以两处高级旅邸——"乐群社"和"大华饭店"为居停之所。就是在物质相当缺乏、人民异常艰苦的战时，也还能经常见到带着白兰地酒出巡的部长大人，载着歌女到前方去的风流将领。

　　那时候，后方大城市流行着两句话，叫作"前方吃紧，后方紧吃"。其实也不能一概而论，有时恰恰相反：正是在"吃紧"的前方，同时也有人在"紧吃"；正是在"紧吃"的后方，同时也有人在"吃紧"。总之，无论在前方或后方，能够对着佳肴美馔进行"紧吃"的，都只是少数的特权群体，而大多数老百姓，则是日子愈过愈艰难，肚皮愈来愈难耐。

社会百态虽然五光十色，但绝对掩盖不了它的愈来愈不公平的本质：高官坐享膏腴，下吏日愁升斗；将军美人醇酒，士卒骨瘦皮黄……随处都可以发现尖锐的矛盾，溃烂的脓疮。在桂林当然也不难看到这些严重的症状。

就是在这样复杂的内外投影之下，桂林进行它的第一次大疏散，其要引致混乱的后果，也就不会是太过出人意料的了！

《千姿百态桂林城》

❖ 沈 樾：不受欢迎的市政建设

广西的桂、柳、邕、梧四大城市，以桂林开办市政为最迟。民国二十年（1931），李、黄、白再度统治广西时，南宁已建成民生路、民权路、民族路、兴宁路及中山路；柳州已建成河北的小南路、庆云路、培新路及河南新市区；梧州则在民国十八九年间，粤军进占时期，以梧州上、中、下三关税收为市政工程费，整个市区马路北山环山马路中山纪念堂，以及电灯电话自来水等工程基本建成。是时还有少数县城，如贵县、玉林、怀集。都开始兴办市政。只有桂林，尚保存古老旧城市样式原封不动。虽经过桂林县政府警察局以及警备司令民团指挥官等，邀集地方有代表性的绅耆开会酝酿，但地方绅耆皆以自身利益为重，横生阻力，不支持市政建设。

桂林从前原有的旧城市面貌，大街最宽处不过一丈五尺左右，小巷一般皆不满一丈；且房屋习惯用木材建筑，用砖料建的称封火墙，占极少数。封火墙顾名思义，可知桂林火警为患之大。以市区人烟稠密建筑物易于着火，每年四季皆有火灾，尤以冬季为甚。但街巷狭隘，火警时施救不易，造成人命财物更大的损失。兴办市政，建筑马路，乃客观形势所必需，但地方绅耆反对甚力。在旧社会，一般民众皆以地方绅耆的主张为依归，因而这座曾为省会数百年的古城，至民国二十一年（1932），未改变其原来的面貌。

▷　20世纪40年代的桂林街道

　　民国二十一年春间，广西省府任命吕竞存为桂林市政筹备处处长，即在桂林皇宫街的旧皇宫成立市政筹备处。召集地方老前辈开会，告以兴办市政，势在必行。但最顽固的地方绅耆以鹤生、易五楼等尚联合县商会，联名电请省府缓办。理由是频年兵祸，市民经济力尚未恢复，商业亦甚凋敝，无力负担市区马路建筑费。省府电复势在必行，唯体念桂林非繁盛商业城市，特由省款一次补助马路建筑费20万元，以减轻市民负担。于是地方一般顽固分子，方缄口无言。桂林初办市政，由临桂县县款划拨出来的经费，也只有房捐、屠捐、官产租等少数项目，而市政筹备处本身经费，最初是由省款支给。市政筹备处初步计划，马路面三十英尺，两旁人行道十英尺，照邕、梧马路建骑楼。首次公布图样，即遭到商民反对，复由绅耆和商会等电请省府，免建骑楼，省府电饬市政筹备处核议。几经协商，定为人行道不建骑楼，商店门楼，建在人行道之后，用飘檐式；树和电线杆，在人行道上。

在过去桂林的绅权最大，较之别个大城市甚为突出。市政经费及建筑形式解决后，图样又再次公布，决定由南门口起向北逐户自行拆卸房屋。市政筹备处公告拆卸日期，至期毫无动静。又再展限，仍复不理。第三次展限文告中，声明为最后限期，过期不拆的，即由工程队代拆，但材料如有损毁，公家不负责任。届期居民仍照旧不理。于是市政筹备处派遣工程队强制执行。不知是否有意将材料损毁，以为典型示儆。闻拆卸第一家时，瓦片木板，损毁不少。绅者们虽向吕竞存交涉，吕竞存告以修建路面的时间甚迫，工程队须赶工拆卸，损毁自不能免。各户闻此说后，恐怕损毁太大，不能利用旧料重建新房屋，于是才纷纷自雇工人，陆续拆卸。

旧房屋既已拆卸，市政筹备处公布几种飘檐式的建筑图样，公告各商户选择照式样修建门面，以期市容整齐。内中有用钢筋水泥的、有用砖的、有用木料的，甚至用烂板批灰的，由各人就经济情况自行择用，结果效果很不好。南北干道的路面建成后，两旁商店门面，五光十色。除几间教堂外，其余皆是用木料自由搭盖，飘檐式也不成其为飘檐。露在外面的木板，新旧杂钉，也不上油漆，十分难看。这是市民对兴建市政抱消极态度的反映。

桂林兴建市政，由省库补助20万元，为别市所无。但市民借口有省款补助，对市政筹备处核定最低的马路费，也拖延不缴。以致马路路基修好后，只好用青砖铺人行道，用碎石铺马路面。整个市容，较之邕、柳、梧各市，差距较大。这种情况一直保持至1936年底。

1936年秋间，省府由南宁迁回桂林，一时人口陡增，次年"七七"事变，未久，桂林成为抗日后方重要城市，各地资本家来到桂林，投资经营各种行业，租用铺位，改修门面，或重建门面，逐步将五光十色的商店门面，改装为假柱假拱门以及假洋式楼房外壳，油漆各种色彩，市容逐渐改观。至于路面，后来只用薄蜡青和细沙铺中间一部分，这种办法，一直维持至解放前为止。

《桂林市政拾零》

❖ **沈 樾：**电灯、消防和拆城

桂林的电灯，是1914年开始安装，抗日时期遭受破坏，光复后，由善后救济分署分配一台旧机安装，常发生故障。桂林的自来水是1936年开始安装，桂林的电话在清光绪末年就有了。

桂林为火警最多的城市，至少在广西境内居第一位。从前用吸筒式救火机称为水龙，几乎每条街都有一架。其组织方法，是用庙宇为单位，因每条街都有庙宇，于是每一较大的庙宇都有水龙，由街坊青年担任消防队员。在抗日时期，

▷ 民国时期的消防队

桂林警察局消防队备有新式救火机两部，与各街水龙配合使用。桂林沦陷，救火机被毁，光复后又重置一部，至各街的水龙则保存无多。

桂林城墙经过太平天国战役之后，修建得十分高峻坚固，民国十三年，陆沈交兵，陆荣廷以少数兵力，赖城墙坚固，能守70余日之久。在李、黄、白统治广西时期，为了对付蒋介石，又将城墙加工修建，并在城墙内建筑不少机关枪掩体和隧道。民国二十六年冬间，广西与南京合作，内战的趋势已经消除，同时省会迁回桂林，大建市政，乃开始拆城。

桂林的古城，南门在阳桥，环湖为古时的壕塘，扩建城基后，阳桥的城楼，始终保存数百年之久。在清代利用为鼓楼，因之阳桥附近旧街名称鼓楼底。建设市政时，须将鼓楼拆卸，当时的地方绅耆坚持保存古迹，阻力甚大。后经市政筹备处引广州建设市政拆卸双门底，南宁拆卸钟鼓楼为证。直至马路基已全部修成，最后才将鼓楼拆去。另与鼓楼平排的榕树楼，也是古代城楼，地方人士坚持保存古迹，遂不拆卸，一直保存至今。

桂林城由东南西门拆起，利用原有石块砌环湖堤岸及东门至文昌门河堤。此河堤修至一半，桂林遭日寇侵入，未竟全功。

《桂林市政拾零》

❖ 韦鼎峙：中国滑翔第一人——韦超

民国二十五年（1936）5月间，韦超到德国莱茵进世界闻名的格鲁恼飘翔学校学习滑翔，那里地势坡度良好，上升气流绝佳，四季气候温和，最适宜于滑翔飞行。半年后，他毕业了。由于他脑筋灵活，反应迅速，加上本身具有飞行经验，所以"超高"与"持久"两项都很优良，均被列入学员毕业成绩之中，并得到学校的特别褒奖。当时在该校学习滑翔的同学，计菲律宾有两个，日本有三个。他们对韦超的优异成绩，也表示钦佩。

民国二十六（1937）年"七七"抗战前夕，韦超毕业回国。当时广西航校，已归并中央航校，遂向航空委员会报到，那时航委会，以其所学的主科是飞机设计及制造，滑翔为副科。以目前空军对飞机的整备急需，作为派遣工作的原则。再说滑翔之为何物，当时国人也十分陌生，同时尚未有这种业务与机构，故对他的工作还未派定。可是韦超一再向当局表示他的见解与信心，认为今后对日本作战，空军是很重要的战力。要培养这种战力，必先发展全民航空，以奠定空军建军基础。要迅速完成此项重大使命，最佳的途径，是从提倡滑翔运动着手，一则可促进全国科技发达，二则可节省汽油消耗，三则滑翔教学容易安全，四则适应青年兴趣与心理要求，五则大型滑翔机尚可作军事运输之用。如大力推行，可望收事半功倍之效，他热情展开宣传说服工作，南北奔走，毫不气馁，不少人为之感动。《大公报》负责人张季鸾、胡政之诸先生，慨然同意将以前发动祝寿献机捐款逾期收得的余款千余银圆拨交韦超，并建议即刻购买一架滑翔机回国，然后到各地巡回展览，表演，以激起全民爱好。

正当订购滑翔机的前夕，因与教育部体育督学郝更生先生接触，得知教育部于二十六年（1937）秋季，在南京举办全国运动大会，于是他决定把订购的滑翔机，由水路直运上海交接，然后运到南京。计划在全国运动大会中表演、展览，不料滑翔机尚未运到，"七七"抗日战起，不久战争延至上海，不但滑翔机无法运到上海交货，就是原定在首都举行的秋季全国运动大会也取消了。在这种情况下，韦超只好改变主意，急电德国要求改运到香港交接，此事刚接洽好，不料战火迅速蔓延至华南，香港亦不能交接，最后要求运到安南河内交接。韦超为了这件事劳力劳心，到处奔波，最后只好到河内去接运这架滑翔机。

当他从河内把滑翔机运抵南宁时，正是民国二十六年（1937）10 月间，空军第三十二队（由广西航校飞机教导第二队改编成的），当时驻防南宁整训待命。韦超的同学们看到了这架滑翔机，非常惊喜，后来又看到韦超驾驶滑翔机做精彩表演，更是高兴！

后来韦超将滑翔机运到柳州，暂时寄存在"鸡拉"空军第九飞机修理厂（原系广西航校机械厂，也是他本人最初进航空实习的工厂），然后赴汉口向航空委员会再请示，原则上已获得同意成立滑翔训练机构，当时以战局变化甚快，航委会给韦超指示了两项原则，其一是向大后方谋发展，其二是在昆明或成都两处，选择训练基地，民国二十七年（1938）四月间，韦超遵命离开武汉，飞往云南昆明勘查场地，当时"中央空军军官学校"已迁到昆明市东郊外的巫家坝机场，若与航校在一起，性质相同，容易取得协助，同时向国外运输亦较容易，但对全国滑翔运动宣传号召上，恐怕用力多而收效少。还有一层，昆明位处高原地区，空气比较稀薄，并不适宜于滑翔训练。调查分析之后，经航委会同意，滑翔机训练机构随国民政府一同先入四川，因此他又赶回柳州去接运滑翔机了。韦超由昆明取道河内，转到广西柳州，从柳州雇车拖运北上，到贵州与广西交界的六寨镇后，麻烦就开始了。原因是这架大滑翔机，装在一辆双轮有布篷的板车上，整车长度约七八米，再加前后拖车长度，总共约为十二三米。川黔桂公路，沿途均是崇山峻岭，特别是由贵阳至重庆一段，地形崎岖，急弯、陡坡更多，汽车司机也视为畏途。对于这架庞大的滑翔机，实不适宜在这条路线上运送，他只得发挥艰苦精神，采蜗牛式的运输方法，分段分站雇夫推拖上路，靠人力运输，本来就有困难，何况贵州是有名的山区，所谓"地无三尺平"。装滑翔机的大篷板车，虽不甚重，如在平地运输，只要两人即可推动。如今要在大斜坡的公路上运行，除了前后推、拖之外，还要专人携带枕木，在上、下急坡时，随时准备阻挡车轮，以免造成严重后果，有时遇到急弯，更使人为难，因为装滑翔机板车太长，一次还转不过去，必须前前后后的移动数次，才能完成一个转弯，这些时候，如果没有人耐心指挥，光凭夫力是完成不了任务的。因此韦超忙着前后照顾，劳心劳力，备尝辛苦。加上当时正值盛夏季节，天气变化迅速，有时开始爬坡是烈日高照，气温非常炎热，而下坡之时，却突然狂风大作，乌云密布，骤雨袭来，由于前路朦胧，不敢妄动，只好将滑翔机箱尽量移靠路旁，以免被别的车辆误撞，在大雨中大家变成"落汤鸡"不要紧，有时一等数小时，雨还不停，最焦急的是怕天晚了赶不到店，各人既冷又饿，那种折磨，真不好受。

此次以人力运输滑翔机经过贵州省境，前后几乎耗时月余，好不容易才拖运到重庆，由重庆再雇车拖到成都，在成都将滑翔机存放在南门外簇桥镇第八飞机修理厂，然后再报告航委会，才算任务完毕。

此时航委会已大部迁到成都，集中于南门黄家坝办公，韦超就向航委会当局陈述训练滑翔的要旨及其目标，同时又向教育部、"三青团"以及军训部等机关接洽，说明开展滑翔运动的构想，此外并经常撰写有关滑翔的文章由各报社发表，而他的同学和朋友也乐意协助，使他得到很大的鼓励。

航委会对韦超的计划构想，深表赞许，于民国二十八年（1939）6月1

日，核定成立滑翔训练班，班址暂设于航委会内，并派韦超为该班主任，当时编制员额很少，设学科教官一员，由作战受伤下来的李大径充任。飞行教官一员，并兼学生队长，这职务也是由作战部队下来的周善担任。另设机械官一员，由李会池担任。机械士六名。此外则有文书军需及事务官各一员，助理士若干名。数月后，人员陆续调齐，航委会原办公处已无法容纳，遂在成都西北门方向的仁厚街二十三号，租得一间大公馆，滑翔班遂迁到那里办公，机械人员在班主任指导下，开始自制第一架初级滑翔机。

…………

韦超除忙于滑翔班准备开课一切有关事项之外，还做了两次表演，第一次是应四川省政府庆祝"双十节"筹备委员会之邀，在成都西较场进行。当日韦超把地面的一切安排妥当之后，即偕飞行教官周善，驱车到南门外簇桥镇的太平寺机场，由周善驾小飞机，拖着韦超驾的高级滑翔机，缓缓起飞升空，按预定时间，进入会场上空，因为事前曾作扩大宣传，致市民向西较场方向拢来，像潮水般的拥挤，途为之塞，人海一片，盛况空前，滑翔机在低空撒完大会传单之后，即攀升高度，然后脱离飞机，表演空中滑翔动作，市民聚精会神观赏，不断地鼓掌喝彩！滑翔机往返回旋降低后，即安全降落司令台前，经过这次实际扩大表演之后，成都各界，对滑翔方面已有一点知识。

第二次表演是在重庆，民国二十八年（1939）11月，陪都各界纪念孙中山诞辰筹备委员会，特邀韦超前往表演。这次由机械官李会池负责将滑翔机由成都用汽车拖运到重庆，先到白市驿机场准备，将滑翔机装备好，并遵筹备大会意见，命名为"大公报"号。韦超和周善教官，当日乘小飞机由成都飞到重庆珊瑚坝机场，先与大会筹备处及各新闻机构联系，一切安排停当，在11月12日清晨，带着大会印制的五色签条传单、标语，分装成两大麻袋，然后坐上小飞机，向白市驿机场飞去。

周善教官驾着飞机，从白市驿将韦超驾驶的"大公报"号滑翔机，拖曳到重庆市空，先从低空进入市区，一面盘旋，一面散发部分传单，引起市民之注意。然后逐渐升高，爬升至3500英尺高度后，滑翔机就离开拖曳飞机，自由自在地在蓝天白云里翱翔，不时从滑翔机座舱里，散发出一束束的传单，五彩缤纷的纸片，飞舞在半空中，一架大鹏鸟似的滑翔机，就在这一片纸海中钻来钻去，有时还做特技表演，群众最欣赏的就是翻筋斗，偶尔一连翻三四个筋斗，观众不断欢呼鼓掌，情绪非常热烈。不久，滑翔机安全着陆，前来参加的民众越聚越多，在外围未看到滑翔机的，就提议将滑翔机抬起沿机场环绕一周，以便大家观赏，于是大家就抬着滑翔机满场奔跑，一时秩序大乱，由此可见民众热爱滑翔机的情形。

▷　1939 年 11 月 9 日《大公报》刊载的对滑翔机表演的报道

　　民国二十九年（1940）3 月 12 日，重庆各界纪念孙中山逝世筹备委员会邀请韦超再到重庆表演一次，这次他的表演计划，大致与上次相同，唯一不同的是采用国产南川新出厂之滑翔机，该机是仿造德国的 H-17 型，其性能不及"大公报"号高级机，韦超何以要换用这种滑翔机呢？是想给大家知道，我们自己也能制造优良的滑翔机，表演前由机械官李会池将滑翔机从地面拖运到重庆白市驿机场，韦超偕周善教官，同乘一架小飞机，直飞重庆珊瑚坝降落，先由各方接洽表演程序及关照注意事项，于3月12日晨，再由珊瑚坝飞至白市驿，将滑翔机拖曳上重庆市空，一切表现得相当安稳、正常。当飞机爬到三四百尺时，轻轻地开始转第一个弯，地面的人看得非常清楚，飞机尾巴上的钢丝绳，突然脱落下来，滑翔机不但不能跟飞机前进，反而拖着一条重重的拖绳，正当他想转向机场飘降时，因下沉得很快，瞬即笔直俯冲到驿道坚硬的石板上，此地紧靠机场南端，当机场人员迅速跑去营救时，只见滑翔机残骸一堆，坐在座舱里的韦超已不幸逝世了。

韦超逝世以后，由李大经代理班主任，继续培训滑翔人员。以后，还成立了中国滑翔总会，广西、广东、湖南、云南、甘肃、西康等省都设有分会及滑翔站。

《中国滑翔运动创始人——韦超》

❖ **李华兴**：战火中的英语补习班

从"七七"卢沟桥事变至"八一三"淞沪抗战，北平、天津、上海相继沦陷，大批难民以及文化界人士逃难来到广西。当时国民党广西省政府成立了"广西难民赈济会"，负责解决难民的安置和救济问题。阳朔县政府也在鉴山楼设立了"难民收容所"。

在难民收容所任办事员的李绍庚先生，家住阳朔镇陈家巷（现叫莲峰巷）。他是一位虔诚的基督教徒，待人和善、热情，具有爱国心和正义感，家中有几个子女正在中、小学读书。

一天，李绍庚先生在接待难民时，发现一位从上海来的难民，在难民登记表上填写着"马泽民，男，广东籍，曾任上海商务印书馆英文校对……"李绍庚在与马泽民的交谈中得知，马想在阳朔县城办一个英语补习班，以解决暂时的生活困难。但当时县城住房很紧，所有会馆、祠堂都被外省迁来的机关占用，如中央研究院的生物、历史研究所等也迁来阳朔，就连碧莲乡中心校（今阳朔镇小学）都住满了伤兵，哪还有房子办补习班？李绍庚只好请马泽民先生到自己家中，为自己的几个子女晚上补习英语。这样马泽民便成了李家的家庭英语教师。

▷　抗战时期流落桂林的难民

马老师在李家上了一段时间英语课，街上的一些学生家长知道他教得好，便慕名而来，要求给自己的子女补习英语。家庭英语补习班已满足不了学生家长的要求，于是李绍庚先生将马泽民先生介绍给"广东旅朔同乡会"，经与同乡会商量，同意借用"粤东会馆"（今县文化局和教育局所在地）暂作英语补习班的课堂。随即马先生也由难民收容所搬到了粤东会馆，成了县城名噪一时的英语教师。

据当年从师于马泽民的李春盛同志回忆：马老师在阳朔约两年多，1941年离开阳朔到桂林李家村飞机场，为当时驻桂的盟国美军空军"飞虎队"做英语翻译。1944年桂林沦陷前夕，"飞虎队"撤离，马泽民老师离桂之前，还特地来我家辞别，以后就不知去向了。

《阳朔最早的民办英语补习班》

❖ **魏华龄**：李四光主持的桂林科学实验馆

桂林科学实验馆是由广西省政府与中央研究院合办的，作为"研究解决广西省建设上实际问题之实验及设计机关"，成立于1938年秋，广西省政府特任李四光为该馆馆长；根据广西省政府公布的《桂林科学实验馆组织大纲》的规定，科学实验馆的任务有三大项：（一）应用自然科学从事研究各项实际问题；（二）搜集各项可供科学研究之材料，并设备各项科学工作必需之工具；（三）协助广西科学教

▷　李四光（1889—1971）

育之发展。桂林科学实验馆与广西省立艺术馆，是当时广西在变化建设上的两个创举，而且启用了当时在国内已有很高声望的科学家李四光和戏剧家欧阳予倩分别来主持这两项工作，这是不可多得的。

桂林科学实验馆设在良丰，同广西大学遥遥相对，这对广西大学来说也是直接受益的。当时虽然受到战时条件的限制，科学实验所必需的一些仪器设备未能尽如人意，但到1941年上半年，已经粗具规模，计有发电所以及金工、电工、木工等工场，建起了科学仪器模型的陈列室、化验室（与省政府化验室合作）、物理实验室（与中央研究院物理研究所合作）、地质矿产研究室（与地质研究所合作）、防疟与防病虫害的慕祥研究室（由王慕祥医生主持），以及正在建设中的冶金炉和等温室。还有各种科学材料的标本样品，如地质、矿产、农产等类的标本，以各时代的化石标本收集

最多，其来源多为广西境内和湖南、江西等省。研究室已能自制各种无线电机，最小的能置于衣袋内。为了普及科学知识，实验馆礼堂的天花板上，用各种线条及有色电灯布置成地球、太阳和月亮运转的图形，很吸引人，形成了一个良好的科普环境，帮助参观者对自然科学知识的理解起到了积极作用。

关于桂林科学实验馆，李四光于1941年7月写了一篇《桂林科学实验馆概况》，发表在广西建设研究会出版的《建设研究》第5卷第5期上面。此文章不仅详细介绍了桂林科学实验馆的情况，而且是一篇难得的科学知识普及读物，也是一篇科学组织工作的指南。在李四光发表这篇文章的时候，正值广西建设研究会举行第22次全体研究员大会，李四光以馆长和研究员的身份，特意邀请出席会议的全体研究员到馆参观，并亲自向参观者解说，给参观者以极大的兴趣。

《抗战时期文化名人在桂林》

❖ 赵玉明等：桂林的广播电台

民国二十六年（1937）6月，广西省政府成立桂林广播电台筹备处。民国二十八年1月1日，桂林广播电台建成试播。由于设备故障，停止试播，重新安装，同年7月1日第二次试播，7月16日正式播音，呼号XG—OE。发射机功率10千瓦，周率720千周，民国二十九年12月，国民党中央广播事业指导委员会命令该台周（频）率改为650千周。民国三十一年9月，该台增设短波发射机1千瓦，周（频）率12000千周。台址在桂林市依路，为避日机轰炸，发射台设在桂林会仙岩洞内。民国三十三年夏，日军侵占桂林前夕，电台停止播音，其设备疏散到柳州转宜山时丧失。

桂林广播电台设总务科、工务科、传音科（即编播部）。传音科有歌咏、国乐、平剧、桂剧、西乐、话剧等组。全台40人左右，其中总务科4

人，工务科8—12人，传音科（编辑、播音）20多人，还有业余歌咏队。台长方维正，后任有桂铭新、利方洮。

桂林广播电台的播音室和增音室连接在一起。增音室有增音机、唱机等。从增音室设一对明线将广播节目信号传送到会仙岩洞发射机房，距离约2公里。发射台有10千瓦中波发射机和1千瓦短波发射机，均装设在会仙岩洞内。洞内还设煤气引擎、75千瓦发电机，洞旁设煤气室、冰冷室（即水冷池）。发射铁塔两座（使用原南宁广播电台铁塔）。

桂林广播电台的播音时间，民国二十八年至二十九年（1939—1940），每天19：00—22：00播音一次，全天播音180分钟。民国三十至三十一年，每天11：00—13：00和18：00—23：00播音，全天播音两次共420分钟。其中，新闻节目每天播出十一次共160分钟，占38.1%；专题节目60分钟，占14.28%，文艺节目170分钟，占40.48%；其他节目30分钟，占7.14%。文艺节目的170分钟中，国乐25分钟，占14.71%，教唱抗日歌曲35分钟，占20.59%；戏剧65分钟，占38.24%；西乐45分钟，占26.47%。民国三十二年至三十三年广播时间略有变动。

桂林广播电台的新闻性节目有《本省新闻》《本市新闻》《简明新闻》《国际消息》《新闻报告》《新闻类述》《特别消息》《时事评述》《记录新闻》《一周战况》《省府新闻》《欧战消息》《时论介绍》等。专题节目有《(国民党)党义》《(国民党)总裁言论》《国父遗教》《战时常识》《日语报告》《英语报告》《科学丛书》《儿童教育》《卫生常识》《防空常识》《公民常识》《战时青年讲话》《敌情研究》《防空知识》《英语教授》《广西建设计划大纲讲解》《名人传记》等。文艺节目有《平剧》《西乐》《戏剧》《歌咏教授》《抗战歌咏》《杂曲》《国乐》《歌咏》《民族英雄故事》《日本音乐》等。其他节目有《报告节目》《本市行情》《报时》《社会服务》等。

桂林广播电台用国语（普通话）、桂林话、粤语、日语、英语等五种语言广播。其中普通话播出全台设置的节目（除《记录新闻》外），桂林话播出《桂语纪录新闻》节目30分钟，粤语重播《新闻类述》（10分钟）、《简明新闻》（10分钟）、《特别消息》（10分钟）、《记录新闻》（30分钟）、《国际消息》（10分钟）等节目，日语播出《一周战况》《新闻类述》《敌情》《日语报告》等节目，英语播出《英语报告》节目。

桂林广播电台较突出地宣传抗日救亡运动。其形式：一是设置抗日救亡宣传节目，其中新闻节目有《抗战时势》，专题节目有《抗战教育》《抗战讲座》《抗战杂谈》《战时常识》《防空常识》等。二是各方人士到桂林广播电台发表抗日救亡演讲。常到电台发表广播讲话的有李济深、李任仁、郭德洁、千家驹等人士。国民党军事委员会桂林办公厅主任李济深到电台发表广播讲话的题目有《纪念国庆应有之认识》（1940年10月10日）、《纪念国父诞辰与庆祝收复桂南失地意义》（1940年

▷ 民国时期的广播站

11月13日）、《"七七"第五年纪念的观感》（1942年7月7日）、《饮食节约之要义》（1942年10月1日）、《最后五分钟的努力》（1943年7月7日）、《同胞们，起来吧！》（1944年5月15日）等等。民国三十年8月，广西绥靖公署政治部提出"阐扬抗战国策，加强必胜信念的宣传办法"，每逢星期五由军政要人到桂林广播电台发表广播讲话。其中有国民党军事委员会桂林办公厅主任李济深（8月8日）、国民党军第四战区司令长官张发奎（8月15日），国民党广西省党部书记刘士衡（8月22日），广西绥靖公署政治部主任程思远（8月29日）等人到电台广播。三是开办日语广播节目，由中山泰德担任播音员，开展对日宣传。先后播出《告日本民众》《告日本士兵》等节目，揭露日本军阀侵略中国的罪行，忠告日本人民认清真正的敌人，参加反战运动，打倒日本军阀等。在日语广播节目中，邀请当时在桂林的朝

鲜义勇队秘书周世敏、国民党军第四战区政治部日语播音队队长梁席珍等人到电台广播。四是在文艺广播节目中播放和教唱《保卫广西》《民族至上歌》等抗日歌曲，播出话剧《到前线去》等。

广西省政府教育厅将国民党中央统发给广西的收音机和广西省政府建设厅、教育厅购买的收音机，逐年分配到广西各县中等学校（没有中等学校的县选在该县表证中心学校）设立收音点，由理科教师担任收音员。民国二十七年至三十年（1938—1941），先后发给各县收音机800多部（每县4～6部不等），其中直流收音机用的电池由广西省政府教育厅统购配发。各县的广播收音员，分批进行培训。民国二十九年8月，广西省政府在桂林开办中小学收音人员暑假讲习班，同年11—12月在梧州、玉林举办收音员讲习班，民国三十年10—12月在南宁、武鸣、百色等地开办收音员讲习班。同年，桂林广播电台制表发到各地，广泛征求听众意见，了解各地收听广播的情况，还经常收到省内外听众来信，反映对电台播出的节目和广播内容的意见。有爱唱歌的听众，纷纷写信给电台，要求寄给电台教唱歌节目的歌曲讲义。

《新修地方志早期广播史料汇编下》

❖ **章　枚：**桂林乐群歌咏团

桂林乐群歌咏团的产生，是在桂林歌咏运动低落时期。当时虽然有一支生力军（抗宣一队）从南路回到了桂林，但是另一支生力军（抗剧九队）却因与前者换防而迅离桂林。国防艺术社准备要改组，广西音乐会与电台歌咏队又将要结束。艺术师资训练班新班刚刚开始。在另一方面，戏剧运动却在蓬勃地发展，筹募抗敌小剧场的话剧由各团体接二连三地演出，《一年间》和《总动员》的联合公演忙得各团体团团转，因而歌咏运动被冷落了一个很长的时期。但戏剧运动的蓬勃发展使我们歌咏工作者惭愧起来。

戏剧与歌咏不是相克而是相生的，剧运的蓬勃不应成为歌运低落的理由。因此我们歌咏工作者应该振奋起来，担起开展歌运的责任。我们不但应该组织职业的歌咏团体，而且还要组织业余的歌咏团体，把歌运推到市民阶层里去，使他们除了做歌咏的宣传对象外，还要他们自己做歌运的主人。歌咏运动不只是要求每个人都能听得到，而且还要求每个人都能唱。于是乐群歌咏团就在抗宣一队与乐群社文化部合作之下产生了。

我们的计划是一个从下而上的群众组织。这个组织的第一个阶段将是一个民众歌咏团。它是公开的，任何阶层的群众——只要他有志于歌咏运动并具有唱歌的最基本的条件，就可以参加。这一阶段的任务，是广泛地吸收各方面的群众，尤其是热情于救亡工作的青年，从里面培养和提炼出歌咏工作的干部，把他们装配上响亮的歌喉，灵敏的耳朵，音乐的常识，读谱的能力，和指挥的方法。基于中国音乐水准的低下和音乐干部的缺乏，这一阶段的工作是很艰苦的，时间也可能相当长，其间可能有使人灰心的冷落和低潮，培养出来的干部因为各地的需要，可能大部地脱离团体到别处去，由于这团体的业余性质，团员不容易固定和集中，容易流动而涣散。但是领导者、干部和团员必须有耐性，不灰心，不怠工，坚持下去，直到第二阶段的到来。当然，只是少数人的努力还不能保证第一阶段的完成，必须还有多数群众工作者协助和广大的群众的支持，才能完成这一阶段的任务。

第二阶段将是比较愉快的。那时一般的水准已提高，从里面选拔出优秀的分子。把这些优秀成分组成一个合唱团，给他们更进一步的学习机会。合唱团分四组，每组选出组长，担任分组练习的领导。这四个干部可以组成民族歌咏的指挥团，从实际的教歌里吸取经验。他们必须勤于学习，经常地互相讨论，不断地充实自己，并从指挥处学得更深的学识，以便将来能代替指挥的地位。这样，任何优秀分子都不会被埋没，由民众歌咏团到合唱团，由分组组员到组长，由组长列民众歌咏团的指挥，由民众歌咏团指挥到合唱团指挥，凡是努力的人都有他的前途。乐群歌咏团本身就是这样一个发展的东西，她现在虽然很幼稚和脆弱，但因为她有新的内容，是有很光明的前途的。我们对任何事物的重视不只看它的现状，而应看它的前途。一件东西如果现状很好而前途是没落的，则还不如一件现状虽不大好而前途是光明的。我们对乐群歌咏团也应该这样看法，我们现在惨淡经营地干下去也是这个理由！

一个小孩子如果不死去他一定会长大起来，他绝不会永远是个小孩子，一件东西绝不会永远不变化。乐群歌咏团虽然只有三个多月的年纪，但它已不是三个月前的乐群歌咏团了。当开始时（9月13日）报名者约有110人，来应甄别试验时只有70人。甄别试验只谢绝了两个人，那是因为他们连音都定不准。甄别后到团练习的只有60人，其余的根本就没有来过。这60人分为两队，每队30人。但这里仍然有一大半是好奇的或凑一凑热闹而参加的。他们只偶然到一到，经常到的团员只有十几或20余人。于是我们赶紧把两队合并成一队。当下雨天或有特别缘故时，有时只有七八个人到，但我们仍然练习下去，或者乘机作个别的训练，有一次它几乎要夭折了，但我们还勉强支持下去。《总动员》演出对我们曾经担任一部分的临时演员，但这次动员参加工作并没有给它一个显著的刺激。到了保卫西南运动周时，才和生活书店歌咏团联合起来走到街头去做处女的宣传工作。这次工作给了它经验和勇气，并使团员觉得所学习的有了用处。最近又向戏剧方面作新的发展，排了两个独幕剧，在新年公演。同时，我们学会的歌也累积起来了。总之，乐群歌咏团正在进步的渐变之中，有一天，突变的时候，它将举起中国音乐运动的大旗，跑在最前面！

《关于桂林乐群歌咏团》

❖ **欧阳予倩：**看一出新桂剧

我改革旧戏的方案是把所有的地方戏都打算在里边的。我怎样去改革平剧，也同样去改革桂剧。不过对于桂剧应当特别注意到，如何保存其他地方性的特点？如何吸收平剧、昆剧、秦腔、粤剧、话剧以及西洋歌剧等的优点，同时还要洗除其因社会不良势力所造成的不良习惯，改掉其从不好的平剧所受的坏影响。至于桂剧的内容，同样是支持着封建思想和奴隶道德，要根本加以摧毁，自不用说。

▷ 欧阳予倩（1889—1962）

马先生他们的意见，和我的意见有些不同：他们以为桂戏只是桂戏，首先要保存桂戏。所谓改进，只要将旧的剧本中不通、不近人情，以及粗俗淫靡的部分改去就行了，倘若像我那样一来，恐怕就把桂剧改得没有了。所以他赞成我排《梁红玉》，却不甚赞成我的排法。——《梁红玉》里头有两段昆曲牌子，一支《折桂令》，一支《八仙会蓬莱》。当我在教唱那两段曲子的时候，马先生表示："昆曲有什么用处？"这也难怪！一般地看起来，昆曲已成过去，没有什么用了。不通俗，不普遍，不入时，拿来做什么？马先生反对不是没有理由的。而且当昆曲全盛时期，两湖两广受的影响真是微乎其微。湖南的勾腔——就是高腔——用的虽然是昆曲的牌儿名，和昆曲的剧本，但是唱法完全两样。昆曲与湘剧的乱弹，除掉经常惯用的几支牌子而外，原来没有必然的需要。

我之运用昆曲，意思是因为乱弹里头没有许多人同唱的调子，南路、北路、阴皮——就是平剧二黄、西皮、反二黄等，都只宜于独唱，只有吹腔（就是弋阳腔）和昆腔可以合唱。如《梁红玉》《木兰从军》之类的戏，非有合唱不可，我就只好挑选昆曲中适当的牌子，把词句改成比较通俗，音调和节拍有时也改动一些，务求适合于剧情，这种合唱，或者是几个人对唱，用得得法，很能加强舞台上的力量，而且我以为，作曲的精致熨帖，要算昆剧。有许多地方胜过乱弹。我们并不要复古，也不要拿昆曲来代替二黄，因为那都是做不到的。但是，昆曲有许多地方值得我们学习：长短句的组织比呆板的七字句、十字句活泼有变化，每一个牌子的唱法不同，可以表不同的情绪，这都是好处。不过昆曲的坏处必须避免，词句不通俗，要改过，运用反切的地方，使子音和母音相离太远，不容易听落，要从唱法中使其接近语言，音节太缓慢的地方应加快，过于低弱的地方要加为高亢！还有就是曲牌的限制，使每支曲子的长短都有一定，颇不便于运用，应当加以必要的剪裁。譬如"九转货郎儿"那样长的牌子，一个人唱，会容易使听众疲倦的。

由诗变成曲而有曲牌，最初应为曲子组织的关系，不能增减一字，后来渐用衬字，渐有截取两曲作成一曲的，曲子的点板，从来也并不是一成不变，而且同一支曲子，因为情绪和字音的关系，可以唱成不同的音调，所以我以为曲牌的限制剧本就可以打破。若谈改革旧戏，不妨批评地接受昆曲的遗产，变化而活用之。可是这些理论我从来没有详细对马先生他们说过。

还有一点，有些总以为写一个戏等于买包香烟，排一个戏也不过等于抽一支香烟的工作。不信请看那些排旧戏的，不是只要写一张"提纲"，把大家聚拢来说一说就行了吗？原来"提纲"桂戏班叫做"乔稿"，只不过是一张分幕的演员表吧。一张分幕演员表，最多三五天就排成一个戏，一样叫座卖钱。旧戏也好，文明戏也好，曾经都是这样办着。何以欧阳予倩排戏那样麻烦，老是排不出呢？

旧戏原来都有一定的词句，师傅口传给徒弟，徒弟死记着，用文字记下来的也并不完全。不管师傅传错否，记熟了就是真本。有些完全不通，或者上下不接，都是无从更改。有时有些没有学过的戏，因为"应行"故，就是不会，也得临时赶学，敷衍公事——所谓"应行"，就是说应某一行当，譬如应生的有几出一定要会，旦角也有一定要会的戏，各行角色，都有他们"应行"的戏。会戏会得多的叫作"肚子里宽"，什么戏都会的叫作"不挡"，受人尊敬；会得戏太少的角色就不免要怄气。有面子的角色可以把自己会的戏开张单子给派演的，请他照那个范围派演。普通的角色便有时被派演他所不会的戏——够得上说话的就交涉一番，有时吵两句，够不上说话的便只好乖乖地找人临时学，词句没有记着，上台去随便乱唱乱念的叫作"放水"。用一张"提纲"或是"乔稿"排整本戏，时间又很短，上台去自然是全部放水。我的戏是绝不让人放水的。

我排旧戏非但要他们把词句念熟，有些重要的部分，我还一定要演员照我的方法念唱，遇见那不识字的演员，那真是大伤脑筋，有时很平常一句话，他可以永远说不对。说对了过几天忽然又会随意增减几个字，甚至于把意思弄得完全相反。你不能着急，急他就更学不会，不能生气，生气他就会不干。所以要用最大的耐心，一点一点去磨，磨好一句算一句。不过像这样的人，他一度记着了的词句，往往过几年还不会忘记。

《后台人语》

❖ **影 于：抗战救国，巾帼不让须眉**

桂南烽火中，桂林妇女界也积极动员起来，表现得最活跃的有三个阵营，两个是在前线的，即干部学校女生队，与学生军的女生队，另一个是在后方的，便是桂林新运妇女会。

干校女生队包括120个精锐干部，她们来自广西内地各个不同的乡村、不同的家庭、不同的学校，当南宁失陷，北海被寇时，她们走进了这个时代的熔炉——广西地方建设干部学校，在训练之初，因为她们工作性质的不同，学校当局只给予她们军事管理和政治训练，但当敌人窜过了十万大山的天险，"保卫西南"的战争激烈展开时，她们坚决地要求实施军事训练，至再至三的，乃至于痛哭流涕起来，终于她们达到目的了，她们和男同学一样的出操打靶，女英雄们如今也在绿野上驰骋着，接着她们就走上了桂南前线。

她们是桂南一支有力的宣传部队，通过她们这道桥梁，将前线许多外省军队和当地老百姓的感情，弄得融合起来。当敌人劫夺宾阳时，干校女生队在上林，距离敌人不过十余里，敌机整天在她们头顶上盘旋、扫射、轰炸，她们沉着勇敢机警地应付一切，终于冒着万难，安然地突破了敌人的包围线。

也在这时候，另外一支女兵——广西学生军女生队，也和她们肩并肩地驰骋在桂南前线。战事紧张时，她们常常用急速的夜行军赶上火线去救护，担架断臂折腿的负伤将士，她们整日生活在负伤将士们之间。她们献出手制的毛巾、布鞋、腊肉、香肠，给予将士们无上的安慰，她们时常活跃在壕沟里、田野边，和兄弟们谈话，替他们缝补衣服。

▷ 广西学生军中的女兵

桂林的妇女，在前线的是这样的活跃。

住在古老的桂林城中的，尚有成千成万妇女群众眼看着敌人在钦防登陆，深入桂南，她们个个摩拳擦掌，希望参加战时工作，广西新运会妇女工作委员会便在这时负起它的领导任务。

主持会务的李夫人，召集了一次桂林各界妇女谈话会，参加人数的踊跃，是空前的。这些妇女中包括了学生、政工人员、新闻从业员、文艺工作者、医药人员、教师和一部分家庭妇女，她们热忱地吐露对于抗战工作的意见。在"有组织地开展工作"的口号之下，救护、慰劳、担架、寒衣运动、献金运动，这些工作都一件件提了出来，当场还有许多人，要求参加会里工作。

广西省新运会妇女工作委员会经常的工作是这样安排的，会内设有秘书一人，下分训练、战时服务、文化事业、总务、生产五组，除了常用驻会的干事以外，还有40多位义务干事，也是尽量匀出她们有限的闲暇，来会参加工作的，这些义务干事分布在桂林的各机关团体中，其数量是一月一月的递增，不断地灌输妇女工作委员会以新鲜的活力。

在桂林各界的各种救亡运动中，妇女们不后人地贡献了她们的力量。征募寒衣，元旦献金，新运会妇女工作委员会都率先地做了有力的推动者。例如为了推进元旦献金运动，她们组织了特别劝献队，亲自出马，向桂林市各要人、富商、殷户劝献，献得很好的成绩。

特别那次别开生面的春节卖花运动，马路上、家庭里，妇女们全都出动了，她们笑盈盈地在别人的衣襟上缀上了一朵美丽的纸花，随即泛起了柔婉的歌声：

"……先生，买一朵花吧！

这是自由之花呀！

这是解放之花呀！

买花了，救了国家……"

这轻松的歌声，叫人们不得不解囊拿出钱来。这种活泼的救亡工作方式，是值得大家学习的，尤其参加这次卖花运动的妇女们，都是抛弃了自己家庭的春节享乐，出来义卖，更引起社会的好评。

此外，新运会妇女工作委员会的工作，还有文化事业组主持的妇女识字班，和训练组主持的家庭妇女训练班，后者是抗属妇女生产合作工厂的前身，吸收了80多个抗属妇女。妇女歌咏晚会，也是一个团聚妇女的集会，每星期四的晚上举行。

战时服务组也组织了一支活跃战地的生力军，那便是战时妇女工作队。她们一共15人，担任着抢救难童和服务伤兵的工作，她们有着艰苦工作的作风，她们对于工作是丝毫不苟且的，最近白主任帮助了她们600元的经费，解决了这个队伍的物质上的困难。

随着桂南战事的发展，桂林的妇女运动，正在踏上新的阶段，一天比一天更富于斗争性。以工作者的努力，今后的进步将是很迅速的。

《妇女运动在桂林》

❖ 甘老广：秧塘飞机场

秧塘飞机场因地处旧秧塘地区而得名，它的前身是一片名叫七里坪的荒草地。原先，这里遍布荆棘、杂草、乱石和坟冢，只能供附近村庄农户放牧牛羊。

1939年，因抗日战争所需，国民党空军总部、广西省政府和桂林（临桂）县政府投资22.76万元（旧币），征调了桂林（临桂）、荔蒲、平乐、龙胜、恭城、灌阳、资源七县民工14000多人，于6月15日至11月20日进行第一期工程施工。1940年由航空委员会投资，征调临桂、永福、义宁、灵川四县民工400人，于4月15日至6月20日进行第二期工程施工。1941年调桂林市和临桂、灵川、义宁、龙胜、荔蒲、平乐、恭城、百寿、兴安、全州、灌阳11县民工19000人，于1月至3月进行第三期工程施工。前后三期工程中，日夜常有日本军用飞机袭扰，轰炸扫射，阻挠施工。日机来时，国民党驻机场的防空部队以高射机枪还击，民工则躲进附近山洞或蜷伏在壕沟里，日机离去后即恢复施工。机场建成后，主要设施有起降跑道、滑行道、备降道、疏散道、停机坪，面积3平方公里。机场周围建有十几个供飞机隐蔽的飞机窝，以及几栋空军飞行员和护场驻军的宿舍。此外，还在近旁岭上设置了指挥台，在白果岭设置了电台，在狮子山脚建有修配厂，在岩洞里建有发电厂，在葛家塘山下建有弹药库，在笔架山脚和刘村旁树林等多处设有炸弹库。

1942年6月，临桂县政府依照航空委员会指令，征集县内民工2000多人，编成机场抢修民工大队，一旦机场遭日机轰炸破坏，随时进行抢修。

▷ 美国第十四志愿航空队战机

1943年春，飞机场正式启用。最早停降的是几架波兰产小型战斗机，这些飞机已较残破，需靠人力推动才能发动升空。不久后，装备精良的美国第十四志愿航空队（俗称飞虎队）一个战斗机大队和一个轰炸机大队进驻机场。飞虎队驻秧塘机场期间，经常出动飞机前往敌占区轰炸日军军事目标，也曾几次迎击来犯的日机。9月6日，日军24架战斗机来犯，飞虎队奉命还击，十多架战斗机编队直插日军机群，与敌机浴血奋战。空战惊心动魄地进行了半个多小时，击落日军德制战斗机两架，击伤数架，日机见势不妙，仓皇往湖南方向逃窜。10月15日，9架日机进犯义宁，飞虎队以6架美制战斗机追击拦截，双方在五通上空激战十多分钟，一架日机被击中坠落保宁新圩，其余日机落荒而逃。

1944年10月，日本侵略军由湘入桂，飞虎队奉命转移。守卫机场的国民党驻军撤离时，将机场跑道炸烂，其余设施能运走的都运走，不能运走的全部销毁。

1944年10月至1945年8月临桂沦陷期间，秧塘飞机场曾被日军占用。日军强迫数千民工草草修复了毁坏的机场，作为继续南侵的空军基地。

抗日战争胜利后，国民党军队再次进驻机场。1945年冬，调集县内民工5000人修复跑道和指挥台，供临时使用。1949年8月，桂林绥靖公署征集秧塘、庙头、太平一带村庄的民工400人，再次整修机场。解放战争期间，李宗仁、白崇禧由外地乘坐专机回桂，多次在秧塘机场降落。

解放后，秧塘机场由中国人民解放军广西空军部队接管，作为备用机场。1964年转交临桂县人民委员会代管。1979年，广州空军部队与临桂县革命委员会签订《机场管理协议书》，由县革委会（后改称县人民政府）负责管护。

《秧塘飞机场史略》

❖ **童　常：**岩洞里办教育

从桂林城到桂林的东郊，架着两座横跨漓江的浮桥。每天的清晨，当桂林从睡梦中苏醒过来之后，浮桥就不断地被践踏着，男男女女的人纷纷地奔向东郊去。他们挑着箱子行李，背着包袱，抱着孩子成群结队地过了江，向耸立在城东的七星岩各山进发。这是到岩洞去躲警报的。

在桂林城的四周，耸立着许多秀美的石山：有的像天上的星斗，东郊的七星岩就是因为它像北斗七星的部位一样而著名的，特别的是这些山下都有各种各样的天然的洞，这些天然的岩洞已经成为桂林人最理想的防空洞，据说桂林有15万人，每天花在躲警报的时间就有五小时，若以十万人计算，每天消耗的时间在50万个小时。并且，不仅是老太太、生意人和许多不识字的人，就是知识分子、公务员、学生也是一样的。

广西教育所根据陶行知先生的"岩洞教育"的建议，组织了"广西战时民众教育指导委员会"，并征求和组织了"岩洞教育服务团"在各岩洞进行战时教育工作。

七星岩是一个能容万人的大洞，战前冷静得像一条大蛇的口，但现在它却是桂林人的最可靠的保护者了。

洞外的墙上和岩石上，夺目的大字显耀着："岩洞就是学校""警报是我们的上课钟！"洞口挂着最近的报纸，地上也干净得像刚下过雨似的，做小买卖的，排列在路的左旁，他们也不叫嚣了。

在路的右旁，几十张精制的画片展览着，上面惊心触目地标着兽敌的"烧""杀""奸""掠"和我们抗战力量的画片，一个矮小得不使人注意的小兵生气勃勃地用一根竹棒指画着、解释着。

▷ 桂林冠岩

听到那脆嫩的嗓音，他讲着岩洞里的整洁和秩序，最后他说："敌人天天来轰炸，弄得我们吃饭睡觉都不得安生，但是我们不能让这些时间白白浪费，我们要把岩洞变成学校，利用这些时间来求知识。这是我们自己的事，我们要同心协力维持秩序，保持整洁，请诸位伯伯叔叔姑姑妈妈们帮助我们做……"

人们凝神静听，接着是一阵轰耳的掌声。

里面，另外一个石堆上，一

群穿草绿军服的新安旅行团的小朋友们，刚唱过歌，其中一个小朋友走出来说："我们刚才已经唱过了，现在应该大家来唱了，现在唱'打倒日本'，我唱一句，大家跟着唱一句。"

杂乱的歌声，播在重浊的空气里，大家都唱了。尤其是站在石堆下的看热闹的小朋友们，更是唱得响亮。

…………

在欢乐的嘈杂中，洞里好像更暖和了。

要从洞口走出去，也是不容易的事。因为，当你还没有走到洞口，就有很大的声音引诱着你："……你们想知道最近三天我们和日本打仗的情形吗？你们要知道英美两国借了几百万款子给我们的事情吗？"

在洞旁的高坡上竖着一幅两丈见方的中国大地图，两个红的大箭头正在表明敌人进攻西南和西北的阴险企图。

广西中山纪念学校的教师口上套着大话筒，挣红了脸在解说着最近三天来的时事。

新安旅行团的小军队开出来了，领头的那个大点的孩子说："我们这两天太累，要保养嗓子，所以现在做个别宣传，大家要去交朋友，尤其是交小朋友，交得越多越好。"

一个女小朋友蹲在地上和一个生病孩子的母亲在谈话，这小朋友的腋下挟着一个小白铁箱子，原来她是新旅的"健康组"负责人，现在来帮老百姓医小病，做着服务宣传。

一群小朋友在洞口的亮光下围聚着，中间也是一个新旅十四五岁的女小朋友，她主办了小小的岩洞图书馆，她的书包里装满了抗战的连环图画和故事书。

离洞口五六丈远的竹篷子下，一张大红的纸上写着："难民注意：代写书信，不取分文"，再看那小字是："写邮片只要二分半，写信只要五分邮票钱，信纸信封一概奉送。"用门板架成的桌子后面，坐着的不是戴眼镜的"善观气色"的老先生，而是两个十五六岁的小伙子，但在他们旁边围着的，却是老太太和要寄信的劳苦的文盲。

这些代写书信的小伙子都是害着"噜苏病"的，他总想法子和那些要写信的人谈抗日的事，并且在每一封信上都要利用写信人的口气添几句恨日寇、打日寇和鼓励人参加抗战工作，争取最后胜利的话。

《在桂林的岩洞》

第七辑

消闲娱乐·
清闲快乐的时光

❖ 罗 复: 寄生在赌场的桂戏

桂林城是有两家影戏院的，戏价毫洋四毛、两毛，并不贵，但看影戏的却很少。西湖酒家有一台桂戏，日夜开演，戏价毫洋一毛、二毛、三毛，我在桂林时是时常光顾的地方。

▷ 赌博

有一晚，天虽下着雨，但我和两位同事都很得闲，西湖的戏目又引起了我们的兴趣，于是便冒雨同到西湖了。我们找了座位，吃了很久的瓜子，等了一点多钟，开戏的时间过了，园子里还只有三位菩萨。忽然，酒家经理来退票了，说今晚开戏，自己的损失太大，请我们大家原谅。演员们从内场走出场门，头上戴着网巾，身上穿着戏衣，在可惜今晚的几毛戏银落空——因为他们不是包银制的，戏银以每晚计算，便是名角，每晚的收入也不过毫洋几毛罢了。——眼见着我们三人"起堂"走了。

大概，这样的现象是任何地方所不曾有过的罢，然而，西湖酒家却能够淡然处之，而且，这一所不景气的园子一直维持到现在，真令人莫名其土地堂了。但也并不奇怪，因为，桂林城的普遍的穷已经穷到极点了。

有一次，我的妻子很得意，因为她买了一对很便宜的花瓶。花瓶是景德镇的出品，在九江，每只花瓶价值大洋八角；在桂林城洋货店里，要开价毫洋一元四毛。而她，却在磁器担子上花毫洋一元买一对花瓶，并找回一只牙扦筒。她当然很得意。但是，在九江价值大洋八角的东西，运到桂林便连毫洋五角也不值了，桂林人的购买力可想而知，西湖酒家不景气自有它的原因，真不是可奇怪的事情了。

我以为最可奇怪的却还是桂戏繁荣在赌场的事情。桂林城的穷人们是可以不吃饭的，但多数不能不吹烟赌钱。我家里仆妇的儿子失业了，他母亲每天给他一毛毫洋，他拿去便花在赌上，到晚上没有寄宿的地方，又来寻他母亲哭了。有一次，龙隐洞旁的小洞外有乞丐就岩洞结草棚寄居，推开草棚的门便见两个乞丐睡在地下吃洋烟。其余的，可推想而知了。

所谓四城赌场和特区赌场都是些煎油渣的地方。经常地有许多穷人们的幢幢鬼影。赌场是寄生在穷人们的身上的，但桂戏却寄生在赌场身上，离了赌场它便很难图取生存了。

《桂戏在桂林》

❖ **敏　之：** 老戏台往事

坐落在兴坪镇小学内的戏台，是桂北地区较古老又保存完好的古戏台之一，它建造于原关帝庙（现为镇小学）内。整座戏台除瓦顶外全为本质结构，台面横宽6.2米，纵深6.5米，台板至天花板高3.9米，台板距地面2.25米，台前四根大圆柱直径分别为35—45厘米。台口左右两柱上的叉眼痕迹仅能辨明20来个，这可证明这座戏台在历史上唱"庙会"戏和"还愿"

戏不多，因为以前凡唱"庙会""还愿"戏就必须唱高腔、昆腔的大本《目莲》《岳飞》戏，唱这两大本戏都要打叉，使台柱上遗留下钢叉的叉眼，台缘横贯着四幅木质浮雕，图中人物栩栩如生，手法生动明快，经鉴别乃是四出传统戏曲浮雕图。即《五代荣封》中的"仙姬送子、满门荣封"，《古城会》中的"关羽斩蔡阳"，《聚子会》中的"姚通金殿举狮"，《活捉子都》中"颖考叔金殿举鼎夺帅"。后台墙壁已陈腐破旧，无字迹墨痕可辨，左侧杂物堆中有一面四幅一体可折叠的木质屏风，每幅高约一米七、宽约七十厘米，四幅均为楠竹浮雕图，下端落款为："乾隆乙丑年板桥赠。"台下左侧是石板走廊，有碑石一方，碑文大部分已磨损，仅存上端的横题"新建关帝庙功德……"；碑的左端竖刻有"大清乾隆四年岁次己未孟夏……"这块碑文的年代正好印证了后台左侧楠竹浮雕屏风的年代。乾隆四年是1739年，为己未年，乾隆乙丑年为1745年，是乾隆十年，前后仅相距六年，离现在已有240年或246年了。至于那四幅楠竹浮雕屏风图，是否出自郑板桥之手或是否他亲自所赠？则有待进一步考证。

▷ 看戏

据当地83岁的老人讲，他从小就看到这座戏台，民国初年唱过桂戏，民国十三四年当局为了聚众赌博而多抽赌税，从桂林接了月中仙的桂戏班来唱了《花园跑马》等戏。解放后有湖南花鼓戏和桂林彩调团来演出过。这座万年戏台除1960年重新油漆过之外，没做过任何维修。从此看来，这座万年戏台的历史及其横贯台缘的四山戏曲场面的浮雕图，对广西的戏曲史以及沿革演变等情况，是很有研究价值的。

《古老的兴坪戏台》

❖ 陈迩冬：桂剧中的绝妙好辞

桂剧的唱白是通俗的，质朴的。它迥然不同于平剧的典雅与文饰。这因为平剧走进过宫廷，而桂剧则一直留在民间。

桂剧的唱白里常掺入俗谚、俚语、方言、市井话，是大胆的、巧喻的，善于辞令的"活的语言"。在《打狮子楼》剧中，西门庆与武二郎交手时，他的白口有"武松好大胆，胆敢把爷赶，霸占你嫂嫂，你咬我条卵"，这十足表现了一个无赖痞棍的口吻。而这四句白口丝毫没有勉强押韵脚，勉强凑五言的现象。我想原编剧人没有这样大胆的，必是伶人随口编成，以后就沿用了。

巧喻的，像《盘河桥》公孙瓒唱："这才是一报还一报，屋檐水点点滴滴不差半分毫。"又如《花子骂相》中花子白"岭高遮不住太阳，财高压不住乡党"之类，并不少见。

更有变换成谚，成为更好的巧喻的。像在《追赶芙蓉》一剧中，有"海枯终见底，人死不知心"，这是从"水干石头现，世久见人心"一成谚变换来的，但这一变换，便比原谚更入深一层。又有在意义上变换诗文上的套语烂调，表面上仍其旧，而骨子里给予新的生命。如《三搜索府》一剧中"都只为河南遭大旱，桃生火来柳生烟"。桃如火柳如烟原是抒状春光美景，来表示其颜色和情境的，一经变换，来形容旱灾，这"桃生火来柳生烟"七字，真十足地告诉你旱灾之大了。你能不承认这是绝妙好辞吗？

原来桂剧剧本，多不是出自知识分子之手，即或是，而经伶人辗转改变，已绝非"沙龙"中的艺术了。后来知识分子复欲再加改良，嫌其不雅，鄙其无文，乃大量地将那些知识分子认为的绝妙好辞移植进唱白里去。如唐景崧自编的《可中亭》，是描写张船山的一段罗曼史，他便以张船山的原诗作剧中人的说白。我记得看这出戏的时候，我很费力很用心地听那两句"梅子含酸都有意，仓庚疗妒恐无灵"，还是听不清楚。后来也没有去查张问陶诗集，究竟是不是这些字，今天也还不敢确定。至于还有一些戏里，拼命使用"绿肥""红瘦""人寂寞""月黄昏"之类的"绝妙好辞"来增饰其美，而结果反是"西子蒙不洁"，大众听不懂，小众听来又味同嚼蜡，两无好处。

昔人有论词谓"温飞卿词浓装也，冯延巳词淡装也，李后主词蓬头粗服，不掩国色！"大致如此。只有"蓬头粗服，不掩国色"，才是真正的绝妙好辞！

《桂剧中的绝妙好辞》

❖ 欧阳予倩：我眼中的桂剧

我到桂林，以研究的态度去看桂戏，发现她的朴素和细腻的美点，同时也感觉到在表演中没有把多少年锤炼过的技术适当地运用，大约是因忽略而多少有些草率，看上去不大讲究。譬如拱手、抖袖、转身、指画等动作，有些地方做得不大好看，有时就用得不甚适合。这并不是本身的缺点，多半是由于学习时或过于机械，或过于粗糙。科班经营者急于要小孩子出台，未及认真过细，以致成了习惯不能再改。——当然这是就一般而论，有些名角演自己的拿手好戏，那又另当别论。

▷ 桂剧演出

桂戏的音乐并不比平剧简单。不过场面先生都是故步自封，不能表现音乐的力量。本来旧戏的锣鼓是有固定的打法，它只能表明节奏，帮助表情。如果锣鼓除了那几套打法，能进一步把轻重、高低、快慢和抑扬顿挫，处处都打得跟台上的表演丝丝入扣，鼓击乐器不是说没有它的作用，倘若锣鼓和表演不能融洽其间，那就锣鼓不能独立，而表演也得不到帮助，这是我所最注意的一点，而往往很少。——近年来有些进步。

桂戏的唱工每段相当长，这是老派。中国戏本来有"说平书"的成分，长段的唱有时不便抒情，并以叙事。平剧把冗长的唱词节短，同时加了许多新腔，比较觉得爽快新鲜。桂戏比较词句多而腔少，这当然是被人看作不如京调好听的地方，不过我的见解稍有不同，我以为新腔并不为难，最要紧的是要注意韵致。桂戏虽然腔少一点，但是较为接近语言，只要把快慢轻重，抑扬顿挫，特别注重一下，每一个戏，每一段，都根据剧中情绪个别把唱工好好地组织一下，那就腔少点也不为病。而且每句收尾加腔，和把腔与词句相融合而收尾不加长腔都未为不可。倘若只管到南路北路

（二黄西皮）和各种板眼的分别，而不力求与唱工戏情相吻合，那就虽有新腔搏得全场喝彩也终归下乘。至于唱词的长短应当根据整个的戏加以剪裁，然后能恰如其分而不致令听者生厌。这一点不仅桂戏，唱平剧者也宜绝对注意。大家都知道要字正腔圆，但现今平剧的歌者多半爱以巧腔博彩，而对字的注意不够，韵致也差。桂戏对于咬字似乎没加充分的注意，而于韵致与"曲姿"——曲的姿态也就更忽略了。

桂戏有许多戏是平剧所没有的！如《哑子背疯》，如《大闹严府》之类，都有独到之处，还有些戏和平剧大同小异，或小同大异，这些戏比较起来互有短长，也不能就根据看平剧的习惯来衡量地方戏。不过，平剧过去在北平那样的大都会成长，经过王公大臣们的培养，技术方面从各种不同的地方戏，如昆曲、秦腔，以及其他的歌曲、武术等吸收过相当丰富的养料，所以有些部分比其他地方戏有进步，这也是事实。而各种地方戏也各有其独特的长处。

《后台人语》

❖ 尹　羲、李应瑜：桂剧名角儿方昭媛

方昭媛，艺名小飞燕，桂剧著名演员。1918年1月7日（民国六年农历十一月二十五日），生于桂林大圩附近的一户穷苦人家。方昭媛出世不久，因家境贫寒，被弃置于桂林育婴堂。人们只知道她的出生年月和出生地点，不知其母是谁。桂林桂剧老艺人方华亭自育婴堂将其抱归收养，作为孙女，遂姓方，乳名捡儿。昭媛之名，是抗日战争期间，剧作家欧阳予倩来桂时替她取的。

捡儿五岁即从祖父方华亭学艺，方家几代唱桂戏，方华亭为桂剧须生，懂戏较多，时人称之为"戏包袱"。捡儿幼承家学，渊源有自，加之天资聪慧，用心琢磨，肯学、肯练、肯想、肯听，未出师时，已为同辈所器重。

方华亭十分赏识，为她取艺名"小飞燕"。

1925年、1926年间，桂林为军阀、巨商寻欢作乐之地，赌风极盛，酒馆林立。凡赌馆、酒家，必于其中设戏台以招徕顾客。当时有江西巨贾开设西湖酒家，故址在今中南路旧学院街北口，小飞燕正式登台演出就是在这里。她的第一出，是和王东玉合演《水淹》，她饰白素贞，时年虽不足十岁，却能够以优美、圆熟、灵巧的技艺，给时人留下深刻的艺术形象。她嗓音虽然不够清亮，但吐字清楚，抑扬顿挫，扣人心弦。例如，她演《罗章跑楼》，唱到其中一句"恨不得将罗章一刀两断"时，她嗓音不够高，"断"字的拖腔唱不上去，她便巧妙地在这个"断"字上结合人物的感情，戛然停顿，既浑然天成，不着痕迹，又使人感到恰到好处。这是她学戏的慧敏之处。她长于做工戏和苦情戏，轻鬐曼舞，细腻入微，十多岁已名噪一时。她的拿手戏有《晴雯补裘》《晴雯归天》《哑子背疯》《黛玉葬花》等。《哑子背疯》为桂剧的唱做名剧之一，一人兼演二角，上身饰少女，下身行路是汉子，上下兼顾，做工十分细致，是一出难度较大的戏。小飞燕运用她娴熟的功夫和精湛的技巧，演来十分精彩，深得观众的称许。

抗日战争期间，舞蹈家戴爱莲旅桂，对小飞燕演出的《哑子背疯》一剧，十分赞赏，曾向她学步。其后，戴爱莲以这个戏的做工为基础，改为时装戏，作抗战宣传演出，大受欢迎。小飞燕也曾向戴爱莲学舞，故她演的舞蹈戏婀娜多姿，别具风格，形成了自己的特点。

方昭媛擅演悲剧，不爱演喜剧。一般人演悲剧时，脸上要涂油，作为泪光，她却从不涂油，唱到悲剧的高潮时，她就会自然而然地哭了起来。她本身世凄凉，而又多愁善感，饰演悲剧，触动情怀，不禁泪光满脸，凄楚欲绝。在《晴雯补裘》一戏中，晴雯是个无父无母、"飘萍断梗一身孤"的孤女，流落贾府为奴。她联想到自己也如同晴雯一样，"落红随风飘荡"，不禁悲从中来，珠泪纷纷，情真意切。哀怨感人，收到了很好的戏剧效果。

方昭媛善于通过细腻的做工，准确地刻画人物内心深处的感情。如她演晴雯抱病倚床，强打精神补裘时，唱到"猛抬头，不觉得，眼花缭乱；纤纤手，为什么，骨软如绵。没奈何，强支持，穿针引线，这都是，补我的，前世孽缘"一段，她的唱词是那样悲凉凄戚，做工是那样细致传神，令人叹为观止。接着唱"梳翠羽，管教它，光生两面，绾金绒，且待我，织补不偏！执并剪，分清了，经纬不乱，度花针，仔细把，里面来缠，撑竹弓，补花样，光彩灿烂；用火斗，熨皱痕，锦绣斑斑"。她结合着穿针、牵线、梳羽、理绒、织补、熨烫等的细腻做工，把个"勇晴雯病补孔雀裘"的形象，栩栩如生地展现出来了。最后一段唱"霎时间，气上涌，神魂飘散，又只见，活冤家，站立面前。可怜我，负韶华，气高心短，可怜我，如飞絮，傍水和烟，可怜我，十五载，春愁秋怨，可怜我，一夜里，骨碎心寒。猛然见，旧衣襟，血花点点；怕的是，衣如旧，人要长眠。"唱得那样的柔情脉脉，哀恨绵绵，充分表现了晴雯的炽热感情和善良性格。这出戏，是她独具特色的代表作。她之所以演得如此成功，是与她的重情多愁的性格特征分不开的。她演的《黛玉葬花》，也赢得了观众的击节叹赏，人说她是活着的柔情似水的林黛玉。抗日战争时期，她和谢玉君、尹羲分别饰演欧阳予倩编导的《木兰从军》中的花木兰。三人演来各有千秋，谢玉君稳重深沉，小飞燕则端庄明丽，做工细致传神。在许多细微的动作上，无论是眼神、手势或者身段、步法，小飞燕处处表现出乔扮男装的花木兰的内心境界。尤其是与元度在一起的场面，细细品味她的做工，犹如嚼橄榄一般，余味无穷。

欧阳予倩很喜欢小飞燕，对她谆谆教导，非同一般。她也严格要求自己，勤学苦练，一招一式，一字一腔，从不马虎。这就使得她能够蜚声艺坛，成为具有自己的艺术风格的桂剧优秀演员。最难得者，是她的朴实无华，作风正派，给人以"玉立亭亭是淡妆"的印象。在当时那人欲横流、纸醉金迷的旧社会，她亮节自持，很少应酬，即使不得已周旋其间，也能够出淤泥而不染，烟酒不沾，置富贵荣华于脑后。桂系高级将领覃连芳率部驻挂林时，小飞燕正在西湖酒家演戏，年才十五六岁。覃竟要娶她做妾，带了卫弁到她家，扬言替她购买房屋、首饰、华贵衣料，并许给大笔钱财。她不屑一顾，坚决拒绝，覃多方威胁，她誓死不肯。当时的社会舆论多支持小飞燕，覃的淫威才未能得逞。

有一次，她在同乐戏院演《贵妃醉酒》，某军阀在戏院内摆酒设筵，戏正在演出，突然有个军官跑上台去，和唱"高力士"的演员一起跪下，要她喝酒。她大吃一惊，不肯喝，台下的众军官哗然起哄，剧场大乱。戏再无法演下去，戏班老板着急得不得了。那军官仗着酒势，斜着眼睛，举着酒杯到她的嘴唇边威胁说："你喝不喝？你往后还要不要唱戏？敢不喝，你可得小心点！"流氓逞凶，弱女力薄。她不得已含着眼泪喝下了这杯屈辱的苦酒，坚持把戏演完。下台后就哭了，以后几天不肯上台。她哭着向我们说："这般世道怎么演得下去，简直是拿艺术开玩笑！不唱，全家没有生，唱吧，又经常碰到这种事体，总恨我命不好！"她迷信命理，认为自己"心比天高"，却"身为下贱"，命中注定，无可奈何。因此，对人生悲观失望，郁郁寡欢。

画家徐悲鸿来桂时，爱她品格清高，求婚于她。她觉得自己家累太重，不愿拖累别人而断然拒绝。徐闻知后，对她愈加尊重。她闲时，常常闭门谢客，从祖父读书习文。她不仅字迹娟秀，而且能吟诗作对，此亦艺人中之佼佼者。

1944年，日本侵略军入侵桂林，小飞燕一家和须生演员蒋金凯夫妇，逃出危城，辗转流亡于永福一带乡间。桂林维持会的汉奸，派人四处搜寻她，要她回来演戏，以示歌舞升平，她和许多艺人一样，东躲西藏，虽然生活极端困苦，也坚决不肯为日寇汉奸演戏。她随身藏有一小包砒霜，准备万一不幸落入日寇手中，就服毒自杀，决不蒙受污辱。小飞燕深明民族大义，实在难能可贵。她不愧为具有民族气节的爱国艺人。

小飞燕负担着方家十多口人的生活重担，虽年过三十，仍未婚配。桂林高中教师张某，钟情于她，长达八年之久。大凡小飞燕登台演出，张必到台下观看，二人心心相印，感情日深。1949年初，张取得其母同意，定于秋后完婚。

不料方家族人，竟然要索厚礼，并借故生端，不准她与张某结婚，限制她的自由。小飞燕不堪忍受，万念俱灰。当时她正在榕城戏院主演连台戏《情侠胡丽珠》，演到胡丽珠为情而死一折，感怀身世，无限悲伤，遂萌死念。夜半回家，忍痛服下了那包抗日期间留下的砒霜，结束了她年轻的生命，时为1949年8月25日。艺苑名花，惨遭风雨摧折，当时她才32岁。

从事桂剧演出25年的小飞燕，用她的死，控诉了旧社会封建礼教对她的迫害。张某获悉小飞燕的死讯，从此终身不娶，乃至于死。

一代名媛，遭此惨遇，不少桂戏的爱好者都为她的不幸身世洒以同情之泪。开堂送葬那天，文艺界的人都来参加。有一首挽联写道："白璧无瑕，平生自矢贞操，桂剧界中推独秀！苍天不予，此日忽惊噩耗，漓江水畔送芳魂。"

《方昭媛》

❖ **佚 名:** 电影在桂林

桂林之有电影，不过是近三年来的事。虽然说，从前也有过电影的，但是游江湖的影片商，带着几张陈旧的外国影片，路过这里，租个地方来演几天罢了。所以，电影在桂林的历史并不怎样悠久的。

桂林共有两家电影院：明星比较明珠先开幕年余，但是明珠的生意比明星兴盛得多了，这其中有种种的原因！

（一）影片：明珠所租的影片，是由广东运来的，先到梧州，次南宁，次柳州，最后到桂林，都是汽车运送，便宜而迅速，所以源源不断地

▷ 电影《故都春梦》宣传海报

有新片放映。过去映过的，如明星公司的《碎琴楼》《红泪影》《桃花湖》等片，联华公司的《野草开花》《故都春梦》《人道》等片，场场都是满座的；

尤其是《人道》一片，曾经盛极一时！至于明星所租的影片，是由湖南运来的，交通事故极感不便，所以常常因没有影片而停映，或改演旧剧，这不是很滑稽的事！过去映过的，如《王氏三侠》《侠女救大人》《义雁情鸳鸯》《湖边春梦》等片，最近运到很新鲜的《荒岛野人记》卖座尚佳！

（二）设备：由设备上来讲，明珠又比明星占优势。明珠的放映机共有两架，所以影片能继续放映，不至间断；明星只得一架，所以映完了一卷影片，就得停几分钟，才能放映另一卷，这样便常常使得观众不耐烦了。不过，若就院址来讲，明珠就不及明星多了！明星的院址就是旧日的关帝庙来改建的，分楼上楼下两层，修饰得很堂皇，地位既高爽，又通空气，坐在里面，是很舒适的！明珠的院址，却又旧日演旧剧的慈园改建而成，没有楼，没有通空气的天窗，黑暗而低矮，夏天观影，虽有电风扇，也很不适宜！除开上述两层之外，明珠、明星共同的毛病，便是对于一张影片，每每宣传太过，使观众看完后，觉得上当！还有，就是一张好点的影片，却有千呼万唤始出来的样子。如明珠预告的《续故都春梦》，明星预告的《落霞孤鹜》，已预告了几个月，现在尚无到桂之期呢！

桂林人最欢迎的影片公司，一个是明星，一个是联华，天一的影片很少到桂林，所以对它没什么重轻。桂林所欢迎的男明星，如金焰、郑小秋、龚稼农、黄君甫等人，女明星则胡蝶、阮玲玉、陈玉梅最出风头！剧院中深知道观众的心理，常在广告上冠以"皇帝""皇后"主演的字样，来吸引观众。桂林人最欢迎的影片，为社会的、爱情的、武侠的。社会片看的人就很普遍。欢迎爱情片的大都是青年学生。欢迎武侠片的，则为一般小学生及商店伙计或工人。至于外国影片，亦间或放映，但欢迎的就很少，除了少数的教员及学生之外。

以上所述，是电影在桂林的大概情形。最近也有人提起放映声片，但还未见诸事实。

附带提及的，便是关于电影的刊物，在桂林只有文化公司出版的电影一种，价值很贵，非出五角小洋，买不到手！

原载《电影月刊》，1933 年第 23 期

❖ 张　瑜：雁山公园的毁灭

　　1929年，岑春煊已近古稀之年，他将西林园捐赠给广西省政府，从此更名为"雁山公园"，开始向世人开放，成为桂林的一座公园。

　　民国时期的雁山公园主要用以政府办学。1930年至1937年间，先后有国民基础教育学校、广西省立师范专科学校、雁山中学、广西大学等在此办学。

　　1929年，蒋桂战争爆发，广西一度陷入战乱，兵祸降临桂系军阀大本营——桂林。李宗仁、白崇禧、黄绍竑联盟中的李、黄二人退守玉

▷ 岑春煊（1861—1933）

林，后出逃香港，白崇禧则在被击溃后遁入越南河内。滇军、贵军、湘军、粤军和中央军陆续入桂，短短几个月的战争就已使桂林遭受重创。雁山园也被殃及，成为湘军、粤军等各路兵马的驻军之地，园内一片狼藉。蒋桂战争结束后，桂林迎来了一段难得的平稳发展期。李、白、黄重掌桂系，蒋桂矛盾也得到缓解，1930年，重组广西省政府，黄旭初出任省政府主席。李、白、黄桂系军队掌控整个广西，逐步将外部势力驱逐出桂，雁山公园成为桂系的军官培训基地。这一时期维持将近两年。

　　桂系当局提出了在"三自三寓"（"三自"即自卫、自治、自给，"三寓"即寓兵于团、寓将于学、寓征于募）方针指导下建设"新广西"的理

念，在乡村广泛组建民团，普遍设立国民基础学校，对青壮年施以政治上的爱国主义教育。为了桂林的长足发展，白崇禧联络各界人士在桂林兴教办学。1932年，李、白、黄政府决定在桂林雁山公园创办广西第一所师范类大学——广西省立师范专科学校，为广西教育培养高级师资人才。

1932年初，为创办广西省立师范专科学校，师专筹备组首次对雁山园进行了较大规模的改造，对园区内的布局进行改造：拆毁了原有的敞亭、花神祠等建筑，在碧云湖北岸人工填湖20余亩。致使碧云湖水面面积缩小了四分之一。1933年，在填湖的地基上，建造了广西省立师范专科学校第一座两层教学楼（下层为教室，上层为阅览室）以及平房的教室、活动室、办公室等建筑。又在雁山别墅大门东侧建造了校长居，在乳钟山北麓小广场东建起了两层女生宿舍楼。此后，又继续砍伐了方竹山东麓及南麓的李林、桃林（曾被驻兵砍伐毁坏），建起平房教室、教师宿舍、男生宿舍、食堂等建筑。1936年，为迎接迁至雁山园的广西大学，又拆毁戏楼，在戏楼原址上修建大学礼堂。

1944年，长沙保卫战和衡阳保卫战相继失利，长沙、衡阳沦陷。1944年秋，桂林保卫战即将打响。中国军队在桂林保卫战采取的策略依然是长沙保卫战的"焦土抗战"政策。在保卫战开始（10月27日）前，全部市民撤出桂林，将整个桂林城放火焚烧成焦土，坚壁清野。国立广西大学、中央物理研究所和中央地质研究所也奉民国政府之命，撤出了雁山园。这座岭南历史文化名园难逃厄运，在熊熊的烈火中，涵通楼、澄砚楼、碧云湖舫、大学礼堂（原戏楼）、绣楼、伞阁、冶矿馆、实验室等全部轰然倒塌。

1945年4月，中国军队开始大反攻，收复南宁，随后收复柳州，7月收复桂林。桂林城成为中国抗日战争中唯一——座在日本8月15日宣布投降前由中国军队主动出击收复的省会城市。千疮百孔的雁山园重获新生。1946年9月，国立广西大学迁回桂林，由于雁山园正在整建修复，大学总部设在了桂林市南溪山将军桥。雁山园修复后，广西大学理工学院、农学院等部搬回雁山园。此时的雁山园跟原来的雁山园已无法同日而语。

《民国时期的雁山公园》

❖ **魏继昌：**迎新年，出龙灯

新年娱乐活动，其规模较大而最为城乡大众所欢迎者为出龙灯。龙灯以龙为主体，但不限于龙神，凡是经过皇帝敕封之神庙，皆可以出龙灯。龙有红龙、黄龙、青龙、白龙及各种特殊名称。如火神庙，则称金角老红龙；禹王宫，则称黄龙；三姑庙，则称白龙。由于三姑是女性，又是邪神，于其龙头颔下扎一歪脖子，故又称为歪脖子老白龙。

▷ 舞龙

城市有龙灯出游，乡村农民必进城观灯，于商家营业有种种利益，故商家对于出龙灯，提倡最力，往往于新年三天过后，即有商家出来动议，

鸣锣集众上庙会议，经众议决定，首先推举一富商为龙灯会首事，然后组织人选，分工负责，进行筹备。经费由各户乐捐，各色灯景，有由会上购置者，有由各街各行各业团体分担捐献者。

龙灯出游，照例是从正月十三灯节那天开始，至元宵结束，正式游行三天，遇雨延期，则为例外。在龙出游前，必须先向伏波山，或三界楼请水，然后出行。这时由首事先向神前行礼，而后将龙扛出庙门，这时龙始出山，俗称为"出山龙"。在庙门外，另由一人接手举向沿街游行，则称为"接手龙"。扛出山龙者，在全灯会占首要地位，其次为扛接手龙者，再其次为持第一个龙珠者，多半是富商、豪绅及其子弟。

龙灯出游，行列先后亦有一定之次序，最前头为报信鼓；其次为头行牌，上写本晚出游各街之次序；再次为鱼跳龙门，一龙门在前，各类鱼灯一对一对随行于后；又次为各街各行业各团体所捐献的各式各样的灯景，如锣鼓篷（又名"台阁"）、狮子灯、牌灯，以及各种故事，如二十八宿、十八罗汉、二十四孝之类；最后为龙亭。龙亭中供一神位牌，上写龙王的名称，如火神庙的火神，则写"皇清敕封金角老龙王之神位"，字必红色。亭前有细乐一堂，沿街吹打，亭的两侧，有扶龙亭者二人，衣冠整肃，侍从随行。龙亭之后为一大群龙珠，龙珠之后为"看龙"，（看龙为全灯之主体，龙头巨大，其重量非一人之力所能扛举，另有护理者数人随同帮助，行时并须以铁叉支持其后，状极尊严，行时不许摆动，以别于滚龙，故称看龙。）在龙亭和看龙经过时，家家门口都燃香烛，放鞭炮，迎接龙神，看灯大众亦皆肃然起敬。看龙之后为"滚龙"，滚龙不止一条，沿街乘隙滚舞，多半为工人、手工业者、屠商所捐献。最后为包巾龙，全为青年，头扎包巾，身着武装戏服，以之殿后，不作滚舞。

在旧社会里，因袭封建礼教男女有别的遗风，家庭青年妇女，平日都被关在闺房之中，不轻易与男子见面，新年龙灯出游，妇女出立门前看灯。一般轻薄少年，认为这是饱看妇女的好机会，相约成群结队，各人手持一长薄竹片，上系纸蝶，随着龙灯沿街游行，故意用手弹动竹片，使纸蝶在妇女面前飞舞，触其腮颊，致妇女做出惊骇姿态，以资笑乐；这种恶习，在当时已成一种歪风。

从春节到元宵，龙灯正式出游三晚，正月十六日为最后结束的一天，称为"扫街龙"，所有各街各行业各团体所捐献的灯景都不参加，只在本庙所属各街道，巡行一周，草草了事。龙灯出游，即于是日告终，而龙灯会尚未结束，此后，还有"送龙珠"和"烧龙"两事。

送龙珠，习俗相传："龙珠入室，必生贵子。"因此，在龙灯出游结束之后，会上循例将龙珠分送各街（不限于本庙所属的街道）有钱无子的人家，但必须事先征求本人的同意。接受龙珠者必须另择吉日，演戏酬神，大宴宾客，以示答谢。

烧龙，在送龙珠后，由首事出面召集龙灯会结束会议，经众议决定选择吉日，请神升天复位，即于本庙门首悬红公告，届日演戏酬神，并宴请各执事出力人员，及各街道、行业和团体捐献灯景者，以示酬谢。其费用例由扛龙头、执龙珠者分别负担。宴罢后，即于当晚将龙当众焚化，龙灯会乃告结束。

旧社会贫富悬殊，穷人占大多数，过不下年的人，不知多少，他们没有什么可以庆祝，也谈不上欢乐，因此，他们的忌讳也甚少。相反地，他们面对现实，反映客观者甚多，曾见有这样一副对联："年难过，年年难过，年年过；人怕死，人人怕死，人人死。"其意颇耐人寻味。

《桂林岁时风俗记》

❖ **谢凤年：赌博与禁赌**

桂系统治广西时期，对赌博采取两面手法：有时表面上严禁赌，实际上是公然开赌，以达到榨取人民的目的。现将我亲身所见所闻，作如下报道：

广西是一个穷省，财政很困难，桂系为了穷兵黩武，扩充实力，除了向人民征收苛捐杂税外，还同意由商人缴纳巨款承包开赌，分别在全省桂、柳、邕、梧四个城市和较大的县份、城镇等集中开设赌馆，故而当时在广西的大赌商白志远、黄仲琴等集团分别承包各城市的赌博。桂林的赌馆是由黄仲琴集团（黄还在桂林中山中路开设有"新华戏院"）承包下来，开设在文昌门外特察里附近，并公然挂有赌博公司的招牌（公司名号因日久已忘记）和"银牌"等引人注目的广告，以广招徕，内设有番摊、牌九、骰子等赌博。在那里赌博都是现款交易（如无现款，可用金银首饰抵押），不论输赢都要遭到剥削，先行抽所谓10厘水，每10元抽收1元。当时不少人为之倾家荡产，卖儿卖女，甚至走上自杀的道路，同时也增加了不少盗窃分子。1938年初取消了由商人承包开赌。由商人承包的赌博停业后，桂系又想出一种官商合办的变相赌博，借搞"防空建设"为名来欺骗人民，用掩耳盗铃的手法把这种赌博美其名为"防空奖券"，实则是赌博当中的"白鸽票""山票""纸花"等同一类型。在桂林市依仁路设有办事处，每月开奖券两次，得头奖的可获数百元不等，故每日购买这种防空奖券的颇不乏人，而受害者实在不少，尤以低薪阶层的公务员、工人、城市贫民为最多，直至1940年间，才结束这种官商合办的变相赌博。

在桂林的公开赌馆关闭之后，这些原来承包的赌商，便转入地下，暗中与临桂县府（1940年前，因桂林市府未成立，城内仍归县府管理）、广西绥署宪兵团（后改特务团）、省会警局等地方治安机关中的一部分成员勾结，送交保护费，秘密营业，可是常常因为包庇的地区划分不清，利益冲突、分赃不均等矛盾造成宪兵、警察发生摩擦，甚至演出武装冲突。我记得1939年秋间，有一次警局白桂分局派警员曹凯率一批警员到榕荫路湖南会馆隔壁的一所房屋内破获这座赌窟，但这座赌窟是宪兵团二营陈营长（后来陈被撤职，由文绍廷接任营长）包庇的，而当时宪兵二营正驻扎在湖南会馆内，闻讯后，认为警局有意丢他们的面子，挡他们的财路，因此派出大批武装宪兵把白桂分局派去捉赌的警员缴械，捆绑起来殴打，并将赌徒赌具全部抢了回去，反诬告警察是来敲诈勒索、侵犯人权。在警总局得到分局长陶荣的电话告急后，局长周炳南马上派出大批武装保安警察驰援，并要督察长龙表德和我亲自乘坐警局小汽车前去观察。当我们抵达榕荫路时，双方已发生冲突，开枪射击，连我们所坐的汽车都被宪兵用刺刀戳穿，形势十分紧急。由于事件已扩大，惊动到第五路军总部和广西省政府，立即派军警督察处处长唐纪到现场制止，并限令宪兵团长邓兴伦和省会警察局长周炳南（当时宪兵团长、警察局长均兼军警督察处副处长职）各自将队伍撤回，严加约束，才避免发生严重流血惨案，可是原派去捉赌的警员曹凯等一批警员，均被打伤，警服均被撕烂，狼狈不堪，事后总部和省府也不将真相调查清楚，不分是非，就下令将白桂分局长陶荣和宪兵团二营陈营长一起撤职，等于各打50板了事，变成执行法令捉赌的分局长要被撤职，而包庇赌博、公然武装掠夺赌徒的营长，也不过是被撤职了事。

　　…………

　　1949年9月间，由于解放军已进迫广西，桂系为了做垂死的挣扎，拼命扩军，以图负隅顽抗，因而需要大量资金，公然再把赌博开放，由商人缴纳赌饷承包，开设赌馆。于是桂、柳、邕、梧4个城市和各县的赌馆立即恢复，桂林由一贯捞赌的大地主赵星垣等人集股投资承包，每月向桂绥署缴纳银圆4万元赌饷，并在桂东路"万国商行"内组织起赌公司（公司名称因日久已忘记），由李洁如出任经理（李曾任广西防空司令部中校科长、警察所长等职）全权负责，在全市各处开设赌馆10多处。同时，为了避免桂林地方治安当局的眼红，因而以送"弹压费"为名，每月由赌公司送给警备司银圆1000元，市政府和省会警察局银圆各500元，对上述这些机关的一些所长、稽查、刑警队员等，则安置在赌公司挂一个"巡场"或"监察"的名义，每月支干薪银圆二三十元不等。

　　到了距离桂林解放前十多天，赌博之风已达到顶点，除了赌公司开设的十多处赌馆外，还有一些浑水摸鱼之徒，趁快解放的机会，突然间增多了十多处赌馆。身为桂林警备副司令兼桂北纵队副司令的马瑾民也趁此机会捞一笔做逃难费，竟公然以副司令的身份出面在中山中路"太平酒家"后进开设赌场，马瑾民还亲自打电话给我，说"太平酒家"内的赌是他私人开的，希望警察局不要过问，"否则对你不客气"。我接到这种威胁性的电话，虽然一肚子的气，但自问斗他不过，因为他是白崇禧母亲的外甥，是桂林有名的恶霸，群众畏之如虎，送他一个绰号叫"通城虎"，所以我只得吩咐下属，对"太平酒家"的赌馆，不要过问。赌公司经理李洁如见是马瑾民开设的，也不敢得罪他。由于马瑾民开设赌馆的名声很大，并且派他的狗腿子（警备部稽查）潘速航、文定邦、郑玉等四处招揽赌客，同时又用"太平酒家"的女招待"亚霞"艳装打扮做"宝官"，故引来赌客不少，成为当时桂林赌馆最热闹、赌得最大的一处。因此，除了一切开支之外，马瑾民每天可以捞得银圆上千元，这个赌馆一直开到桂林解放前一天才停止，这就给马瑾民捞了一笔后来潜逃到香港做寓公的费用。

《解放前桂林"禁赌"二三事》

第八辑

八桂飘香·
品尝独特的南国风味

❖ **熊佛西**：桂林的三宝及其他

任何名胜地方总有几样特具风味的土产或小吃，游人在游览风景之余，更可以饱餐当地滋味。据闻桂林有三宝：曰马蹄（荸荠）、豆腐乳、三花酒。马蹄，的确是全国第一，又嫩、又脆、又甜，水分多，细嚼而无滓渣。倘若你要买，最好到花桥，因为那里是"集"，比较新鲜、便宜。

豆腐乳，更是名不虚传，非常细嫩、纯香，有一点儿辣味而不吃辣椒的人也能吃，是佐稀饭最好的妙品。近来有人以之代牛油佐面包吃，其实以热呵呵的烧饼抹上一层豆腐乳，亦必别有风味。以豆腐乳的卤水炖肉，其味更是鲜美无比。记得北平的山东馆，不管你饮酒或吃饭，堂倌必端上四碟小菜，其中必有一样是腐乳卤水浇嫩豆腐。可惜桂林的饭馆没有这样的菜；若有，其味必较北平的鲜美。据说桂林豆腐乳只有几家老铺子做得特别好，而尤以正阳路大华饭店斜对门的天一栈最著名。二十四年我游桂林，什么东西都没有带走，只带了一大坛豆腐乳回北平分赠各亲友，他们食后无不啧啧称为美味。

三花酒，我因不善饮，故不辨其好处，但偶一试饮，亦颇觉清香适口，然较之贵州的茅台、四川之大曲、山西之汾酒，似有逊色。然"三花"之名却极美，不知此名由何而来，我曾问及熟悉此道的朋友，他们说酒从壶内泻入杯中时，杯面必浮起数点酒花（其实是酒的泡沫）。大约三花酒指此而言。此外，我想一定还有别的来历，但我敢保证此名与一般时髦妇女用的"三花粉"或"三花口红"绝无关系。据朋友说：三花酒有一特点，即其原料是米，而不像其他白酒大都以麦制成。

除此三宝，桂林还有几样小吃是我个人特别喜欢的。夏天的"绿豆沙"真是价廉物美，两毫钱一碗，吃了又解渴又清暑，是一般劳苦大众夏季主要的食品。其次是米粉，堪与贵阳的肠肝粉媲美，我最喜悦新华戏院隔壁又益谦的牛肉汤粉，真是鲜美绝伦！而此间闻名的马肉粉我倒觉得其味平平，不过其吃法颇特别：小碗里放着稀稀的几根米粉，清汤中清着两片薄薄的马肉，一点葱花，少许胡椒，一角五分钱一碗，一人有时可以吃三四十碗。

桂林的米粉担子特别多，几乎到处都是，假使你在晴天的夜晚到中正桥巡礼一趟，你必发现桥头马路旁边尽陈列着米粉担子或果摊，每个担子上挂着一盏油灯，远远的望去非常美观。

月牙山的豆腐也很值得介绍，据该山住持巨赞法师云，月牙豆腐所以精美，完全由于做法不同。我们很希望法师大发慈悲，将制作月牙豆腐的秘诀公之于世，使芸芸众生都能享受豆腐的美味，法师功德无量矣！

桂林的柚子也很不错，比较其他各省所产的味道要好，最低

▷ 小吃摊

限度是不苦不酸。不过桂林的柚虽是沙田之种，但不是真正的沙田柚；真正的沙田柚要比桂林的鲜美多矣。四川梁山的柚其味也极鲜美，但较之沙田似有逊色。不过真正的沙田柚颇不易吃到，甚至到了沙田也买不到真正的沙田柚。有一年我路过沙田，在那里买了三十几个柚子，满以为是真正的沙田柚，结果大失所望，几乎无一能入口者。原因是沙田柚虽好，但产量不多，据闻每年仅产数千个而已，且在开花之时早已为商人或官家包去。所以虽到沙田，也许还吃不到真正的沙田柚，正如在绍兴饮不到顶好的绍兴酒一样！

这几天桂林的金橘正上市，买了一点吃，味道非常鲜美。金橘任何省份都有，但像桂林的这样大、这样甜，的确少见。我觉得在桂林三宝之外应该多加一宝——金橘。不知老居桂林的朋友以为如何？

❖ **阳家骥、曾克之：**桂林名产三花酒

桂林不仅以"山水甲天下"闻名于中外，而且它的土特产品，如豆腐乳、辣椒酱、三花酒等，也是驰名遐迩的。这里笔者记述的是桂林三花酒。每当游人来到桂林，在饱览它的奇山秀水之后，喝上几杯桂林三花酒，顿觉疲劳消失，体力为之恢复，精神又振奋起来了。因此，桂林三花酒被公认是一种提神舒筋活血的优良饮料。人们在酒足饭饱之余，不禁会赞颂桂林人民的心灵巧手，桂林真可谓"钟灵毓秀"。

▷ 南宋周去非著《岭外代答》

据文献记载，桂林酿酒业已有一千年的历史，远在宋代酿酒业已很发达，南宋人周去非在《岭外代答》中对当时桂林酒业盛况作了描述，他说："诸处道旁，率沽白酒，在静江尤甚。"同一时代的诗人范成大任广南西路

经略使时好饮"瑞露"，并咏颂说："及来桂林，而饮瑞露，乃尽酒之妙，声震湖广。虽金兰之胜，未必能颉颃也。"可见当时的"瑞露"已很有名。那时的"瑞露"即今天的桂林三花酒。

桂林三花酒，其色清澈透明，β-苯乙醇含量高，具有浓郁的蜜香玫瑰味。抗战前畅销湖广，远销港澳。每当载桂林三花酒的商船由抚河沿江而下航运远销时，沿河两岸来往行人们均可闻到扑鼻的酒香味，并不约而同地惊叫说："好香的桂林三花酒啊！"尤以船过平乐县长滩香更浓。这是笔者（阳家骥）少年时代求学广州，来往桂梧抚河这段水程所亲身体验的。因为滩水急流行船摇晃，酒随之浪荡，其香气亦随着风向的漂游更为袭人。

三花酒何以别具风味，该先从它所用的水、大米、酒曲用料说起。古谓"水是酒中之血，米是酒中之肉，酒曲是酒中之骨。要酿出好酒，必要好水，桂林有"水作青罗带，山如碧玉簪"的绚丽风光，漓江水色清澈碧透，水质纯正甘甜，别无杂种怪味，并含有微量矿物质，它给酿酒业提供取之不尽、用之不竭的"血"。漓江流域水源丰富，形成水稻种植优异的自然条件，因而盛产大米，米质纯白，粒大完整，含淀粉率高达百分之七十二以上，煮成的饭香味扑鼻，这是酒中之"肉"。桂林市郊特产酒药草，该草茎小，香味浓郁，有野生的，也有种植的，经晒干后加工与大米粉培制而成酒曲，形成酒中理想之"骨"。有理想的"血、肉、骨"，再加上精工酿制，便生产出著名的桂林三花酒。

三花酒之得名，据传说始于清代，当时酿酒要蒸熬三次，故谓之三熬酒。鉴别酒质量优劣，过去没有酒精表，鉴定等级凭品尝有无焦味，酒性纯正如何，以及直观判断，即将酒提取酒倾倒于杯（碗）里，以酒杯（碗）里出现的泡花多寡来定等级，如堆花、满花、不满花（跑马花）等三种泡花，故名"三花酒"。也有的说，入坛要堆花，入瓶要堆花，入杯也要堆花，故谓之"三花"。上乘桂林三花，初筛进杯泡花回旋，杯满而不外溢。无花者作为三花酒的等外品，按等级论价。

抗日战争初期，新桂系李、白、黄与广东陈济棠搞"抗日反蒋"所谓

"六一运动"，国府主席林森等政府八大员来到桂林，在蒋、桂谈判中，桂系以桂林三花款待宾客，林森品味三花，大为赞赏。此事一时传为佳话，桂林三花酒名气不胫而走，身价十倍。

三花酒用途广泛，除供饮用外，在工业上它是酒精的原料，还可供药用、烹调菜肴等。由于它具有多种用途，因而销路广，销量也大。这就刺激了生产，过去许多少本开业的因为酿酒而发财者不少。因此，桂林民间流传有句顺口溜："想要富，烧酒磨豆腐。"抗战期间，由于蒋介石的消极抗日，国土大片沦丧，华北和沿海城市沦陷后，桂林人口骤增，消费水平高，尤其是1941年香港沦陷以后，外国酒进口量大大减少，酒精来源困难，各行业均以三花酒代替酒精用途。由此，桂林酿酒业急剧发展，仅三花酒槽坊就有40余家，加上兼营的，超过百家，仅泥湾街（今解放桥东岸沿河街）一带就有安泰源、朱长兴、罗永贞、恒吉祥等六七家之多，以安泰源的三花酒最有名……

《桂林名产——三花酒的产销概述》

❖ 郑　宾：品鉴月牙山素豆腐

豆腐，本是佛教徒主要的副食品，而且是素菜中的珍馐。凡是名山古刹的和尚，多能掌握一种特殊风味的素豆腐以供来客。所以栖霞寺能有出名的素豆腐，并不为奇。但是栖霞寺的素豆腐，独树一帜，这是一般的素豆腐所不及的。栖霞寺素豆腐的特点是，色如赤玛瑙，汤似紫葡萄汁，晶莹皎洁，清而不浊，气息如兰，香而不俗，色味透骨，沃而不腻，汤面不见半点油腥，回味绝无豆腥气息，这就是栖霞寺素豆腐特有的风味。再以别山的古碗盛之，睹物思人，更可以激励人们爱国主义的热情，由此看来吃一碗素豆腐不仅是为适口充肠满足口福了。

以我两次所吃的素豆腐加以对比，以作鉴定。第二次实不及第一次。

第二次的素豆腐，色味虽佳，但鲜艳未能夺目，是因为色味仅及豆腐表面，未能透骨，所以色暗不鲜，味淡不浓，汤未能晶莹彻底，便带浑浊，面现油星。这是由于人工未到，火候失调所致。当然和尚多是势利的。第一次宴客，宾主多是当地缙绅乡宦，或别山会值理，和尚趋奉，唯恐不周，烹调豆腐，当然精细。第二次是一般小学教师，能为我们专备一餐素豆腐，给我的面子已很大了，我们怎能苛求呢！

栖霞寺素豆腐久负盛誉，何以旧时并不扬名？桂林习俗，吃大豆腐（指炖的素豆腐）意味着丧事。只有丧家，开堂作吊，延僧荐亡，席面上才有一碗炖的素豆腐。其他大小公私宴会，绝不会有素豆腐上席的（其他荤素烹调的豆腐却不忌讳）。栖霞寺豆腐，是属于炖的素豆腐。所以在一切宴会，也是忌讳的。只有慕名高雅，不拘习俗的缙绅乡宦，借游山玩水的助兴，或借观别山古碗为名，才假栖霞寺专备素豆腐宴客。而且栖霞寺素豆腐虽非山珍海错，但一碗素豆腐的价，需费一桌普通酒席三分之一的钱，这是一般普通的人吃不起的。因此吃的人不多，知的人也就少了，这就是栖霞寺素豆腐虽负盛誉，而不能扬名的原因。

月牙山的素豆腐，何以又能声震一时，名扬遐迩？1937年，抗日战争爆发，桂林一时成为抗日后方。

栖霞寺改建为省立医院。住持僧人迁到月牙山。七星岩、月牙山一带，不仅是桂林风景区，而且岩洞特多，且接近市中心区，当时敌机经常骚扰桂林，这一带正是最好的防避空袭的天然防空洞。当放警报时，来的人固然拥挤不堪，即在平时，到此地休闲的人，却也不少。聚人多了，饮食行业，零星小贩，也就在这一带地方繁荣起来。月牙山和尚，见有机可乘，也不后人，于是就地营业供应素面、素菜、素豆腐，生意极其兴隆。闻说南京蒋介石统制下的国府主席林森，经过桂林，曾赏识过月牙山的素豆腐，犒赏了八十枚袁头。一经品题，身价便高百倍。此后由南京到来的国民党政府大员，都要求有月牙山的素豆腐招待，犒赏当然也不少。

接着抗日节节失败，沪、宁、汉、粤，相继沦陷。官僚富商，云集桂林，他们假托风雅，游山玩水之外，也看中了月牙山的豆腐。此风一传，争相效尤，于是月牙山的素豆腐，更是名噪一时，声闻遐迩。不久月牙山的素豆腐，分成两等：一等是没有定价，随缘乐助，这是应付达官贵人的，豆腐当然也是精品。另一等有定价，每碗二元光洋，这是应付普通一般人，豆腐当然也是普通的。从此生意更为兴隆，真是应接不暇。所以要吃月牙山豆腐，必先在一星期之前登记，顺序安排，不然是吃不到的。

《月牙山的素豆腐》

❖ 洪顺英：又益轩马肉米粉

又益轩马肉米粉，是桂林的李秉清在1932年创办的。他当时只有15岁，在桂林某米粉店当学徒三个月之后，才在现在的中山中路天忠馄饨店对面开设"又益轩"的。解放后，1958年转入桂林饮食服务公司，仍以"又益轩"老招牌开设在南门桥以北桂林饭店对面的中山中路八号。

解放前的"又益轩"是个体性质，数十年来，从未雇请一个工人，最初由他的姓林的结发妻子做助手，他的妹妹在未出嫁之前，也帮过忙，在妹妹出嫁、前妻去世以后，又娶了一个姓关的，由于她不愿学这行手艺，也不肯做助手，最后才同我（洪顺英）结婚。我作为李的主要助手，李也逐渐地将制作马肉米粉的全部技术传授于我。

马的来源，多是在本地区买来的废马宰用的，有时这种原料也感到不足，还托人到百色地区贩卖来桂作补充。一匹马除马肝、马肺自食之外，全部都可使用，只有马皮另卖给皮商。

经营这种马肉米粉，是有季节性的，只能从每年农历的十月起，到第二年农历的三月止，恰恰是半年。其余的半年时间，就卖一般米粉和各种粥品。

一般做法：是宰马之后，留出一部分腊挂起来，遇天气热，必须油泡，因为卖时每碗所放的八片马肉中，有一片是腊挂过的，其余七片是新鲜的。

每片大小，大约是长三宽二厘米，厚约二至三毫米，八片共重约五钱。米粉是普通一两的五分之一，预先托人做成的。加上芫须、大蒜丝和盐，备有辣椒和味精，随顾客所喜自放。全用猪肉骨头汤。八片马肉，是经过油炸后放入碗内的热汤而食的。

这种马肉米粉的味道，纯香异奇，不同一般，既为猪肉米粉所不及，也比牛肉米粉更鲜美，天气越冷，味道越好，火锅越热，吃来越鲜，但绝对不能放酱油，否则，就有酸味。

至于挂腊马肉，油炸马肉片，以及烹调等主要是凭经验，看气候，看火色。解放后，桂林部分人，不经学习而自行处理不当的，曾经发生过生蛆、变味的事。

解放前的又益轩，在卖马肉米粉季节里，每日只卖25篓左右，每篓是20碗，共卖马肉米粉500碗。1958年合作化之后，先后只继续经营马肉米粉四个年头，一是在"文化大革命"前，卖过一年大碗的（即小碗五碗的含量）；二是打倒"四人帮"之后，又继续卖过三年。因这种马肉米粉在过去抗战时期许多人吃过，认为特别好，从而驰名江浙、广州和香港。

《又益轩马肉米粉》

❖ 周　邦：茯苓糕，扁担挑

"茯苓糕，扁担挑，挑红桶，卖白糕，筷子挟，荷叶包。"这是桂林儿童自编的儿歌。茯苓糕其味香甜，细腻而柔滑。如果一杯清茶，两块茯苓糕，吃后去上学则是小孩最惬意的事，我儿时就常是这样的。

茯苓糕，色白而软，呈四方形，阔长均为市尺的二寸五分，以黏米粉加水拌匀加茯苓粉少许，镶于木模中，以桂花糖或芝麻糖做馅，蒸熟即成。出售者以红漆大圆木桶（有盖的）两个，内放蒸笼，以微火保温，因此夹出来时还是热气腾腾的。一个铜板一块，后卖到两分钱一块。此糕深为儿

▷ 茯苓糕

童所喜，成人有时也常买来吃。因为它卫生又可口，如果吃上三四块，就可以半饱了。实在是一种大众化的经济食品。

《桂林的传统食品概述》

❖ 周　邦：八宝饭、糯米鸡和豆蓉糯饭

八宝饭：过去桂林举行酒宴，席上最后一道菜是八宝饭。八宝饭原料是糯米，将糯米用水浸泡软后以碗盛之，加入红枣、莲子、白果、核桃仁、杏仁、西米、冰糖，置入大锅内盖实蒸之，熟后即可食用。这种饭风味独特，糯饭香甜并兼杂各种果品的芳香，备受席间宾客欢迎。谙熟生意经的店家作为经营品种，参加到桂林传统小吃食品行列，其后八宝饭颇负盛名。昔日苏曼殊酷嗜八宝饭，身上缺钱时，曾将口中金牙撬去换钱买八宝饭吃，由此可见其味美诱人之一斑也。

糯米鸡：旧时的早市常见的卖糯米饭的小摊，是人们"过早"经常光顾场所。糯米鸡是将糯米饭榨成团，加入鸡肉或猪肉、葱花、胡椒，裹以面粉浆，投入油锅炸之，待炸到橙黄色即可出锅。其味香脆可口，亦为桂林传统小吃食品。

豆蓉糯饭：是中小学生最喜爱的食品，旧时在中小学校门口，必然有

一两担竹箩，箩中放一大陶器盆，盆内盛满糯米饭，另一箩中则放着一钵绿豆蓉和油炸糯米锅心或油渣。顾客买时用金属瓢舀一瓢糯饭放在小碗中，夹入绿豆蓉和油炸锅一心、葱花，再舀糯米饭盖其上，随之揿紧，再撒上酥香的芝麻，倾在一小块清洁的荷叶上，顾客即可拿着吃用。其味柔韧香脆。

《桂林的传统食品概述》

❖ 白先猷等：回民美味遍桂林

……抗日战争前后，回民开的大小饮食店可以说是遍布桂林市的大街小巷，其中油条、馓子和糊辣尤为出名。前者松脆香甜，后者由于加进了蛋皮丝、碎粉丝、云耳丝和黄花菜而香辣可口。

最有名的店家有王辅坪的傅仲和，依仁路口的傅祖喜，阳桥头马老三开的顺昌店，龙神庙的马老兊，后贡门前街的胡月胜，凤凰街的哈记，崇德街的张裕盛，乐群路的马瑞明、马宗瑞等。在桂林米粉早已名闻遐迩的今天，大概已没有多少人记得那味道鲜美的原汤粉竟是回民首创。那是在榨米粉的原汁中，加进精选的牛百叶、牛领头、牛心头、牛肝、牛肉等佐料，使之看起来色彩丰富，闻起来香气袭人，吃起来滑软爽口，真正是色香味俱全。当年码坪街马老四的松茂桂记，东门浮桥头的马石生，南门外的陈荣记，西外大街白仲昆的白昆记，南门城门口李七寿的原汤米粉，学院街口白荣宝的白益兴记小炒，乐群路的自先明、朱广明的小吃、乐群菜市白彦卿的米粉都颇受欢迎。除了米粉和油条糊辣，桂林夜市的一些风味小吃以及一些店家的招牌食品，甚至走街串巷的担子点心都颇具魅力。如正阳门口翁鹤松的翁记甜品，东门浮桥头马时元马记的包子馒头，中山南路兴隆巷口麻永之的麻记粥品、馄饨，龙神庙宋福兴的牛肉巴，司门口白万源的盐水汤圆，福旺街口刘鸣卿的小炒，桂西路回教协会的百龄餐厅和正阳路玉香馆朱玉卿承办的筵席，定桂门张鸣皋、道生医院附近的傅怀之、孔明台的张光生等现擀现切的面条，以及西外街马荣的炸油堆，张佑清的挤挤糍粑，马甫田的碗儿糕，西门内白穆宗的蒸子糕都让人回味无穷。桂林人喜欢吃香脆的食品，这从那随处可见的炒花生店就可见一斑，东安街有朱德荣、马广茂、白濂泉以及张光禄的张广利和张日清的张盛记，西外街有马石麟和哈成林，西门内有马可待的马松泰，西华门有汤镇钧的汤记，后贡门前街有包老七（包钰盛）。最让孩子们欢呼雀跃的是海叔龙的担子米粉，以顺发的担子麦芽糖和马四的担子裹糖糍粑，他们那由远而近，由近渐远的熟悉、亲切的叫卖声对街坊四邻充满了诱惑力。

《解放前桂林回族工商业的分布概况》

❖ 麻承福等：桂林回族的四菜一汤

明清至民国初年，桂林回族的家常菜中，最常见、最受欢迎的是四菜一汤。这四菜一汤，一方面说明当时回族人民生活节俭，讲究实际，不好铺张浪费；另一方面也符合穆斯林以清淡为主的饮食习惯。那么，四菜一汤究竟有哪些内容呢？

首先要有牛腩，这是桂林回族菜中人人喜爱的主料。红炖牛腩和清炖牛腩是桂林回族家家会做的菜，在当时无论正式场合的宴席还是家宴，牛腩都是必不可少的佳肴，可见牛腩在桂林回族饮食中地位之重要。在四菜中，用牛腩烹制的红炖牛腩和清炖牛腩就占了两菜。

红炖牛腩的烹制方法是：先将牛腩切成三指粗的小块，洗净后放入油锅内炒香，水干后直到锅中爆出响声，才加入适量的酱油、老姜、八角等配料，盖上锅盖，焖一阵后，再放水入锅（水的多少以刚淹住牛腩为好）。待水烧开后，用文火炖至水干但又还有浓汁的时候，用盘盛起。红炖牛腩看上去淡红油亮，闻起来浓香扑鼻，吃进去味美爽口，真真正正是令人垂涎欲滴、胃口大开的佳肴。最好的用料是肋巴腩、响皮腩。清炖牛腩与红炖牛腩最大的区别是前者强调一个"鲜"字,追求的是看似清淡,而入口的清香鲜美却能沁人肺腑的意境。用来清炖的牛腩要切成方方正正的一块块,先用开水"啖"(稍煮)一下,捞起,然后随主人所喜,适量加些黄豆、花生或萝卜。有时干脆什么也不加,就放些老姜八角等佐料,然后一起放进油锅焖烩,稍后,再加入数倍于牛腩的水,将其烧开并保持沸点,只是注意要始终让水能淹过牛腩,这样炖一段时间即可。清炖牛腩多用碗来盛,因为那原汁原味的牛汤是真正的美味。

四菜中的另两盘菜是合菜,合菜类似于现在餐馆里的时菜烩牛肉片。桂林回民一般喜欢用白菜梗或芥兰菜做配菜,有时也加些黄花菜或豆腐皮。桂林回族合菜中的牛肉片(多用黄牛腱子肉)不仅嫩滑、爽口,而且开胃,是下饭的好菜。

汤的烹饪法很多,往往是因人而异,因家而异,什么粉丝牛肉汤、蛋糕青菜汤、圆子豆腐汤等等不一而足。

除了上述的四菜一汤外,桂林的回民对鹅肉也情有独钟。鹅肉的做法多以白切和红烧为主。餐桌上,红烧鹅肉配以清炖牛腩,讲究的是浓香和清香的互补;而白切鹅与红炖牛腩的搭配,追求的则是颜色上互衬的完美。

上述这些家常菜,在桂林回民的餐桌上一直保持到20世纪40年代初,大凡70岁以上的老者,都能回忆起当年四菜一汤及鹅肉的味道。后来,随着时代的进步、社会的发展,以及人民生活水平的提高,饮食观念的改变,回民求新求变之心日重,对家常清真菜肴提出了更新、更高的要求。在这种情况下,传统的四菜一汤已不能适应回族家庭待客聚餐的需要。在继承穆斯林传统的同时,桂林回民大胆创新,掀起一股清真家常菜肴的创新热。从20世纪40年代开始,桂林清真家常菜肴的品种愈见丰富多彩,目前已达100多个品种,大多取材于本地,富有营养价值,应时当令,用料广泛,较好地体现了桂林浓郁的地方风味特色和鲜明的伊斯兰饮食文化传统。

《桂林回族家常菜肴》

❖ 陈迩冬：鲁迅先生与桂林荸荠

鲁迅先生是文学巨人。

桂林荸荠是出了名的。

这都不消说。

但鲁迅先生却没有吃到桂林荸荠——在1935年6月17日以前未曾吃过。那时广西师专（后并入广西大学文法学院）初办文学系，已延聘陈望道老师任系主任兼授中国语法和修辞学。暑假过后开学，望道先生遴选教师和安排课程，请来沈西苓（授戏剧概论兼剧团导演）、夏征农（讲中国小说史）、杨潮（即羊枣，讲自然科学概论）、马哲民（教社会发展史）、熊得山（授中国通史）、裴本初（讲心理学）、廖芯光、胡表毅（均教日文），以后施复亮、马宗融……继来，可以说这个文学系的教师阵容，不但是广西前所未有，就是在当时全国大专院校中也是第一流的。

▷ 鲁迅（1881—1936）

当时陈此生任教务长（他本是"左联"盟员，许多人不知道），这之前，他也请了鲁迅先生。遗憾的是鲁迅先生没有来。查《鲁迅日记》1935年6月17日有一条云："……得陈此生信，夜复。"那复信见新版《鲁迅全集》卷13，全文如下：

此生先生：

惠书顷已由书店转到。蒙诸位不弃，叫我赴桂林教书，可游名区，又得厚币，不胜感荷。但我不登讲坛，已历七年，其间一味悠悠忽忽，学问毫无增加，体力却日见衰退，倘再误人子弟，纵令听讲者曲与原谅，自己实不胜汗颜，所以对于远来厚意，只能诚恳的致谢了。桂林荸荠，亦早闻雷名，惜无福身临其境，一尝佳味，不得已，也只好以上海小马蹄（此地称荸荠如此）代之耳。专此布复，并请

　教安

　　　　　　　　　　　　　　　　名心印

信末署"名心印"，注释为"心照不宣"之意，是对的。但注释陈此生为广东人，却是错了，他是广西贵县人，他的父亲在广东行医有名。

鲁迅先生这封信很谦虚。但这一谦虚，竟使我这个未曾被"误"的子弟等候作"听讲者"之一，却失去亲聆教诲的机会，比他"惜无福身临其境，一尝佳味"的遗憾不知大若干倍。是我和我的同学"无福"一尝鲁迅先生讲授的"佳味"。

但1936年还怀着鲁迅先生到来的渴望。因为，陈望道老师说他下半年还是要请鲁迅先生来，还拟请茅盾先生来教创作。但在"六一"运动以后，桂系与蒋介石妥协，形势一变，鲁迅、茅盾都没有来。我们的渴望终于成了虚望。

广西师专是以"左倾"驰名的，从第一任校长杨东莼到最后一任郭任吾，校风都持续不变。同学中大多数言必称马列，马、恩、列、斯的著作，中文译本在学校中常有半公开的翻印本，如《共产党宣言》《国家与革

命》《革命与考茨基》……以至于口头流传毛泽东同志的"红军不怕远征难……"诗篇。桂系当局因为反蒋，对此是开只眼闭只眼，左耳听进右耳出的，他们想搞些民主橱窗和进步门面，反倒为我们所利用。我们学我们的，干我们的。除了少数的败类以外。

后来师专合并为广西大学文法学院，桂林成为校本部所在，黄旭初以桂系的管家"广西省府主"兼广西大学校长，左翼教授纷纷辞去，这已是师专的尾声了。

桂林"名区"竟未获鲁迅先生来游，桂林荸荠"佳味"更未能使鲁迅先生一尝，这又是山水的遗憾，荸荠的遗憾。

《鲁迅先生与桂林荸荠》

❖ **丰宛音：** 丰子恺与桂林小吃

两江圩并不大，却十分热闹，尤其是逢集市的日子，附近农民都云集到这里来做买卖。从泮塘岭到两江只五里路，所以父亲经常去买东西。在诸多吃食中，父亲最喜爱一种小圆子，是水磨粉做的，馅子是柳糖做的，吃起来细糯鲜甜，父亲经常买生的回来，在炭炉上煮给我们吃。价亦不贵，一毫子可买35只。还有大橘子和长甘蔗，江南从未看到过，大约是桂林的特产。大橘子有如

▷ 丰子恺（1898—1975）

江南的香橙，但味甜多汁，绝无香橙之酸味，价钱还很便宜，一只卖五大镙。长甘蔗长近两丈，价八个大镙，又甜又嫩，远非江南甘蔗可比，特别是连甘蔗梢头也甜嫩好吃，与江南甘蔗截然不同。吃着长甘蔗，父亲总是幽默地笑道："顾恺之倘来两江吃长甘蔗，不必'渐入佳境'，可以常在佳境了。"

泮塘岭环境宁静、景色幽美，然而久住难免有冷清、单调之感，能到附近热闹的两江去走走，既解决了生活上的需要，又可调剂心身。父亲常说，家居乡村，临近闹市，那是最理想的。正因如此，我家居住泮塘岭这个时期里，父亲一直感到心身很愉快。两江圩的店铺也不少。其中，有两家店铺值得一提：

一家是酒店。原来，父亲初到桂林时，有人介绍他一种酒，叫青梅酒，说是桂林的特产酒。父亲一度常喝青梅酒，在他的诗集中，曾有"故国三千里，青梅酒一杯"之句。然而青梅酒度数较高，父亲在江南吃惯了温和的绍兴黄酒，常吃青梅酒实在有点不习惯。一天父亲带我去两江买物，偶然在一爿小酒店发现一种酒，黄褐色的。问了店主人，才知这叫老米酒，店主人还对我们说："其实老米酒很好吃，又补人，只是不够凶，有的人惯吃烈性酒，嫌老米酒不过瘾。"父亲立刻买了一瓶回家，尝一尝，果然味温而醇，大有江南黄酒风味，盛在玻璃杯中，色泽黄澄澄的，有如琥玉，十分可爱。父亲大喜，说喝着老米酒，恍疑身在故乡了。从此父亲就一直饮老米酒了。一天，我陪着父亲在两江，又去那家酒店买酒时，看到店门口贴着一副对联："黄酒白酒都不论，公鸡母鸡只要肥。"父亲看了笑道："又通俗，又幽默，很有意思！"后见对联字迹苍劲有力，墨渍犹新，就动问店主人，方知原来是店主人自己写的。见父亲赞许，他很高兴，不觉攀谈起来。原来，他家本是书香门第，祖父、父亲都是前清秀才，他本人曾在私塾执教，但教书难以糊口，不得已改行卖酒了，说罢长叹。当他闻知我父亲是桂师美术教师时，便肃然起敬，执意要送父亲一瓶家酿的米酒，父亲再三婉谢，实在推辞不了，只得受了。那店主人又请我们进内室，去看他的书法，果然写得一手好字。他又恭恭敬敬地向父亲求画，父亲同意了，就当场挥毫，画了一张《三杯不记主人谁》的漫画相赠。店主人大喜，说后天就拿到城里去裱，好挂在店堂间里，并殷勤地邀请父亲下次再去，可是这以后不久，我家就离开了桂林。

《父亲在桂林》

◆ 廖 江：肖冬冬的"赌鬼"米粉

大圩人喜爱吃米粉，从一岁开始吃起，一直吃到"那一天"为止，谁也无法说清一生中吃过多少米粉。大圩米粉好吃。去过贵州、云南的人多半品尝那里的"过桥米线"，两相比较，一字以蔽之曰：淡。

肖冬冬的米粉最为有名。肖住大圩牛屎街（今建设街），白天在鸡行（今税务所门前街道）设摊，晚间挑担串巷，属专营性质。那米粉担子属大圩珍贵文物，一条长长的木扁担，系两个特制的竖柜形木箱，其顶部各围有棱形条木矮栏，造型古朴，又略显精致；那木箱之中，灶钵、小屉、米粉、卤菜、锅、碗、刀、砧，各得其所，井然有序；竹筷一律染成红色，直插入粗大竹筒之中，把一个米粉担子装点得喜气洋溢。木箱的一侧系一个挖槽竹筒，敲之铿然，有如木铎；一声吆喝，几响"竹铎"，对于古镇街巷的时空，具有极强的穿透力。担子的另一头则悬挂一盏四方形小马灯，在那没有电灯的年月，留在大圩人记忆夜幕上的一个亮点，那多半就是肖冬冬的米粉担子了。

肖冬冬卖米粉好"鬼"。解放前，大圩设有赌场、戏场，他就把这里作为主销地段。试想，此处老少成堆、赌鬼密集，人多口多，日夜要吃，需求量大。赌鬼挥金如土，赢家，要吃，还请客"吃彩"；输家，也要吃，输光了，就赊账，反正是个"输"，索性吃个饱！肖冬冬的操作方法也有特色。他是个左撇子，左手操刀在砧板上拍蒜米（下米粉的一道工序），"啪！"的一声脆响之后，紧接着单刀细剁，刀声细密；有时同时下三四碗米粉，拍蒜声如此再三，抑扬顿挫，节奏鲜明。这声音对于赌徒们不啻法官的"惊堂木"，正在聚精会神地企盼侥幸时，一时受惊，提心吊胆，而赢者精神亢奋，输家无奈沮丧，皆使两者血管膨胀，心绪难平。于是，大圩人便编了一句入木三分而又内涵丰富的顺口溜："肖冬冬卖米粉——乱扳一场！"

肖冬冬卖了一辈子米粉，他的米粉摊子也曾是熊村、潮田、海洋等圩场上的名牌货。他虽已作古多年，却为大圩古镇留下一份宝贵的文化财富。今有其女肖素蓉继承父业，在县灵南路开一小店：肖记米粉。生意兴隆，顾客盈门，常有城南区（甘棠江南岸）的顾客冒风雨去"肖记"吃米粉。肖女诚心经营，和气生财，以质量取胜，赢得顾客的青睐。她现在只管收钱，由儿子掌案，雇工数人，忙而不乱。她儿子手脚麻利，那拍蒜米的动作和声音，祖风犹存，俨然"小冬冬"架势。

《桂剧中的绝妙好辞》

❖ 廖 江：马肉米粉店的"大胃王"

"马肉米粉"是大圩米粉的一大支系。它与一般米粉最大的不同是马肉配菜，碗如敞口茶盅，价格较贵。马肉米粉几乎为旧社会上流阶层所专用，堪称"米粉贵族"。台湾著名作家、白崇禧之子白先勇先生，就曾在作品中写过吃马肉米粉的事。贫苦人吃不起（价高），不愿吃（每碗米粉量少，吃不饱）。

"桃园马肉米粉店"是大圩"四大家"之首的黄源顺，于1947年开设雇请厨师刘华华主理。当然主销对象是当时的商家、官家之类的群体，不知是为了扩大店铺的影响还是拿别人来开涮，该店上演了一场"赌吃马肉米粉"的闹剧：赌吃100碗马肉米粉。吃完了，白吃；吃不完，赔钱。有某壮汉慨然应赌，边下（米粉）边吃，10碗、20碗、30碗……摊板上碗碟成堆，摊板前观者如堵，报数声、起哄声嘈成一片。待吃到第90碗，老板脸色下跌，心率加快：这100碗马肉米粉怕是输定了！待吃到94碗时，轮到壮汉脸色变青，眼睛翻白。有道是"担不加斤，秤不加两"，摸摸肚皮如鼓，连肚脐眼都鼓平了。他强咽口水，不敢咳嗽，生怕震破了肚皮，围观者也无不为之捏汗。然而，随着肠胃中的食物往上顶托，顿时脸色煞白，眼直噙泪，哇的一声，吐了！老板终于放松，庆幸道：我刚才准备赔棺材了！这是一则由亲见者讲述的故事，乃属为富不仁者糟蹋饮食文化一例。

《大圩小吃趣话》

❖ 李晓梅：李济深与横山腐乳的不解之缘

1940年，国民党陆军上将李济深从战地党政委员会副主席改任军事委员会桂林办公厅主任。

李济深是广西苍梧人，有喝白粥的嗜好。一天早餐，厨师说，今早

▷ 李济深

的粥没有什么佐料，刚才街上有人叫卖横山豆腐乳，买了几块，请主任品尝，味道好就吃，不好则弃之。厨师用一白色圆碟盛一块红色的腐乳端上桌。李济深一边喝粥，一边用筷条挑开腐乳，一股香味扑鼻而来。他试着挑一点用舌尖尝尝，腐乳进口其味绵甜、香醇、爽口，他连说："好，好，好！"过后，他叫人马上去买了几罐横山腐乳，从此李济深是每天食可无肉，但不能无腐乳，与横山腐乳结下了不解之"缘"。

李济深在军事委员会桂林办公厅任内积极掩护，协助民主人士参加民主运动，国民党反动派掀起第二次反共高潮时，他掩护民主人士撤离桂林，前往香港。到香港，当时有走水路的，有走陆路的，因为是秘密撤离，不便携带太多的物品。但李济深怕这些前往香港的民主人士途中受苦，饮食不好，他秘密派人到临桂横山区（现在四塘乡横山村）购买小罐装腐乳，每人一罐。

李济深和蒋介石心存芥蒂。1929年3月，李济深被蒋介石软禁在南京汤山。1932年5月，蒋介石委任李济深为豫鄂皖"剿匪"副司令，被李济深拒绝。1943年12月，蒋介石要李济深返重庆任军事参议院院长。李济深这回不但拒任，而且卷起行李回到老家苍梧县组织抗日自卫武装。当时抗日的处境十分艰苦，为了简便抗日自卫武装队伍的伙食，同时李济深又有食用横山腐乳的嗜好，1944年1月，李济深派人从苍梧不远千里来到临桂县横山村。他们说明来意，并且要求全部买完横山村库存的腐乳。横山腐乳是家庭作坊小生产，各家各户听说是抗日军队要的，都把存货统统搬出来卖。来购货的人看见数量不多，又看见有些作坊里还有一些货，就说，我们远道而来，又不还价，而且给现金，为什么你们还不愿把存货都卖给我们？横山人说，不是不卖，因为腐乳生产有个发酵成熟期，时间不到是不能卖的，我们不能自己毁自己的招牌呀！好一阵才把道理说明白，但是购货人还是不肯走，说不成熟的他们也要，他们买回去自己存放，不到时间不开封就是。横山人理解他们的心情，于是在罐子上用毛笔写上生产日期，把村上所有成品、半成品的腐乳全部卖给了李济深派来的人。

《李济深与横山腐乳》

❖ 汤祖发、张竞：桂林米粉的两种味道

桂林米粉，这是桂林特有的小吃。一种叫"冒热米粉"，一种叫"原汤米粉"。"原汤米粉"只有桂林的回族人才会制作，也是回族人喜爱的食品之一。

从民国初年至解放初期，桂林有几家回民自榨米粉的作坊，如南门有李七寿、陈荣卿，西门有白昆记，乐群菜市内有白彦卿等。他们榨米粉，也卖米粉。西门和南门这两条街都有回族同胞做礼拜的清真寺，每天晨礼下来，人们都爱到原汤米粉店吃原汤米粉。因为原汤米粉只适合于小榨生产，还特别讲究制作方法和调味，因此，在解放以后，原汤米粉渐渐地没有人经营了。

原汤米粉的制作方法很复杂，并要选用上等白米做原料。把白米泡上几天（根据天气冷热决定天数），然后磨成米浆，用布袋盛着，待米浆中的清水滤完后，把沉淀的粉块用力揉搓成一个个球形粉团待用。榨米粉的榨斗安置在大铁锅上面，榨米粉时，把生粉团放进底部装有一层凿有许多圆形小洞的铜片方形榨斗里，然后用一个木制的榨芯塞进榨斗，在榨芯上加压力，粉团就随着压力从榨底的小孔中挤出，变成一根根长长的米粉条。米粉条落进锅里烧开了的水中煮熟，这煮米粉的水逐渐变成乳白色，这种乳白色的水就叫"原汤"。

原汤米粉是一碗一碗配制的。先将"原汤"舀进一个小锅里（舀多少原汤以碗的大小为准），烧开后，把牛肉和牛下水放在原汤里烫熟，再把已经做成的小米粉团用竹制的"抽子"盛着，放到大锅里的原汤里烫一烫后倒进碗里，接着把小锅里已经煮熟了的拌过调料的牛肉、牛下水切片连菜带汤一起倒进盛有米粉的碗里，加上葱花、芫荽、胡椒粉、辣椒之类的

佐料，一碗味美可口的原汤米粉便配制成了。原汤米粉筋力好，不容易断，吃起来又脆又滑，还有一种原汤的清香。

"冒热米粉"一般是在中午、夜晚经营。这种米粉以卤菜为主，卤菜原料是上乘牛肉、牛舌、牛横肝、牛领头、牛尾结等，经过配香料、熬卤、走一道油锅才成。将米粉冒热后盛入碗中，在米粉上覆盖切成薄片的卤肉、佐料以及香花生（或酥黄豆）、大蒜、葱、辣椒、香油，加卤水即可。桂林的白顺友在柳州街开的"白万利"店就是专卖这类米粉发家致富的。

《桂林回族的传统风味小吃》

❖ 王新吾：陆公馆的鱼生米粉

明秀园环山带水，其流水清浅泛绿、游鱼成群。武鸣的鱼生米粉是最好的特味，尤其是陆公馆的鱼生米粉，其味更鲜美特殊。

我在武鸣教书的时候，每个星期日必去陆荣廷的义姐蓝三婆家吃东西。有时三婆高兴起来就做鱼生米粉给我们吃。陆荣廷的四夫人由上海返武鸣，她特地请我们吃了一餐鲜美可口的鱼生米粉。鱼是由明秀园河内捞来的，其制法是这样：将活草鱼剖开而去掉肠肚及鳞、刺，并将肚皮肉（鱼腩）切去不要，只留下背脊上那一条厚肉，用刀削去其皮层，净留白肉一条，将它覆放在篾筲箕的拱背上，等水滤干后，切成飞薄的小片，放少许细盐、葱头、生姜、酒，上好酱油，拌腌上半小时候用；其次就是拌生鱼配料，用炒熟黄豆、花生来捣成粉末，又用糯米粉做成圆形的小薄片，放在油锅内炸黄备用。各种配料办好后，将腌鱼生的配料倒去不要（恐有腥气），再用酱油、酸醋，适量地放点酒、白糖、葱、姜、味精、小磨香麻油同鱼生拌和，再拌和米粉，这就成了美味的鱼生米粉了。

我有个特性，遇着好吃的东西，必须将其制法弄清楚。陆公馆的鱼生米粉好吃的原因是酌料齐全，又是上好的，所以制出来的味道特别鲜美。

一般人家望尘莫及。承四夫人的好意，请我们吃了一餐美味的鱼生米粉，引起我内心里无限的感想：豪门一餐饭，中人之家半年粮。

《陆荣廷二三事》

❖ 陈迩冬：狗马之思

日本早投降了，我们的胜利已获得了。复员了，还乡了，秋也深了。据说"下江人"（不光只是松江人），都有着"莼鲈之思"。那么，北方人（一样的不光只说北京人或北平人），该也有"羊肉摊之思"吧？

倘在我们家乡——桂林，则"马肉米粉"早已上市，此刻重阳既过，腊马肉的香味应是溢出于每一家米粉馆的门外。后贡门的"烧桑斋"，中南路的"又一斋"，桥西路的"义荣斋"，东华门的"也来开"……十家、百家，那芬芳，向你招手。——自然，现在的我千里之外嗅到的是那一片"焦的领土"的香。

马肉的色、味，尤非猪、牛、羊肉所能比拟。只有狗肉，色虽不及马肉而味或有过之。马肉只限于桂林一城有卖，而狗肉则普遍的为两广"肉食"中的上品。

"挂羊头，卖狗肉。"这已是被用过一千次一万次的成语。这成语似乎从没有人厚非过。但在敝乡，却正相反，应该是"挂狗头，卖羊肉"的。因为狗比羊价贵，挂狗头而不以羊肉假冒都已属难得，哪来有挂羊头而以狗肉饷客的好店主？

我不大了解，像我这样的"南蛮野人"，一提及狗肉，为何就常使得中原衣冠之士皱眉。我也不大了解，刘邦王朝那些燕市屠狗之辈是什么时候洗手或刷牙的。郑板桥爱吃狗肉，真难得，他是兴化人，在我们五岭以西的人看，他是很"北"了，但在北方人看，他还是很"南"的，似乎还不足为训。难得的是"东都"施耐庵（？）笔下的鲁智深吃狗肉那么津津有

老桂林 239

味而写得那么头头是道。

实则比狗马还上的，在两广，尚有蛇。而我们贱民们的食品，尚有鼠。

此时此地，蛇不多见，甚至于未尝见；但老鼠却是白日过街，夜来上床，与人为群的。我好几次想捉两只来烤、炒黄豆吃。这尤益于我的孩子的身体，因为我们没有牛奶和鱼肝油之类，而老鼠炒黄豆古例是我们的补品。但好几次都被熟悉鼠情的人止住了，据说是这里的老鼠虽比我们那里的更肥大，但吃不得。

我今所以不说"蛇鼠之思"，而只说"狗马之思"者，原因也就是怕吓着一些苏杭天堂或巴蜀天府的绅士淑女，乃至于英美诸文明盟邦。

"狗马之思"也只是限于"思"而已，我们米麦尚无，遑论狗马！虽然是日本早投降了，我们的胜利已获得了，复员了，还乡了，而我们这"东方的吉普赛"，正是——

"全家都在秋声里，九月衣裳未剪裁。"

❖ 刘 毅：天一栈豆腐乳与辣椒酱

以豆腐乳、辣椒酱驰名全国的天一栈，店主姓阳，名开泰，又名阳天一，前清咸丰年间，由江西吉安府卢陵县迁来广西桂林，在义井头（即现在的中山南路）开设天一栈，以经营豆腐乳、辣椒酱为业。阳开泰生有二子，一名阳文龙，一名阳文运。其子长大后，子承父业，文龙即在其父旧址，继续经营豆腐乳、辣椒酱生意；文运则迁至正阳路开设第二家天一栈，也专做豆腐乳，辣椒酱生意。

后来文龙的儿子弃商从政，乃将义井头的天一栈结束，同时他们又有一条家规，就是做豆腐乳辣椒酱的技术，只准传给儿子媳妇，不准传给女儿。因此，在桂林就只剩有正阳路天一栈一家，别处并无任何分店。而这一家就是远近闻名的天一栈。

天一栈的豆腐乳，辣椒酱之所以出名，就在于质量好。他制出的腐乳成乳状，细滑味美；辣椒酱油润香辣，深得群众喜爱，行销全国，远销港澳。他们之所以能做到这一步，首先就是注意选择原材料。

豆腐乳的好坏，决定于豆腐坯。而豆腐坯又以临桂四塘横山的坯子最出名。做豆腐坯要求细嫩，所以必须选择上等的黄豆，磨得最细，滤得最干净，不能掺杂一点豆腐渣，霉要发得厚，要呈白色，黑色的是次品。天一栈就是专向横山选购豆腐坯的，所以他们做出的腐乳是非常细滑可口。其次是酒，因为腐乳是用酒浸泡而成，所以酒的好坏也决定腐乳的质量，而酒又以桂林安泰源的酒为最好。据说它是用九娘庙那儿的一股泉水来酿酒的，所以它的酒特别香醇。天一栈每年用酒多少，就固定向安泰源酒厂购用。

此外，就是辣椒，他们做腐乳也好，做辣椒酱也好，都离不开辣椒。他们每年8月，就开始收购辣椒，他们选择的辣椒，一律是红色的天辣椒，菜椒是不要的。收进后就在太阳下晒成干辣椒，以供碾成细末备用。

做辣椒酱的辣椒，只晾干即可使用。至于做辣椒酱的蒜头和豆豉，他们也有所选择，蒜头要火蒜不要白蒜，豆豉要对河汤新太出产的老霉豆豉，不要其他的豆豉，这样就保持了它的香味。

…………

抗战期间，桂林人口陡增，物价高涨，生活维艰，而腐乳仅几分钱一块，买一块腐乳就可以送一餐饭。因而吃腐乳的人也越来越多。尤其当时许多文化人云集桂林，他们一经品尝，赞不绝口，有的则写成文章，广为流传。如熊佛西先生，就先后写了两篇文章介绍桂林天一栈的腐乳。

真是"一经品题，身价百倍"。在许多人的赞美和介绍下，天一栈腐乳之名，就不胫而走，不仅桂林人纷纷购买天一栈的腐乳，其他各地也派专人到桂林采购天一栈的腐乳。如在重庆的孔二小姐，就曾经派一架飞机到桂林来，指名要买天一栈的腐乳，用飞机送到重庆去。

就这样，在大家公认之下，天一栈的腐乳，就成为了桂林特产之一。

《桂林天一栈豆腐乳》

❖ 廖　江：杨姑娘的粽子

　　大圩地属华南稻作区，有吃粽子的习俗。大凡节庆之日，或送外嫁女儿回婆家，必以粽子馈赠，平日外出山间田野干活，带几根粽子以作中餐，也十分便当。特别是每年端午节包粽子的习俗，更与中国古代大诗人屈原老夫子相联系，说是屈原投汨罗江而死，包粽子投入江中，以兹祭奉云云。其实呢，包粽子都是为了自己吃。于是便有了诸多讲究：色、香、味、形，缺了哪一样都只算作"次品"。又于是，包粽子也可以成名，大圩杨姑娘便是一例。

▷ 粽子

　　杨姑娘家住大圩牛行（今民主街），因为她的粽子有名，人称"粽子杨姑娘"，而她制作的粽子则可简称为"杨粽"。粽子用上等恭城糯米为主要原料，内馅猪肉丁、板栗、芋头、胡椒粉、食盐等，与他人用料并无大异，只是用料比例特别讲究，做到油而不腻，糯而不黏；二是用粽叶包扎，先将叶片用清水泡过，软滑光亮，且有一种天然的清香；三是讲究造型，俗称"有卖相"。选用柔韧度强的糯秆草芯（经过制作的）将包好的糯米扎紧，用牙齿咬住草芯的一端，右手握住另外一头，在粽叶（粽子雏形）上绕两圈之后，手、牙同时用力向相反方向紧拉，拉至极限时，左手将粽叶轻轻一推，草芯两端经旋动的离心力而紧拧成一条草辫，草箍便系定下来。如此者再三，一条有三道草箍的4寸长、2寸多宽、6分厚的粽子便基本包成了。最后再"美容"：将多余的草、叶剪齐。于是，一条粽子的糯米（2两左右）及内馅，便紧包在折叠多层的粽叶之中而浑然一体了。最后将包好的粽子置于铁锅加水猛火炖煮，直至将糯米炖烂而不见颗粒为止。

粽子的系列也多：水粽、油炸粽、煎粽、烤粽；分咸、甜两种吃法；若以形状分，则有三角粽、枕头粽等。枕头粽的长度约为一般粽子的3至10倍不等，一只粽子用糯米达2至5斤，形如枕头，故名。因其寓意"同床共枕，百年偕老"，故为馈赠新婚女婿所必备，具有丰富的人文内涵。

《大圩小吃趣话》

第九辑

桂林印象·名家笔下的老桂林

❖ 熊佛西：桂林风景甲天下

近水楼台，就先谈我对于桂林风景的印象吧。

从外省到这儿来的朋友，见面必问：桂林山水甲天下，究竟是否名副其实？关于这点似乎有两派的意见：一派认为桂林风景甲天下，的确名不虚传，奇伟雄壮——一峰，一水，一花，一草，皆足令人留恋。另一派相反的，认为桂林毫无风景可言，所见的仅是几个秃峰而已。甚至还有人形容桂林的山峰是煤渣儿堆成的。这正所谓仁者见仁，智者见智。各人的情趣不同，因之见解亦异。

▷ 桂林碧莲峰

月前在一个小小的宴会上，座中除了广西的几位首长，还有最近来桂卜居的章士钊先生，座中我们谈起了桂林的风景。章先生说桂林的风景的确很好，可辟为世界游览区，惜现在到此来游历的人，因为缺少关于风景的说明和指导，有时莫名其妙地住了一两天就走了，这实在是一种遗憾。章先生很希望本省当局能够编制一些关于桂林风景的图书，予以外来旅客游览风景的方便，这的确是很好的一个建议。

我这是第二次游桂林。当我二十四年初次游桂林的时候，仿佛觉得自己到了一个仙境，虽不是世外桃源，但却是一个别有奇趣的世界。当时我曾登独秀峰远眺，月牙山坡上看花桥的倒影，象鼻山下月夜泛舟，阳朔的碧莲峰上观雨……这一切都深深地印在我的脑海，所以我当时离开桂林的时候，乐群社的管理人叫我题字留念，我就毫没有夸张地写上了"桂林风景甲天下，广西政绩冠全国"。因为同时我还到梧州、南宁、柳州、武鸣等县参观各种建设。这多年来凡有人问及我关于广西的一切，我必滔滔不绝地赞许！记得当时与我同游的有徐悲鸿、王济远两先生，老友孙绍园先生更予以种种旅行上的便利。

这次我到桂林来又得了许多新的印象。我觉得游桂林必须游阳朔，游阳朔必须乘船而去，因为这条水路有绵绵不绝雄奇秀丽的山和水，倘若遇到雨天或月夜，那更有说不出的美妙！千百秃拔的奇峰环抱着碧绿的滩水，远远地看去：烟云弥漫，群峰忽隐忽现，近处是清澈透底的滩水，三五渔筏，漂流荡漾，渔翁披着蓑衣撒网，鹭鸶鹄立筏首，任何杰作的图画也无法与这天然的图画比拟！碧莲峰临江耸立，众山环抱，好似一朵莲花。

这种奇特雄伟的壮观，只有世界闻名的加拿大边境的"莱伽瀑布"，勉强可以能够与之媲美！登碧莲峰远眺，尤其在雨天或在夕阳西下的黄昏，真使人赞叹天下风景止于此矣！由羊角山再前行，为青兀渡，此处以潇洒秀丽见胜，有人说桂林的风景缺乏潇洒秀丽之风姿，倘若我们一临阳朔的青兀渡，便觉大谬不然，其秀丽有如杭州之西湖，其潇洒有如姑苏的金山。所以游桂林万不可不去阳朔，因为桂林风景甲天下，阳朔风景甲桂林。

有些人对于桂林的风景颇为失望，这由于他们在桂林的时间过于急促，只到中山公园望了望孤立的独秀峰，到七星岩看了看深暗的岩洞，他们便以为桂林的风景止于此矣。其实桂林的风景不在独秀峰和七星岩，而在整个的桂林区！不信你站在中正桥上凭栏环顾远眺，每个角度都有它特殊风趣；你若沿着漓江步行到穿山一带，你会欣赏称赞不已！倘你有一小时的清闲，到定桂门外，驾一叶轻舟，溯江而上，月夜或黄昏，雨天或晴霁，山影人面倒映在水里，微风拂鬓，水声潺潺，真有无限的诗意。今年中秋月夜我曾买舟独泛象鼻山下，那一夜，是最陶醉的一夜，我永远不能忘记。

任何风景的优美都与季候时刻有密切关系。春有春景，秋有秋色，晴日有晴日的情调，雨天有雨天的风趣，风景随着季候时刻而转变，桂林的风景尤其是这样千变万化，有时甚至一日数变。不过我认为欣赏桂林的风景最好在雨后，这时景物格外清新。其次是在月夜，月夜漫步中正桥头或月牙山下，在夜阑人静月到天心之际，银色的雾笼罩着整个的桂林城，群峰披戴着一层乳白的纱缦，是桂林最美的时候。

漓江的水，和桂林的山一样，其色调也是一日数变，有时是碧绿的，有时是深蓝的，有时是青黑的，在夕阳西下的时候是群龙聚舞，金光灿烂！任何时候都是清澈透底！夏日游泳其中，清凉似神仙。

有人说峨眉天下秀，巫峡天下险，青城天下幽，剑阁天下雄，漓堆天下奇，我则说桂林的风景奇雄险秀兼而有之！

❖ 陈迓冬：象山水月洞

桂林旧有俗谣："象山对訾洲，江水两边流。富贵无三代，清官不到头。"盖古昔"风水家"之言，流传为此四句，未可信也。象山（俗称象鼻山）为桂林"大八景"之一，曰"太平景象"，"平"为"瓶"之谐音，谓山顶建有佛塔如大象背负宅瓶。訾洲（本名訾家洲）亦"大八景"之一，曰："訾洲烟雨"，唐柳宗元有记。兹置訾洲不表，单道象山水月洞中诗。

水月洞在此巨象口鼻之间，有唐诗人元结篆书"水月洞"三字刻石，署"溪园居士"题，溪园居士即元结之别号。水月洞在南宋时曾一度改名"朝阳洞"，乾道九年（1173）范成大始复其旧名，撰有铭文刻于洞之顶壁，历800余年犹新，仰视清晰可读，其辞云：

有嵌屏颜，中浣涨湍，水清石寒。圆魄在上，终古弗爽，如月斯望。漓山之英，漓水之灵，婵其嘉名。范子作颂。勒于龙揪，水月之洞。

铭文系以三句为韵者，言水月之妙境，其辞甚简，其意自明。铭前有序，兹不录。

自山麓入，洞之左壁，有陆游诗札刻石。诗皆《剑南诗稿》中收有，亦不录。陆游未尝游桂林，诗是寄其友人杜思恭者，手迹草书颇佳，信札尤足珍贵。杜氏刻于庆元三年（1197），且有跋文。末二行毁于抗日战争的修筑防空洞，解放后由桂林副市长魏继昌据旧拓本摹补足成。魏老本书法名家，今亦作古人矣。

绍熙五年（1194），有朱曦颜《南歌子》词刻石：

影落三秋月，寒生六月霜。是谁幻出玉篔筜？乞与一枝和雪、钓漓湘。劲节依琳馆，虚心陋草堂。笔端元自有雌黄，疑是化龙蜚到、葛仙旁。

此朱氏过鄱阳题墨竹词，刻于漓江边"以寓万里之思"。

庆元四年（1198），张埏集李白句为一绝，亦刻于洞：

明月出天山，月明秋水寒。观心同水月，镊白坐相看。

嘉定七年（1214），张自明七夕来游，有诗刻云：

癸水江头石似浮，银河影里月如钩。无人弄杵看蟾兔，有客乘槎访斗牛。自古鹊桥传七日，何年桂子落三秋。金轮待欲长无缺，玉斧仍须妙手修。

末二句盖期望恢复中原，寄托其爱国主义情思。

曾宏正之《水调歌头》，刻于淳祐三年（1243），其词显然受东坡此调影响：

风月无尽藏，泉石有膏肓。古今桂岭奇胜，骚客费平章。不假鬼谋神运，自是地藏天作，月魄镇相望。举首吸空翠，赤脚踏沧浪。

惊龙卧，攀栖鹘，翳鸾凰。秋爽一天凉露，桂子更飘香。坐我水精宫阙，呼彼神仙伴侣，大杓挹琼浆。主醉客起舞，今夕是何乡！

后有元代至正二年（1342），曾氏孙天骥等跋文，上距其曾祖题词刻石，已历年矣！

右仅选录宋人铭辞一、诗二、词二。其他题名，作记者至多，明清两代摩崖诗刻，亦复不少。游桂林揽胜士女，可于水月洞中步履间乃至坐卧间得之，不劳披荆涉险以寻。

《桂林一小诗窟——象山水月洞》

❖ 丰子恺：桂林的山

"桂林山水甲天下"，我没有到桂林时，早已听见这句话。

我预先问问到过的人："究竟有怎样的好？"到过的人回答我，大都说是"奇妙之极，天下少有"。这正是武汉疏散人口，我从汉口返长沙，准备携眷逃桂林的时候。抗战节节仍失利，我们逃难的人席不暇暖，好容易逃到汉口，又要逃到桂林去。对于山水，实在无心欣赏，只是偶然带便问问而已。然而百忙之中，必有一闲。我在这一闲的时候想象桂林的山水，假定它比杭州还优秀。不然，何以可称为"甲天下"呢？

我们一家十人，加了张梓生先生家四五人，合包一辆大汽车，从长沙出发到桂林，车资是270元。经过了衡阳、零陵、邵阳，入广西境。闻名已久的桂林山水，果然在民国二十七年6月24日下午展开在我的眼前。初见时，印象很新鲜。那些山都拔地而起，好像西湖的庄子内的石笋，不过形状庞大，这令人想起古画中的远峰，又令人想起"天外三峰削不成"的诗句。至于水，漓江的绿波，比西湖的水更绿，果然可爱。我初到桂林，心满意足，以为流离中能得这样山明水秀的一个地方来托庇，也是不幸中之大幸。开明书店的经理，替我租定了马皇背（街名）的三间平房，又替我买些竹器。竹椅、竹凳、竹床，十人所用，一共花了58块桂币。桂币的价值比法币低一半，两块桂币换一块法币。58块桂币就是29块法币。我们到广西，弄不清楚，曾经几次误将法币当作桂币用。后来留心，买物付钱必打对折。

打惯了对折，看见任何数字都想打对折。我们是6月24日到桂林的。后来别人问我哪天到的，我回答"6月24日"之后，几乎想补充一句："就是3月12日呀！"

汉口沦陷，广州失守之后，桂林也成了敌人空袭的目标，我们常常逃警报。防空洞是天然的，到处皆有，就在那拔地而起的山的脚下。由于逃警报，我对桂林的山愈加亲近了。桂林的山的性格，我愈加认识清楚了。我渐渐觉得这些不是山，而是大石笋。因为不但拔地而起，与地面成九十度角，而且都是青灰色的童山，毫无一点树木或花草。久而久之，我觉得桂林竟是一片平原，并无有山，只是四围种着许多大石笋，比西湖的庄子里的更大更多而已。我对于这些大石笋，渐渐地看厌了。庭院中布置石笋，数目不多，可以点缀风景；但我们的"桂林"这个大庭院，布置的石笋太多，触目皆是，岂不令人生厌。我有时遥望群峰，想象它们是一只大动物的牙齿，有时望见一带尖峰，又想起小时候在寺庙里的十殿阎王的壁画中所见的尖刀山。假若天空中掉下一个巨人来，掉在这些尖峰上，一定会穿胸破肚，鲜血淋漓，同十殿阎王中所绘的一样。这种想象，使我渐渐厌恶桂林的山。这些时候听到"桂林山水甲天下"这句盛誉，我的感想与前大异：我觉得桂林的特色是"奇"，却不能称"甲"，因为"甲"有尽善尽美的意思，是总平均分数。桂林的山在天下的风景中，绝不是尽善尽美。其总平均分数绝不是"甲"。世人往往把"美"与"奇"两字混在一起，搞不清楚，其实奇是罕有少见，不一定美。美是具足圆满，不一定奇。三头六臂的人，可谓奇矣，但是谈不到美。天真烂漫的小孩，可为美矣，但是并不稀奇。桂林的山，奇而不美，正同三头六臂的人一样。我是爱画的人，我到桂林，人都说"得其所哉"，意思是桂林山水甲天下，可以入我的画。这使我想起了许多可笑的事：有一次有人报告我："你的好画材来了，那边有一个人，身长不满三尺，而须长有三四寸。"我跑去一看，原来是做戏法的人带来的一个侏儒。

这男子身体不过同桌子面高，而头部是个老人。对这残废者，我只觉得惊骇、怜悯与同情，哪有心情欣赏他的"奇"，更谈不到美与画了。

又有一次到野外写生，遇见一个相识的人，他自言熟悉当地风物，好意引导我去探寻美景，他说："最美的风景在那边，你跟我来！"

我跟了他跋山涉水，走得十分疲劳，好容易走到了他的目的地。原来有一株老树，不知遭了什么劫，本身横卧在地，而枝叶依旧欣欣向上。我率直地说："这难看死了！我不要画。"

其人大为扫兴，我倒觉得可惜。可惜的是他引导我来此时，一路上有不少平凡而美丽的风景，我不曾写得。而他所谓美，其实是奇。美其所美，非吾所谓美也。这样的事，我所经历的不少。桂林的山，便是其中之一。

篆文的山字，是三个近乎三角形的东西。古人造象形字煞费苦心，以最简单的笔画，表出最重要的特点。像女字、手字、木字、草字、鸟字、马字、山字、水字等，每一个字是一幅速写画。而山因为望去形似平面，故造出的象形字的模样，尤为简明。从这字上，可知模范的山，是近于三角形的，不是石笋形的；可知桂林的山，不是模范的山，只是山之一种——奇特的山。古语说："仁者乐山，智者乐水"，则又可知周围山水对于人的性格很有影响。桂林的奇特的山，给广西人一种奇特的性格，勇往直前，百折不挠，而且单刀直入，率直痛快。广西省政治办得好，有模范省之称，正是环境的影响；广西产武人，多军人，也是拔地而起的山的影响。但是讲到风景的美，则广西还是不参加为是。

"桂林山水甲天下"，本来没有说"美甲天下"。不过讲到山水，最容易注目其美，因此使桂林受不了这句盛誉。若改为"桂林山水天下奇"，则庶几近情了。

❖ 沈翔云：桂林山水

每值丹桂飘香的深秋，便会令人缅想起那遥远的古城——桂林。

桂林远处在西南的角落里，六七年前，似乎不大引起人们的注意。自战事发生后，交通发达，人口骤增，商业繁盛，这座幽静淡雅的古城，一跃而变为新兴的都市了。

"桂林山水甲天下"这句口碑载道的赞语，虽然有点过分，可是离事实也并不太远；的确，桂林的风景太美了！以桂林的风景比之杭州，杭州像浓妆艳抹的小姐，以艳丽动人；桂林却像朴素淡雅的村姑，清秀得可爱。

桂林唯一的特点就是石山多，岗峦起伏，绵延不绝：或挺拔云表，登造无阶；或半空开窍，冥搜莫测；或孤表直耸，顶平如阜；或洞门透迤，中天透光。石块砌成的桂城，就在巍峨的山峰包围中，城郊遍生桂树，深秋之际，灿烂的桂花怒放的时候，清香随风吹遍了全城。人们添上了秋装，无论是游山玩水，探径寻幽，都陶醉在大自然的怀抱里了。

桂城濒漓江西岸，城中有"王城"，是明代靖江王开府之所。王城中有大石山名独秀峰，高约600公尺；山上有庙宇楼亭，不整齐的石级从山脚绕山而上；半山之间，红墙绿瓦，在那苍松翠柏之中衬托出来，显得非常美丽。山顶俯瞰全城，青山绿水，尽入眼帘。桂林的城门很多，如水东门、南门、西门、北门、定桂门、伏波门、文昌门、丽泽门、猫儿门等。水东门临漓江，是通对岸的唯一要道。出了城门，江中横着一条曲折的大浮桥，用大船和厚板搭成，联以铁链，桥宽约两丈，长约十丈，从早到晚，桥上的行人熙熙攘攘，络绎不绝地往来着。桥下江水澄清见底，游鱼可数。过了桥再向东行，便是风景区了。

对岸的名胜很多，走过浮桥，登了岸，再穿过一条热闹的市街便是"花桥"。花桥是一条大石砌成的桥，没有浮桥长大，特别之处，就是桥顶有瓦盖着，远望好像吊楼一样。桥下流水很浅，有一部分沙滩已成为"荸荠市场"。桥头有两丈多高的巨石数块屹立着，石的隙缝间生长许多芙蓉花，所以名之曰"芙蓉石"。到了花桥，抬头一望，只见悬崖峭壁，四面都是苍翠的山峰。再向东行，便是月牙山和普陀山。月牙山在南，普陀山在北，两山遥遥相峙。月牙山峰，远望好像上弦月的半圆形。沿着山坡上去，庙宇很多，香烟缭绕，暮鼓晨钟，一般信男善女，敬香求师，非常热闹；同时山上的和尚，也就借此大做生意，除了香烛纸锭专卖之外，兼卖点心素食，不标定价，任食客给赏，每天的收入倒很可观。普陀山比月牙山高，有很整齐的石级上去，山上的亭台楼阁，雕梁画栋，古香古色，极其雅致。山脚有一大岩洞，名"七星岩"，岩口宽约七八丈，可容千人；岩内长有六里，有手执火炬导游的人在岩口招揽生意，付两元的代价，不单可以掌火导游，并且他们还将岩中一切奇景逐一地讲解给游客听。岩内天然的奇景都是石乳滴积而成为人形、动物形状等等，如"鲤鱼跳龙门""姜太公垂钓"等，惟妙惟肖，真有鬼斧神工之妙。岩中有一条小河，据说可通达湖南。河旁细沙呈黄白色，有金沙滩和银沙滩之称。

沿漓江最著名的名胜，有伏波山和象鼻山。伏波山在漓江的伏波门外，是一座伟大的石山，山上有伏波将军马援的庙，庙门立着两丈高的"哼哈二将"的塑像；胆小朋友一进庙门，突然看见这两位面目狰狞、魁梧高大的泥像，准会大吃一惊。庙中有马援将军的神像，香烟缭绕，四时不绝；来进香的多属船户，他们为了水路上的平安，所以不惜长途跋涉，跑来进香。对着庙门是一个阔约一丈的大石洞，在石壁上，据说是从前江中的妖怪常兴风作浪，闹得船户不安，马将军显灵一次，特向山壁上射了一箭，穿成一个大窟窿，镇服江中的妖怪，这样一来，江中才太平无事。这当然也是齐东野语罢了。象鼻山在漓江下游的文昌门外，山的形状活像一头硕大无朋的大象，立在沙滩的水中，象鼻与前腿间成一大洞，洞中碧波清澈，为炎夏游泳的天然佳境；在春天下雨的时候，从洞中遥望对岸訾洲，一片淡雾笼罩着巍峨的青峰；密密的丛林，称为"訾洲烟雨"，为桂林胜景之一。这幅幽美绝色的画面，不知颠倒了多少的诗人墨客哩！

此外，在漓江上游还有一"还珠洞"。洞口浸在悠悠的碧波中，石岩上刻有斗大的"还珠洞"三字，岸上是峭壁嵯峨，高插云表。据野人谈，这"还珠洞"还有一个神话故事，据说："在前清时代，一个炎日当空的暑天，一群孩子正在漓江中游泳。其中有一个李姓小孩，游泳术很精，还能潜水。那天他的兴致很好，愈游愈远，泅到石崖下一个洞口，崖上绿叶成荫，衬着涟漪的江水。愈觉得清凉无比；兼之鸟语花香，幽雅绝尘，无异一处仙境。李孩快乐忘形，因好奇心的驱使，他便潜入水底，一探洞中究竟。后来回家时手中捧着一粒大明珠，他说：'潜下洞底，看见一个朱颜鹤发的老叟，正在一个别有洞天的石室里瞌睡，身旁放着这粒明珠，于是他就很敏捷地偷了珠子，泅上岸来。'这件事不到半天就传遍了全城，给桂林府的道台知道了，大吃一惊，他以为洞中老叟定是水神，他醒后发觉明珠已失，那么桂林城就有遭水潦的灾祸了。于是命小孩立即将明珠送回去，并且将小孩杀了，祭神请罪，后来在洞口刻下还珠洞三字，以资纪念。"这虽然是荒诞不经的神话，却是非常有趣的。

北门外有一"风洞山"，山上有无数的大岩洞，楼阁庙宇建筑在洞中，因为山高洞大，且是朝南，所以夏天南风吹拂，特别凉爽，因有"风洞"之称。此外还有老人山、斗鸡山，都是天然的石山象形而已。

《桂林山水》

❖ 迺　蒙：桂林观感

如果你没有到过桂林而你又知道"桂林山水甲天下"的话时，我想你一定会羡慕我的幸运吧。因为我现在是到达了这渴仰已久的城市——模范省的旧省会，并且已住了相当时日的缘故。

桂林给我的第一个印象，确像我以前所憧憬的那样美好。它有宽广的水门汀马路和安全优美的人行道。人行道上面凸出着商店的楼台，可以遮住猛烈的阳光和突如其来的暴雨。人行道的外侧种植着洋槐和柳树，从远处望过去，路的那端很像是一个苗圃，它那浓密的绿荫，使在它底下来往的行人，感到幽畅和舒爽。

▷　民国时期桂林的街道

我来桂林已十多天了，却没有一天吃过三顿饭。因为这里的习惯是每天吃两顿饭。而卧的旅馆当时也不能例外的。吃饭的时间，早饭是上午9时，晚饭是下午3时。我们在街上很少看见穿长衫而说广西话的人。学生不论男女，穿的都是灰色短装。男的是短裤绑腿，女的是黑色的短裙，精神都很活泼。

经过长途的跋涉，身上积了一层汗垢，因为这里的旅馆里的浴室不供给肥皂，于是我只好自己上街去买。

"这药皂多少钱一块？"

"五角——钱。"

一个长脸孔的伙计用着响亮的音调回答我。这实在太贵了，但因为这是非买不可的东西，也就没有说什么，买了一块，拿出一张一块钱的中国银行钞票给他找，出乎意料，他找给我的不是五角，而是一元五角，这使我当时感到了十二分的惊奇：

"喂，伙计，你算错了吧？"

他看了看，很肯定地说：

"没有，一点也不错。"

经过详细地询问，我才知道这里所通用的货币大半是桂币，就是广西银行所出的钞票，桂币一元只值法币五角，桂币一角只等于法币五分。伙计所说的价目和兑给我的钱都是桂币，而我给他的却是法币，所以单从票面上看来好像是多了。这种货币不统一的现象，希望不久就能消灭。

在桂林见不到钩心斗角的大洋货店，也看不到五光十色的霓虹，更没有堂皇富丽的跳舞厅，最高大的建筑不过是在西湖边的几所大旅社。电影院，就我所了解的所映的不是外国影片就是粤语片。上海或北平的电影制片厂所产的国语片是不大上映的，主要的原因当然是不合观众的口味。

这里有过两次被敌机大轰炸的事，但损失并不大。这一方面是由于平日民众对空袭有充分的准备，另一方面当然也得归功于坚牢的天然防空洞。它们能容得起几百万人，并且能吃得消几百磅甚至一吨重的大炸弹。

"桂林山水甲天下"这句话并没有说得过分。我到这里后，打算有计划地去享受一些难得的眼福。可是结果使我很失望。原因是时值抗战，许多地方不便公开的缘故。现在可以自由游览的，只有七星岩一处。这岩洞有一里多深，两头相通。中间怪石丛生，别有风致，里面设置了很多粗笨的长凳，这就是空袭时的乐园。

至于出版方面，这里确是相当的发展。各大书店在这里都有它们的分店，新的杂志可以随时看到。本地出版的报有《扫荡报》《救亡日报》和《广西日报》几种。但学校却不多，最高学府是省立桂林中学，同时也是桂林唯一的一所完全中学。

《在桂林》

❖ 叶圣陶：在桂林的一天

晨仍早起，预备避警，但并无动静。敌人经昨之挫败，殆不敢轻易来袭桂林矣。

▷ 七星岩

7时洗翁邀出游行。出城东定桂门，过浮桥。浮桥两旁皆泊木船，即于船中陈物求售，如店铺然。入龙隐寺，寺后有洞，建小塔及香藏。石壁上有元祐党人碑。坐少顷，转至七星后岩，未至洞数十步即感寒气。在洞口观望，石隙水下如雨，阴气迫人，不敢久留。又折至七星前岩，洞口阔大，政府机关在此建一巨屋，为疣藏档卷之所。洞有栅门，加锁。其中木凳满布，空袭时开放，可容三万人，为桂林最大之洞。亦可纳费入内游览，余则无此兴致，在岩前空地上吃茶。茶座几满，皆预备避警者。四望山容野景，颇为畅适。看报，知江山亦已放弃，赣省敌颇深入。经中正桥而入城，进王城，望省政府背后之独秀峰。一峰孤起如柱。上生丛树。

10时半返店。饭后续作昨所为文，至4时半完篇。今日得二千余言，全篇三千余言。

傍晚，洗翁邀仲华、彬然、云彬、锡光、联棠在店中小饮，谈设立编译机构事。议定设于成都，由余主之，定名曰"开明编译所成都办事处"。仲华、彬然、云彬皆为编译委员，相助编朝稿。每月以印书30万字，出版两册或三册为定则。收稿费用年以十万元为度。其他事务费用亦有规定。9时散。

天气热甚，登床，挥扇而汗流不止。

《艺术的逃难》

❖ 丰子恺：逃难的旅途

河池地方很繁盛，旅馆也很漂亮。我赁居某旅馆，楼上一室，镜台、痰盂、茶具、蚊帐，一切俱全，竟像杭州的三等旅馆。老板是读书人，知道我的"大名"，招待得很客气；但问起向贵州的汽车，他只有摇头。我起个大早，破晓就到车站去找车子，但见仓皇、拥挤、混乱之状，不可向迩，废然而返。第二天又破晓到车站，我手里拿了一大束钞票而找司机。有的看看我手中的钞票，抱歉地说，人满了，搭不上了！有的问我有几个人，我说人三个，行李八件（其实是五个，十二件），他好像吓了一跳，掉头就走。如是者，凡数次。我颓唐地回旅馆。站在窗前怅望，南国的冬天，骄阳艳艳，青天漫漫；而予怀渺渺，后事茫茫，这一群老幼，流落道旁，如何是好呢？传闻敌将先攻河池，包围宜山柳州。又传闻河池日内将有大空袭。

▷ 丰子恺漫画《仓皇》

晴明的日子，正是标准的空袭天气。一有警报，我们这位72岁的老太太怎样逃呢？万一突然打到河池来，那更不堪设想了！

这样提心吊胆地过了好几天，前途似乎已经绝望。旅馆老板安慰我说："先生还是暂时不走，在这里休息一下，等时局稍定再说。"我说："你真是一片好心！但是，万一打到这里来，我人地生疏，如之奈何？"他说："我有家在山中，可请先生同去避乱。"我说："你真是义士！我多蒙照拂了。但流亡之人，何以为报呢？"他说："若得先生到乡，趁避乱之暇，写些书画，给我子孙世代宝藏，我便受赐不浅了！"在这样交谈之下，我们便成了朋友。我心中已有七分跟老板入山，三分还想觅车向都匀走。

次日，老板拿出一副大红闪金对联纸来，要我写字。说："老父今年七十，蛰居山中。做儿子的糊口四方，不能奉觞上寿，欲乞名家写联一副，托人带去，聊表寸草之心，可使蓬荜生辉！"我满口答允。就到楼下客厅中写对。墨早磨好，浓淡恰到好处，我提笔就写。普通庆寿的八言联，文句也不值得记述了。那闪金纸是不吸水的，墨渖堆积，历久不干。门外马路边太阳光作金黄色。他的管账提议：抬出门外去晒，老板反对，说怕被人踏损了。管账说："我坐着看管！"就由茶房帮同，把墨迹淋漓的一副大

老桂林 **261**

红对联抬了出去。我写字时，暂时忘怀了逃难。这时候又带了一颗沉重的心，上楼去休息，岂知一线生机，就在这里发现。

老板亲自上楼来，说有一位赵先生要见我。我想下楼，一位穿皮上衣的壮年男子已经走上楼来了。他握住我的手，连称"久仰""难得"。我听他的口音，是无锡、常州之类，乡音入耳，分外可亲，就请他在楼上客间里坐谈。他是此地汽车加油站的站长，来的不久。适才路过这旅馆，看见门口晒的红对子，是我写的，而墨迹未干，料想我一定在旅馆内，便来访问。我向他诉说了来由和苦衷，他慷慨地说："我有办法。也是先生运道太好；明天正有一辆运汽油的车子开都匀。所有空位，原是运送我的家眷，如今我让先生先走。途中只说我的眷属是了。"我说："那么你自己呢？"他说："我另有办法。况且战事尚未十分逼近，我是要到最后才走的。"讲完了，他起身就走，说晚上再同司机来看我。

我好比暗中忽见灯光，惊喜之下，几乎雀跃起来。但一刹那间，我又消沉、颓唐，以至于绝望。因为过去种种忧患伤害了我的神经，使它由过敏而变成衰弱。我对人事都怀疑。这江苏人与我萍水相逢，他的话岂可尽信？况在找车难于上青天的今日，我岂敢盼望这种侥幸！他的话多半是不负责的。我没有把这话告诉我的家人，免得他们空欢喜。

岂知这天晚上，赵君果然带了司机来了。问明人数，点明行李，叮嘱司机之后，他拿出一卷纸来，要我作画。我就在灯光之下，替他画了一幅墨画。这件事我很乐愿，同时又很苦痛。赵君慷慨乐助，救我一家出险，我写一幅画送他留个永念，是很乐愿的。但在作画这件事说，我一向欢喜自动，兴到落笔，毫无外力强迫，为作画而作画，这才是艺术品，如果为了敷衍应酬，为了交换条件，为了某种目的或作用而作画，我的手就不自然，觉得画出来的笔笔没有意味，我这个人也毫无意味。但在那时，也只得勉强破例，在昏昏灯火下用恶劣的纸笔作画。

次日一早，赵君亲来送行，汽车顺利地开走。下午，我们老幼五人及行李十二件，安全地到达了目的地都匀。汽车站壁上贴着我的老姊及儿女们的住址，他们都已先到了。全家11人，在离散了16天之后，在安全地带重行团聚，老幼俱各无恙。我们找到了他们的时候，大家笑得合不拢嘴来。正是"人世难逢开口笑，茅台须饮两千杯！"这晚上11人在中华饭店聚餐，我饮茅台酒大醉。

一个普通平民，要在战事紧张的区域内舒泰地运出老幼五人和十余件行李，确是难得的事。我全靠一副对联的因缘，居然得到了这权利。当时朋友们夸饰为美谈。这就是某君所谓"艺术的逃难"。但当时那副对联倘不拿出去晒，赵君无由和我相见，我就无法得到这权利，我这逃难就得另换一种情状。也许更好；但也许更坏：死在铁蹄下，转乎沟壑……都是可能的事。人真是可怜的动物！极微细的一个"缘"，例如晒对联，可以左右你的命运，操纵你的生死。而这些"缘"都是天造地设，全非人力所能把握的。寒山子诗云："碌碌群汉子，万事由天公。"人生的最高境界，只有宗教。所以我的逃难，与其说是"艺术的"，不如说是"宗教的"。人的一切生活，都可说是"宗教的"。

《"艺术的逃难"》

❖ 叶浅予：桂林喘息

1938年从长沙撤退，第一次到桂林；1940年夏季经广州湾去重庆，途经桂林，住了几天，是第二次；1941年逃出香港又第三次来到桂林，这次住了一年多。我对桂林颇有好感，第一是山水之美，第二是人物之秀。第一次来时三厅全部人物会集在此；这一次，欧阳予倩在此创办艺术馆，主要是发扬桂戏艺术，其次是招揽过境文化界人士为广西开展文化艺术事业。我们八人，罗寄梅和徐迟一家在柳州分手，赶赴重庆；我们夫妇和盛舜夫妇来到桂林，住一段时间再作打算。我在丽泽门里一家老宅中租到二楼一间卧室，与艺术馆的钢琴家石嗣芬为邻。不久，爱泼斯坦和爱尔赛巧茉莱这一对患难夫妻也从香港的日本集中营逃出，来到桂林。我招待他们住到堂屋后面一间小房里。我们三合请了一个厨娘，为我们做饭，小日子过得不错。这期间，从香港走出的朋友陆续来到。两个月以后，香港和广州湾通航，张光宇、张正宇兄弟两家也来到桂林暂住。桂林的人愈聚愈多，这个小城市天天在膨胀，不到半年，形成了南方的经济文化中心。桂林面貌日新月异，漓江上的浮桥改建为走汽车的钢骨水泥大桥，大街上建起了大剧场和电影院，原在上海做地皮建筑生意的工程师也聚到桂林，为繁荣经济大展鸿图。还有一个极重要的政治军事因素就是蒋介石的军事委员会在桂林设立了行营机关，统一指挥南方战场，其主任是桂系元老李济琛。他虽是个军人，实际是国民党内代表南方利益的政治派系首脑，李宗仁、白崇禧都曾经是他的部下。李老有时也干预国共摩擦中发生的问题，例如蒋介石下令要逮捕什么人，李老就可以装聋作哑，阳奉阴违，大事化小、小事化了，蒋介石也无可奈何。人们暗地议论：在李老的治下，桂林好像上海的租界，老蒋管不着。

桂林这个因战争而发展起来的城市，特别在香港沦于敌手之后，其膨胀速度简直惊人。在一次建筑承包商人的宴会上，桂林市长感慨地说"政治赶不上经济"，向商人表示他的歉意。这是实情，连我这个一头钻在艺术里的书呆子也连连点头。

我1941年春到1942年秋在桂林住了一年半，画了一套《逃出香港》的组画共20多幅，连同那套《战时重庆》，在桂林开了个画展。我们于这年秋季离开桂林走向重庆。

在桂林的日子里，有几件事值得一记：

一是和郁风做伴，到柳江运江县的一处农场做客，画了不少速写。

二是作家茅盾发起的一次湘漓源头之游。湖南的湘江和广西的漓江同出一源，在广西兴安分流，湘江向北，漓江向南。这处古老的分流工程，据说和四川的都江堰同时建成，兴安的工程叫灵渠。我们看到漓江船从灵渠出发，驶往桂林和阳朔。

三是某银行发起阳朔之游，通过石嗣芬的关系，招待部分文艺界人士。同船者有丁聪、马思聪、叶冈和艺术馆几位音乐家。第一晚途中夜泊，其时皓月当空，引发了音乐家的雅兴，就在江岸摆开场地，马思聪的小提琴奏起《思乡曲》，戴爱莲翩翩起舞，还有声乐家歌唱。次晨在兴坪停泊，观赏漓江最美的自然景色。

▷　画家叶浅予（1907—1995）

四是看了田汉组织的话剧会演。"新中国剧团"和三厅的几个演剧队聚集在桂林，各自演出拿手好戏，记得有《北京人》《钦差大臣》《十八天战争》等剧目。这是抗战大后方的一件盛事。

五是漫画家和木刻家合作，编印了一本画集，书名《奎宁君奇遇记》。桂林印刷条件差，没有照相制版设备，漫画家要发表作品，只得和木刻家合作，用木刻刀刻漫画。现在我还留着这一大后方的版本，经过60年代"文化大革命"浩劫，这本画册居然又回到我的手中。

六是戴爱莲和石嗣芬举行了一次音乐舞蹈表演会。演出在励志社的电影院举行，事先动员好多朋友帮忙推销票，才得抵消全部开支。

七是重庆的救济委员会闻知大批文化人从香港逃出，滞留桂林，特派一位专员动员我们到重庆去，每人发给一笔旅费。我们得以用这笔钱，组成一个江湖卖艺团到了贵阳，由贵阳再转赴重庆。

八是到过一次衡阳，展览了我的《战时重庆》和《逃出香港》两套组画。《战时重庆》中有一幅《暴发户》，讽刺汽车运输商，引起汽车司机的公愤，我险遭殴打，后来他们强迫我卸下了这幅画。我借此机会游了一次南岳衡山。

我们的江湖卖艺团，包括我和戴爱莲、丁聪、马国霖、林声翕、叶冈，其中有画家、舞蹈家、作曲家、声乐家。到了贵阳，被《中央日报》贵阳版的卜少夫截住，要求我们为该报劝募滑翔机办一次筹款演出。于是，这副班子暂时搁在贵阳，以我的画展为先导，《战时重庆》和《逃出香港》在此露了脸，然后是音乐舞蹈表演会。卜少夫这个人在南京住久了，不免有点官气，多少还带点江湖的流气。在租用西南运输公司礼堂的过程中，没有和该公司的工作人员打好交道，表演开幕那晚，这批人抢进会场，占领座位并提出条件，要求招待一场。老卜这下抓了瞎，怎么办？官气用不上，只好用江湖流气，拍胸脯答应另演一场招待，对付着渡过了难关。在大后方这类看白戏的陋习到处可见，只有以官气和流气交叉运用的办法才能制止。卜少夫最后还是利用官场的压力摆脱了那晚说漏了嘴的招待场。

《细叙沧桑记流年》

❖ 胡 适：广西的印象

这一年中，游历广西的人发表的记载和言论都很多，都很赞美广西的建设成绩。例如美国传教家艾迪博士（Sherwood Eddy）用英文发表短文说，"中国各省之中，只有广西一省可以称为近于模范省。凡爱国而具有国家的眼光的中国人，必然感觉广西是他们的光荣。"这是很倾倒的赞语。艾迪是一个见闻颇广的人，他虽是传教家，颇能欣赏苏俄的建设成绩，可见他的公道。他说话也很不客气，他在广州作公开讲演，就很明白的赞美广西，而大骂广东政治的贪污。所以他对于广西的赞语是很诚心的。

我在广西住了近两星期，时间不算短了，只可惜广西的朋友要我缴纳特别加重的"买路钱"——讲演的时间太多，观察的时间太少了，所以我的记载是简略的，我的印象也是浮泛的。

　　广西给我的第一个印象是全省没有迷信的，恋古的反动空气。广州城里所见的读经、祀孔、祀关岳、修寺、造塔等等中世空气，在广西境内全没有了。当西南政务会议的祀孔通令送到南宁时，白健生先生笑对他的同僚说："我们的孔庙早已移作别用了，我们要祭祀，还得造个新孔庙！"

▷　胡适（1891—1962）

　　广西全省的庙宇都移作别用了，神像大都打毁了。白健生先生有一天谈起他在桂林（旧省会）打毁城隍庙的故事，值得记在这里。桂林的城隍庙是最得人民崇信的。白健生先生毁庙的命令下来之后，地方人民开会推举了许多绅士去求白先生的老太太，请她劝阻她的儿子。他们说："桂林的城隍庙最有灵应，若被毁了，地方人民必蒙其祸殃。"白老太太对她儿子说了，白先生来对各位绅士说："你们不要怕，人民也不用害怕。我可以出一张告示贴在城隍庙墙上，声明如有灾殃，完全由我白崇禧一人承当，与人民无干。你们可以放心了吗？"绅士们满意了。告示贴出去了。毁庙要执行了。奉令的营长派一个连长去执行，连长叫排长去执行，排长不敢再往下推了，只好到庙里去烧香祷告，说明这是上命差遣，概不由己，祷告已毕，才敢动手打毁神像！省城隍庙尚且不免打毁，其余的庙宇更不能免了。

我们在广西各地旅行，没有看见什么地方有人烧香拜神的。人民都忙于做工，教育也比较普遍，神权的迷信当然不占重要地位了，庙宇里既没有神像，烧香的风气当然不能发达了。

在这个破除神权迷信的风气里，只有一个人享受一点特殊的优客。那个人就是总部参军季雨农先生。季先生是合肥人，能打拳，为人豪爽任侠；当民国十六年，张宗昌部下的兵攻合肥，他用乡兵守御县城甚久。李德邻先生带兵去解了合肥之围，他很赏识这个怪人，就要他跟去革命。季先生是有田地的富人，感于义气，就跟李德邻先生走了。后来李德邻、白健生两先生都很得他的力，所以他在广西很受敬礼。这位季参军颇敬礼神佛，他无事时爱游山水，凡有好山水岩洞之处，若道路不方便，他每每出钱雇人修路造桥。武鸣附近的起凤山亭屋就是他修复的。因为他信神佛，他每每在这种旧有神祠的地方，叫人塑几个小小的神佛像，大都不过一尺来高的土偶，粗劣得好笑。他和我们去游览，每到一处有神像之处，他总立正鞠躬，同行的人笑着对我说："这都是季参军的菩萨！"听说柳州立鱼山上的小佛像也是季参军保护的菩萨。广西的神权是打倒了，只有一位安徽人保护之下，还留下了几十个小小的神像。

广西给我的第二个印象是俭朴的风气。一进了广西境内，到处都是所谓"灰布花"。学校的学生，教职员，校长；文武官吏，兵士，民团，都穿灰布的制服，戴灰布的帽子，穿有纽扣的黑布鞋子。这种灰布是本省出的，每套制服连帽子不过四元多钱。一年四季都可以穿，天气冷时，里面可加衬衣；更冷时可以穿灰布棉大衣。上至省主席总司令，下至中学生和普通兵士，一律都穿灰布制服，不同的只在军人绑腿，而文人不绑腿。这种制服的推行，可以省去服装上的绝大糜费。广西人的鞋子，尤可供全国的效法。中国鞋子的最大缺点在于鞋身太浅，又无纽扣，所以鞋子稍旧了，就太宽了，后跟收不紧，就不起步了。广西布鞋学女鞋的办法，加一条扣带，扣在一边，所以鞋子无论新旧，都是便于跑路爬山。

广西全省的对外贸易也有很大的入超。提倡俭朴，提倡用土货，都是挽救入超的最有效方法。在衣服的方面，全省的灰布花可以抵制多少洋布与呢绸的输入！在饮食嗜好方面，洋货用的也很少。吸纸烟的人很少，吸的也都是低价的烟卷，最高贵的是美丽牌。喝酒的也似乎不多，喝的多是本省土酒。有一天晚上，邕宁各学术团体请我吃西餐——我在广西十四天，只有此一次吃西餐——我看见侍者把啤酒斟在小葡萄酒杯里，席上三四十人，一瓶啤酒还倒不完，因为啤酒有汽，是斟不满杯的。终席只有一大瓶啤酒就可斟两三巡了。我心里暗笑广西人不懂怎样喝啤酒。后来我仍然问得上海啤酒在邕宁卖一元六角钱一瓶！我才明白这样珍贵的酒应该用小酒杯斟的了。我们在广西旅行，使我们更明白：提倡俭朴，提倡土货，都是积极救国的大事，不是细小的消极行为。

广西是一个贫穷的省份，不容易担负新式的建设。所以主持建设的领袖更应该注意到人民的经济负担的能力。即如教育，岂不是好事？但办教育的人和视学的人眼光一错，动机一错，注重之点若在堂皇的校舍，冬夏之操衣等等，那样的教育在内地就都可以害人扰民了。我们在邕宁、武鸣各地的乡间看见小学堂的学生差不多全是穿着极破烂的衣裤，脚下多是赤脚，偶有穿鞋，也是穿破烂的鞋子。固然广西的冬天不大冷，所以无窗户可遮风的破庙，也不妨用作校舍，赤脚更是平常的事。然而我们在邕宁的时候，稍有阴雨，也就使人觉得寒冷。（此地有"四时常是夏，一雨便成秋"的古话。）乡间小学生的褴褛赤脚，正可以表示广西办学的人的俭朴风气。我在邕宁乡间看的那个小学还是"广西普及国民基础教育研究院"的一个附属小学哩。广西教育厅长雷沛鸿先生正在进行全省普及教育的计划，请了几位专家在研究院里研究实行的步骤和国民基础教育的内容。他们的计划大旨是要做到全省每村至少有一个国民基础学校，要使8岁到12岁的儿童都能受两年的基础教育。我看了那些破衣赤脚的小学生，很相信广西的普及教育是容易成功的。这种的学堂是广西人民负担得起的，这样的学生是能回到农村生活里去的。

广西给我的第三个印象是治安。广西全省现在只有17团兵，连兵官共有两万人，可算是真能裁兵的了。但全省无盗匪，人民真能享治安的幸福。我们作长途旅行，半夜后在最荒凉的江岸边泊船，点起火把来游岩洞，惊起茅篷里的贫民，但船家客人都不感觉一毫危险。汽车路上，有山坡之处，往往可见一个灰布少年，拿着枪杆，站在山上守卫。这不是军士，只是民团的团员在那儿担任守卫的。

广西本来颇多匪祸，全省岩洞最多，最容易窝藏盗匪。有人对我说，广西人从前种田的要背着枪下田，牧牛的要背着枪赶牛。近年盗匪肃清，最大原因在于政治清明，县长不敢不认真做事，民团的组织又能达到农村，保甲的制度可以实行，清乡的工作就容易了。人民的比较优秀分子又往往受过军事的训练，政府把旧式枪械发给兵团，人民有了组织，又有武器，所以有自卫的能力。广西诸领袖常说他们的"三自政策"——自卫、自给、自治。现在至少可以说是已做到了人民自卫的一层。我们所见的广西的治安，大部分是建筑在人民的自卫力之上的。

在这里，我可以连带提到广西给我的第四个印象，那就是武化的精神。我用"武化"一个名词，不是讥讽广西，实是颂扬广西。我的朋友傅益真先生曾说："学西洋的文明不难，最难学的是西洋的野蛮。"他的意思是说，学西洋文化不难，学西洋的武化最难。我们中国人聪明才智足够使我们学会西洋的文明，但我们的传统的旧习惯、旧礼教，都使我们不能在短时期内学会西洋人的尚武风气。西洋民族所到的地方，个个国家都认识他们的武力的优越，然而那无数国家之中，只有一个日本学会了西洋的武化，其余的国家——从红海到太平洋——没有一个学会了这个最令人歆羡而又最不易学的方面。然而学不会西洋武化的国家，也没有工夫来好好地学习西洋的文化，因为他们没有自卫力，所以时时在救亡图存的危机中，文化的努力是不容易生效力的。

中国想学人家的武化（强兵），如今已不止六十年了，始终没有学到家。这是很容易解释的。中国本是一个受八股文人统治的国家，根本就有贱视武化的风气，所以当日倡办武备学堂和军官学校的大臣，决不肯把他们自己的子弟送过去学武备。日本所以容易学会西洋的武化，正因为武士在封建的日本原是地位最高的一个阶级。在中国，尽管有歌颂绿林好汉的小说，当兵却是社会最贱视的职业，比做绿林强盗还低一级！在这种心理没有转变过来的时候，武化是学不会的。

在最近十年中，这种心理才有点转变了，转变的原因是颇复杂的：第一是新式教育渐渐收效了，"壮健"渐渐成为人们羡慕的对象了，运动场上的好汉也渐渐被社会崇拜了。第二是辛亥革命以来中央各省的政权往往落在军人手里，军人的地位抬高了。第三是民十四五年之间，革命军队有了主义的宣传，多有青年学生的热心参加，使青年人对于"革命军人"发生信仰与崇美。第四是最近四年的国难，尤其是淞沪之战与长城之战，使青年人都感觉武装捍卫国家是一种最光荣的事业。——这里最后的两个原因，是上文所说的心理转变的最重要原因。军人的可羡慕，不在乎他们的地位之高或权威之大，而在乎他们的能为国家出死力，为主义出死力。这才是心理转变的真正起点。

可惜这种心理转变来得太缓，太晚，所以我们至今还不曾做到武化，还不曾做到民族国家的自卫力量。但在全国各省之中，广西一省似乎是个例外。我们在广西旅行，不能不感觉到广西人民的武化精神确是比别省人民高得多，普遍得多。这不仅仅是全省灰布制服给我们的印象，也不仅仅是民团制度给我们的印象。我想这里的原因，一部分是历史的，一部分是人为的。一是因为广西民族中有苗、猺、猺、獞、狪、狑、猓猓（今日官书均改写"傜、童、同、令、果果"）诸原种，富有强悍的生活力，而受汉族柔弱文化的恶影响较少。（广西没有邹鲁校长和古直主任，所以我这句话是不会引起广西朋友的误会的。）一是因为太平天国的威风至今还存留在广西人的传说里。一是因为广西在近世史上颇有受民众崇拜的武将，如刘永福、冯子材之流，而没有特别出色的文人，所以民间还不曾有重文轻武的风气。一是因为在最近的革命战史上，广西的军队和他们的领袖曾立大功，得大名，这种荣誉至今还存在民间。……

广西给我的印象，大致是很好的。但是广西也有一些可以使我们代为焦虑的地方。

第一，财政的困难是很明显的。广西是个地瘠民贫的地方，担负那种种急进的新建设，是很吃力的。据第一回广西年鉴的报告，二十二年度的全省总收入五千万元之中，百分之三十五有零是"禁烟罚金"，这是烟士过境的税收。这种收入是不可靠的；将来贵州或不种烟了，或出境改道了，都可以大影响到广西省库的收入。同年总支出五千二百万元之中，百分之四十是军务费，这在一个贫瘠的省份是很可惊的数字。万一收入骤减了，这样巨大的军务费是不是能跟着大减呢？还是裁减建设经费呢？还是增加人民负担呢？

第二，历史的关系使广西处于一个颇为难的政治局势，成为所谓"西南"的一部分。这个政治局势，无论对内对外都是很为难的。我们深信李德邻、白健生诸先生的国家思想是很可以依赖的，他们也曾郑重宣言他们绝无用武力向省外发展的思想。白先生曾对我说："当我们打散萧克军队之后，贵州人要求我们的军队驻扎贵州，我们还不肯留。我们决不会打别省的主意。"这是我们可以相信的。但我们总觉得两广现在所处的局势，实在不能适应现时中国的国难局面。现在国人要求的是统一，而敌人所渴望的是我们的分裂。凡不能实心助成国家的统一的，总不免有为敌人所快意的嫌疑。况且这个独立的形势，使两广时时感觉有对内自保的必要，因此军备就不能减编，而军费就不能不扩张。这种事实，既非国家之福，又岂是两广自身之福吗？

第三，我们深信，凡有为的政治——所谓建设——全靠得人与否。建设必须有专家的计划，与专家的执行。计划不得当，则伤财劳民而无所成。执行不得当，则虽有良法美意，终归于失败。广西的几位领袖的道德，操守，勤劳，都是我们绝对信任的。但我们观察广西的各种新建设，不能不感觉这里还缺乏一个专家的"智囊团"做设计的参谋本部；更缺乏无数多方面的科学人才做实行计划的工作人员。最有希望的事业似乎是兽医事业，这是因为主持的美国罗铎（Rodier）先生是一位在菲律宾创办兽医事业多年并且有大成效的专家。我们看他带来的几位菲律宾专家助手，或在试种畜牧的草料，或在试验畜种，或在帮助训练工作人员，我们应该可以明白一种大规模的建设事业是需要大队专家的合作的，是需要精密的设备的，是需要长时期的研究与试验的，是需要训练多数的工作人员的。然而邕宁人士的议论已颇嫌罗铎的工作用钱太多了，费时太久了，用外国人太多了，太专断不受商量了。"求治太急"的毛病，在政治上固然应该避免，在科学工艺的建设上格外应该避免。我在邕宁的公务人员的讲演会上，曾讲一次"元祐党人碑"，指出王荆公的有为未必全是，而司马温公诸人的主张无为未必全非。有为的政治有两个必要的条件：一是物质的条件，如交通等；一是人才的条件，所谓人才，不仅是廉洁有操守的正人而已，还须要有权威的专家，能设计能执行的专家。这种条件若不具备，有为的政治是往往有错误或失败的危险的。

《南游杂忆》

❖ 胡政之：广西的印象

从广东到广西，最易叫人感觉到的便是广东富而广西贫，广东大而广西小。他们因为贫，所以上下一致，埋头苦干；因为小，所以官民合衷，情感融洽。又因自知其为贫而小，所以当局的人们，非常虚衷谦抑，很欢迎外省人士的合作与批评。办事虽然带一点"土气"，然而诚实有朝气，是在任何地方没有如此普遍的。广西除军队多由桂省人士统带外，其政治教育各方面，皆看得出外省人的活动，他们和本省人都非常水乳。广西中学校最缺乏英数理化的教员，尤其欢迎外省人在那里当中学的教员，月薪可得140元，较在政界当差为优，而且地位稳固，因为教员都受省府委任，不随校长为进退。广西最好的现象是官民打成一片。我们从梧州到柳州、桂林，随时随地都看得出上下协和，军政民团结一致的精神。广西官民"共苦均贫"，这是广西上下融洽的原动力。美国艾迪博士（Sherwood Eddy）前月在广西视察，认为非常满意，他有一篇文章叙述感想，中有一段说道："若杂处民间而随处可闻人民讴歌官吏之德政者，我唯于广西一省见之。人民之言曰：吾省之官吏皆努力而诚实，其中有一贫似吾辈者，彼等绝无赌博浪费贪污等弊，且早眠早起，清晨七点半即在办公室矣。"这些话都是事实。

▷ 20世纪40年代桂江边的船只

　　广西是李（宗仁）、白（崇禧）、黄（旭初）三人合洽，三人皆能利用各人所长来以身作则，把勤俭朴实刻苦耐劳的风气树立起来，传播到全省，于是地方虽小虽贫，而无游民乞丐。向来多匪，素号难治，现却治安特别良好。所以然者，有精诚合作的好领袖，才能有安分守法的好人民。广西的特长，不在什么物质建设，实在这点苦干实干的真精神。我们再看：农村复兴，可算是近年中国的时髦口号，然而真正深入民间，唤起民众，从而组织之者，广西要算效率最佳的了。这因为在别省或者仅由学者鼓吹，或者只得局部实验，唯独广西合军政两署的努力，在"自卫、自治、自给"三位一体的口号之下，训练民团，编制村甲，依政治的力量，硬把农村建设起来。我旅行所经，看见许多乡村，辟有乡村公路，设有公共苗圃，整洁而肃穆，足为改革力量达到下层的表征。如能循序渐进，继续工作，定有更好的成绩。

　　广西的民团组织和国民教育，都另外有它的一套办法，容当另节介绍。

此处我愿特别指出的，第一是在上的人以身作则不言而行的美德。他们不但自己努力向上，为民表率，并且设法表扬若干本省先辈的名人，鼓舞后人景仰，如刘永福、冯子材，甚至岑春煊、陆荣廷之类，把像片悬挂公共场所，引起一般民众崇拜名贤爱国爱乡的心理，这都是振作群众精神的一种方法。第二便是弥漫社会的一团朝气。例如他们因为要训练民团，于是严格施行公务人员的军训，省府厅长委员年在45岁以上的人们，照章本可豁免，但是他们仍然自愿与青年们同样出操，以资民众矜式。又如在他处地方，天甫微明，一定行人稀少，广西却是上午5时便已行人载途。广西政界虽然薪俸很薄，但应酬甚少，无有浪费，家家都有贫而乐的气象。尤其在旧历新年中间，虽在深山穷谷，到处都有熙来攘往的光景。桂省军政人员，自总司令省主席起，人人都着五元毫洋一套的制服。我在南宁，白健生先生请我在他私宅去看"剿共"电影，得窥他的私生活，其简单朴实，比我辈穷书生有过之无不及，这实在是广西改革政治易于推行的一大原因。他们一般皆没有嗜好。公娼虽有，指定在特别地方营生，公务员概不许游荡。政府虽赖贵州过境的鸦片特税挹注，人人却不许吸烟。纸烟最上等的仅抽美丽牌。娱乐则象棋最为流行，此外别无消耗精神金钱的工具。

广西社会还有一大特色，就是妇女都能从事生产工作，与他处之游惰放纵者完全不同。她们不但能够种地饲畜，还能肩挑背负。我们乘车在深山中疾驶，常能遇见青年妇女，挑负重载，独身行走；甚至大腹孕妇，还可背负幼儿，肩承重担，行所无事。这等情形，不特江南少见，即在北方也很稀奇。桂省当局为要矫正城市妇女官员眷属游惰荒嬉之习，特别在武鸣、桂林等处设立女子工读学校，招收僚佐妻女入校读书习艺，一方减轻男子负担，一方免除打牌应酬恶习，此亦唯在广西环境乃能办到耳。

广西山水，著名古今，但是不以伟大胜，而以峭拔显，其民族性亦然，多有矫矫不群不受羁勒的气概。近代太平天国革命，主力多赖广西人士。即最近数年，广西迭遭外省军队侵入，结局悉被打出。盖因桂人有宁肯入山为盗，不肯屈服于人的气质，而山岭重重，易守难攻，尤占地利。我们只要认明此点，就可以判断广西将来的前途。而该省富于农产森林之利，宜于农而不宜于工商，更为该省政治上难期发展之铁证。桂省当局屡向记者声明，志在修明省政，敬恭桑梓，但求能保和平，一意亲仁善邻。按之环境，舍此本也别无可走的途径，所以广西在中国大局上，实在没有什么危险性。

《粤桂写影》

❖ 缪崇群: 写给漓水边的朋友

朋友：您的信收到两天了。可是我并不认识您，我知道您也不曾见过我；这封信从一个陌生人的手里递到另一个陌生人的手中，真是令人感奋极了！您的信是从桂林寄来的，漓水边的桂林寄来的。但是桂林，漓水边的桂林对于我并不陌生，而且正是我时刻怀念着的一个地方；她早已在我的心地留下一颗种子，这种子的名字可以叫她是"毋忘"，它一开花便叫"希望"。

为了您这个使我亢奋的陌生者的名义，为了我所怀念着的桂林和漓水的名义，还为了寄托并散布我曾采撷过的希望的种子，我把这封信寄回来了。

您不会憎恶我这个人是怪自私的么？我好像缪崇群散文选集希望者已经偷偷地把我的心和我的眼睛封在这封信里了（我始终怀疑着文字到底有什么力量，所以永远不会成为一个忠实有力的所谓文艺工作者），我只想讷讷地复说着那一些已经过往了的事情（经我一说，也许反倒伤害了它的原有的面目和光泽），只想悄悄地随着这封书简（付的是很低廉的邮资），趑趄地作一次旧地的重游，摩挲着那些刻画在我眼前和心底的印象。

我初到桂林的那个时候，桂林还是娴静得像一个处女般的城市。真的，我不知道怎样才可以把她形容得更恰当些。我仿佛第一次走进一幅古人的画帖里去，我恍然领会了中国绘法原来是最能写实也是最富于象征与神韵的一种。人家都说"桂林山水甲天下"，可是我并不曾存此成见地来欣赏她。别处的山水究竟如何，我不大明白在桂林的一年，与其说浏览着甲天下的山水，远不如说我就是这幅画帖里的一个能够移动的人物。时而在城垣，时而在郊野，时而登山，时而涉水，我能道出老人山的面目是朝着哪个方向，象鼻山的鼻头垂的有多么长，穿山山腰中间挂的那个月牙有多么高，碧绿的漓水有多少回折……

一年，仅只一年，我就离去了这个原来娴静，而后饱经敌人摧毁了的城市了。当车子沿着环城街道走上南门外的公路时，同行的人们有的向她挥一挥手说："再会吧，桂林！"

然而，我自己却没有这种轻浮的兴致，我低了头，又禁不住地要抬了眼皮向她投着惜别的眼光：这娴静的桂林，如今已经部分地成了古罗马似的废墟了！

在我的一本题名"废墟"的小集子里——我知道很多人都憎恶这个名字，或者因为憎恶我这个人所写下的东西而被憎恶的吧——我曾写照着一个角落里的一时的感触：看不出一点巷里的痕迹，也想不出有多少家屋曾栉比为邻地占着这块空旷的地方。

踏着瓦砾，我知道在踏着比这瓦砾更多的更破碎的人们的心。一匹狗，默默地伏在瓦砾上，从瓦砾缝隙，依稀露着被烧毁了的门槛的木块。狗伏着，它的鼻端紧贴着地。它嗅着它，或是嗅着它所熟嗅的气息，或是嗅着一种别的什么东西……

废墟为我们保藏着一种更浓的更可珍爱的气息。

……我不能忘记！这个宁静的城市，曾一再地被敌人投下过大量的炸弹和烧夷弹，使她成为火山、火海、火的洞窟，使她留下满目的伤痍和到处的废墟。

不过，每一把火，都曾燃炽了我们的心，每一座废墟，也都为我们保藏着一种更浓厚的更可爱的气息。敌人丝毫不能毁灭了我们的什么，他们只是用罪恶的手，造下更罪恶的东西：野蛮的宣扬，与疯狂的自供而已！朋友，我想现在，你们知道的更多了，认识的更清楚了，你们也会和我同样地吸取过那种废墟上的气息，我相信从废墟上再造的，重建的，新生的人物精神，将是更结壮的，更有力而不能摇撼或推倒的了！

我不能忘记，我过了那么多的火中的日子，我往来火中，去探视友人们居住的地方，那种紧张急迫的心情，恐怕还甚于当前的烈焰和焦灼。每逢这种时刻，他们或许分头也在来探视着我。如果我们偶然逢见了，我们的欢愉真会流出了泪，恨不得彼此互相拥抱了起来。然而沉默也往往代替了我们那种说不出来的悲愤，你看：在燃烧中的家屋，在火焰下奔跑穿梭着的人们，不也都是我们的家屋，我们的友人么？他们被践踏着的被煎熬着的生命和心灵，和我们的有什么分别呢？他们所认识的敌人，不正和我们所认识的是同一个敌人吗？

愤怒的、仇恨的火，的确把我们所有的心都熔在一起了，我不能分别出热血和烈火的颜色哪个更鲜红些。

有一次，城里被猛烈地轰炸之后，将近日暮了，我去探望住在江东岸的朋友，那里的门虚掩着，他们却都没有在。在他们那零乱的桌子上，堆放着书籍、纸张、稿件、校样……还有一块像不胜痛楚而痉挛着的弹片，躺在一团绒线的旁边。我纳罕着这些东西为什么会归在一处。这块像毛毛虫似的炸弹破片；它是飞来的刽子手，它曾杀害过谁吗？一定的，看它这副奇怪尴尬的样子，就知道它是怎样一个可憎恶可诅咒的东西了！

待了一会，他们都回来了，一个叙说着那些死难者的血，如何染在轮胎和车厢底下，他们的肉，是如何的模糊难辨，只剩下一簇黑黑的发丝……一个说，还想寻一两块弹片来的；她说着，向桌上张望了一下，知道那块弹片仍旧放在那里，便拨开了它，重新拿起竹针和绒线编织起来。

我望望她，她低着头只愿计算着应该织的针数。而那块先前拾来的弹片，就蜷曲地躺在桌子上，不再引起她的注意。我呢，却一直盯住它——这个用了敌人国度里无数无辜的庶民们血汗所铸成的凶器，恐怕它自己也真是不胜艾怨而痛苦，所以无法不使自己痉挛着自己的身子罢？

没有几天，那一团绒线已经成了一件背心穿在我的身上了（直到今天的此刻这件绒线背心还穿在我的身上），说不出我的感激，乃至我抚摩着这件轻柔温暖的短衣，也还惊奇着它究竟是用什么东西和什么力量编织起来的（直到今天的此刻，我的眼睛里似乎还盈溢着我的感激的泪）。

后来，我还讲到过那个友人在当时所写下的几篇散文，我便恍然看见那一块疼挛着的弹片，仿佛还在他的书桌上，稿纸堆里蜷曲地躺着……

朋友，你有没有像我这般想过？在这个时代，不，在任何一个光明与黑暗，正义与暴力，文明与野蛮，生与死在搏斗在抗争的时代，哪怕留下来的是一片废墟，一截断碑，一支歌或几行诗，她们究竟是以什么力量和什么东西编造起来的吗？我常常这般想，我相信您也曾这般想过，并且会毫不犹豫地说出了这个答案的。

我不能忘记，在桂林，我还过了许多戏乎漓上，浴乎漓上的日子。

我捡着一个一个扁平的石子，投向江面上打着"水漂儿"，有时嗖——嗖——嗖的一串，有时却只听得"扑登"一声价响。在岸边我不能照见我的当时的面庞，可是，在那平如明镜似的水面上，正仿佛为我现出了我的童年的笑靥了。我本能地拍着手，我的眼睛望着那一串水涡，大的跟着小的，却都随着无言的流水去远了，去远了！

从5月到10月，从仲夏到新秋住在漓水边上的人们，有不濯浴乎清流中的吗？

水的季节，也是冰的季候，水毕竟是动的，我的心不知怎么也微微荡漾起来了。青春似的江水，召唤着我，召唤着每一个年青的人。于是，我第一次赤条条地投向她的怀抱里去了，第一次沉浮在漓江的中流了。

欢愉，我说不出有多么欢愉！真是无边的欢愉呀！一江的人鱼，一江的温流，一江的原始的呼声。

那时，泊在江上的有一只艇子叫"五月花"，是专给泅泳的人们换衣休憩的地方。每天我都遇见一个穿浅蓝色游泳衣的女子，总是呆呆地靠近"五月花"立着。她不常泅水，一会儿看看别人在江里的嬉戏，一会儿望望头顶上的天：那时我们的空军，常常在天上飞翔着，追逐着，空中是比江上广阔得更多了。

一支歌，就是那个时候我听了神往的，就是那个穿浅蓝色游泳衣的女子，起初我以为忧郁而其实并不忧郁的女子，立在水中向着天空唱的：

你看战斗机飞在太阳光下，你听马达
高唱着走进云霞！
他轻轻地旋飞又抬头向上……
你听马达悲壮地唱着向前，他载负着
青年的航空员……

我每逢想起或听见这支歌，即使在我忧郁的时候，也会从心坎里抽出笑意来。新中国的儿女们，没有一个是应该忧郁的。我们正在战斗中生活着，正在无边的大地上，万里的长空中，与我们的生命和荣誉的敌人，随时随地地战斗着，生活着。

这支音调发扬，意气轩昂的歌，就是我从桂林，漓水上的桂林听来的。

朋友，我在怀念着漓水上的"五月花"，如今是不是依然开放在那里？请为我给她祝福吧！

我能忘记，我在桂林的那个时候，漓江上还没有大桥。只有一座用五六十只木船并列起来，中间搭着板子的浮桥。那时，一个好心的女孩子，就住在江的彼岸（就是那个一面去拾弹片，一面为我织绒背心的孩子），因为在她幼小的时候，曾经从桥上跌过一跤，所以每过桥的时候，她还存着一种戒心。可是她聪明、伶俐、天真、活泼、健康、努力，因此，她的这种戒心也就越发惹人可爱了。在一篇短文里，我写下过这样的句子：

"一个怕过桥的少女，她住在江的彼岸……

"我喜欢这个怕过桥的少女，因为她是天真而没有一点邪念。我喜欢桥，桥通着彼岸。或者更多的天真的少女也住在彼岸……

"我认识了桥，桥是被真理砌成的一面。桥永远连着两岸，真理使我们每个人的心灵接近了。"

现在，听说漓江上的大桥，早已雄伟地建立起来了，我想着她，便如同有一道彩虹架在我的心里，使我憧憬，使我无限的欣喜！

朋友，还有许许多多事情，使我不能忘记，永远也不会忘记。总之，在这里，我重新知道希望，给了我希望；我不只是一个生活着的人，并且使我成为一个希望者而生活的人。"希望者"这个名字，也是我在这里得到的。

每天早晨，那个纯真的孩子读着世界语。世界语——ESPERANTO。

"你知道么？ Esperanto这个字的本身是什么意义？"她以先知者的轻微的矜持的神态考问着我。

"告诉你吧，就是'希望者'。"她又一口气地说出了。

朋友，不多写了，再多了会使这封信的分量加重起来的。至于"希望者"的本身又是什么意义这一点，我想您不会再来追问我的了。

祝福您，祝福漓水边的友人们！

《希望者——寄漓水边的友人们》

图书在版编目（CIP）数据

老桂林 /《老城记》编辑组编 . — 北京：中国
文史出版社，2019.1

ISBN 978-7-5205-0582-6

Ⅰ . ①老⋯　Ⅱ . ①老⋯　Ⅲ . ①随笔—作品集—中国—
现代　Ⅳ . ① I266.1

中国版本图书馆 CIP 数据核字（2018）第 226698 号

责任编辑：牛梦岳

出版发行：**中国文史出版社**

社　　址：北京市海淀区西八里庄 69 号　　邮编：100142

电　　话：010-81136606　81136602　81136603（发行部）

传　　真：010-81136655

印　　装：北京地大彩印有限公司

经　　销：全国新华书店

开　　本：710mm×1010mm　1/16

印　　张：18.25　　字数：230 千字

版　　次：2019 年 8 月第 1 版

印　　次：2019 年 8 月第 1 次印刷

定　　价：62.80 元